IGNACIO GARCÍA-VALIÑO

Urías y el rey David

punto de lectura

Título: Urías y el rey David
© Ignacio García-Valiño, 1997
© De esta edición: junio 2005, Punto de Lectura, S.L.
Juan Bravo, 38. 28006 Madrid (España) www.puntodelectura.com

ISBN: 84-663-1646-9
Depósito legal: B-26.564-2005
Impreso en España – Printed in Spain

Diseño de cubierta: Cedoble
Ilustración de cubierta: © *Betsabé en su baño*. Siglo XVII.
    Hans von Aachen, (1552-1615)
    Kunsthistorisches Museum, Gemaeldegalerie, Viena, Austria
    Eric Lessing / Álbum
Diseño de colección: Punto de Lectura

Impreso por Litografía Rosés, S.A.

618 / 01

IGNACIO GARCÍA-VALIÑO

Urías y el rey David

A Jorge, Miguel y Esther

Mi agradecimiento a Francisco Solano

«La Historia se divide en un antaño en que los hombres se sentían aturdidos por el vacío vibrante de la Divinidad y un hoy en el que la nimiedad del mundo carece de aliento divino.»

E. M. Cioran

Capítulo I

Al principio, Urías fingía no darse cuenta de los despistes de la muchacha en el mostrador del pan, demasiado nerviosa e inexperta aún para no equivocarse con los nombres y calcular mal la cantidad de torta de flor de harina que ponía en la balanza. La primera semana incluso ni siquiera se fijó en ella, aunque detectó un olor nuevo en el pequeño recinto, iluminado por una lucerna del techo que proyectaba sus sombras sobre un suelo de tablas y migas crujientes. Casi siempre a esa hora de la mañana en que salía por el pan iba aún apelmazado de sueños y no prestaba demasiada atención a lo que tenía delante, de modo que se fue dando cuenta muy poco a poco, de un día para otro, que la señora obesa y sudorosa que antes atendía había sido sustituida por una muchacha no mayor de doce años. Quizá lo que le obligó a alzar la vista fue precisamente una constante acumulación de pequeños deslices que le obligaban a esperar un poco más de lo acostumbrado hasta ser atendido. Casi nunca se encontraba con nadie más en el horno, pues era uno de los primeros en acudir en aquel barrio de Jerusalén, de modo que atribuyó la torpeza de la muchacha a lo temprano de la mañana o a que esa conjunción del movimiento y la mente aún no se había puesto en sincronía. Pero la repetición sistemática de ciertos errores como darle un tipo de pan que no había solicitado, confundir la torta de trigo con la de trigo y aceite, el pan ácimo y el cocido con levadura, o hacer que la balanza marcase, por algún prodigio insólito, trescientos siclos donde sólo había cien... Todo esto le llevó a examinar bien a la muchacha y a preguntarse qué diantres le ocurría.

—La de trigo y requesón es más clara —le dijo finalmente—. ¿Por qué no la pones en otro sitio?

Ella no se atrevió o no fue capaz de responder. Bajó la cabeza, avergonzada. Urías se dio cuenta de que había espacio en la tienda para otro estante. La mujer gorda que antaño le atendía sabía perfectamente cómo colocar cada cosa en su cestillo sin que los distintos géneros se mezclasen. Sus movimientos eran vigorosos, quizá toscos, pero efectivos. En cambio, la nueva empleada no acertaría con una horca en una pila de heno.

Desde entonces, Urías el heteo sonreía cada vez que ella miraba a los lados, buscando en las estanterías la torta de higos o de pasas a la que él se refería, y no dudaba en señalárselo aunque ya lo hubiera hecho el día anterior, cosa que la ponía aún más nerviosa. También olvidaba ella ciertas precauciones elementales, como abrir las ventanas para que no se acumulara el calor que emanaba el horno por la bravera —sin contar con el que venía de fuera, en pleno mes de Elul—, usar los guantes para tomar las hogazas demasiado recientes o limpiar las migas que se acumulaban en el mostrador y acababan formando en el suelo un lecho crujiente. El humo a veces entraba en la tienda y no había modo de respirar, o el calor era sencillamente insoportable. Todo esto le sacaba a Urías de sus casillas mientras esperaba con una paciencia no desprovista de curiosidad si aquel ser estaba capacitado para aprender con el tiempo y la acumulación de despropósitos, o si, por el contrario, estaría condenado a sufrir todos los percances posibles que la chica cometería en adelante y sin posibilidad de reparo.

Y sin darse cuenta, comenzaba a levantarse de la cama con la inconfesada satisfacción de asistir a las evoluciones de la panadera y conocer qué sorpresas tenía deparadas para él. Ya no era un viaje monótono y anodino como antaño, sino que en su misma exasperación encontraba un placer infantil, una especie de diversión que recordar en el transcurso del día. Sonreía cuando se figuraba que la idea de ir a comprar el pan, una actividad que nunca le había agradado lo más mínimo —restringida a los ricos propietarios que podían permitirse el lujo de no asar el pan en su propio horno, o a los holgazanes como él— hubiera de resultar tan frustrante o excitante. Claro que no era sólo por pereza. Nada en el mundo le desagradaba tanto como la sensación de viscosidad pegajosa adherida sin remedio a la piel, la imposibilidad de liberar las manos sin que la masa se agarrara a los dedos, y no tener un hueco limpio para desembarazarse del resto. Como querer limpiarse de lodo en un cenagal.

Fue en la tercera semana cuando ella derribó la balanza. Urías había empezado a observarla directamente, apoyado en el mostrador con una burlona expectación. Ella le había dado la espalda para no tener que cruzarse con su mirada fija, que tan insegura la volvía, y en uno de sus movimientos calculó mal las distancias y volteó con el codo la balanza que se apoyaba en una esquina de la mesa. Se desmontó al caer y todas las piezas que la componían rodaron al suelo. Nada pudo librarle de soltar una risa sorda ante la ostensible torpeza de la chica, pero luego, al ver su rostro perplejo y encendido de rubor, sintió un poco de piedad y se calló. La muchacha se arrodilló junto a él y comenzó a recoger todas las piezas y a dejarlas sobre la mesa en un desorden tal que sin saberlo estaba arruinando la única posibilidad de empezar a montarla calculando el orden que formaban antes. Urías le miró la nuca abultada por el pelo negro que se recogía en la coronilla y la curva delgada del cuello atravesada por las ondulaciones de las vértebras, moreno y bruñido por el sudor. Imaginó un cuerpo quebradizo de huesos mal ordenados, demasiado salientes, que le conferían un vigor desacorde, un íntimo desequilibrio afín a todas las formas posibles de la impericia. Temblaba un poco y olía bien. Era ese olor que desperdigaba por todo el cuarto y que antes había atribuido a una nueva harina en flor de alguno de los sacos que se amontonaban bajo la balanza. La muchacha se puso en pie con un extraño movimiento que evitaba exponerse demasiado cerca a la mirada de Urías, examinó con un desmedido desaliento lo que había quedado de la balanza e hizo algunos intentos infructuosos de armarla de nuevo. Él sonrió pensando que ni por un milagro de Yahvé podría ella recomponerla y decidió, casi enternecido de compasión, hacer un acto de misericordia y apartar aquellos fragmentos de sus manos. Ella no opuso resistencia alguna, e incluso parecía haberlo estado esperando, y se hizo a un lado para no entorpecerlo con su presencia. Urías el heteo dedicó unos segundos a admirar la delicada estructura de alambres en desorden, los pulidos platillos, el astil, el calamón, el brazo, el fiel, y llegó a la conclusión de que así como estaban, sin unidad, creaban un conjunto mucho más hermoso que recompuestos, acaso porque obligaban al ojo a fijarse en la sutil perfección de cada uno de esos fragmentos y en el misterio que encerraban desligados del resto. Después los fue uniendo hasta formar pequeños conjuntos separados, que a su vez refundía hasta convertirlos en uno solo, la balanza. Quizá —pensó— el mundo había sido creado así, a partir de fragmentos dispersos y aparentemente arbitrarios que se fueron uniendo. Colocó la última pieza, la delgada cadena que sostenía ambos platillos sin dejar de mirar de reojo a la muchacha que, de pie y con la cabeza baja, irresuelta y vacilante, parecía estar a punto de intervenir sin atreverse, no obstante, a dar el último paso. Finalmente, Urías dedujo que el fiel se había doblado un poco, y no se atrevía a enderezarlo él mismo por miedo a romperlo. Le dijo a la muchacha que venía dentro de un rato y salió llevándose el artefacto consigo.

Sudoroso y siempre alegre, el viejo Rafael estaba accionando el fuelle de la fragua para calentar el carbón cuando Urías el heteo ocupó el rectángulo de luz de la puerta. Hacía allí dentro un calor estancado lleno de olor a herrumbre y cenizas y sus ojos tardaron varios segundos en habituarse a la penumbra. Comenzó a distinguir junto al yunque una pila de herramientas de labranza y la reja de una ventana rota en uno de sus barrotes. Estribado contra el muro de adobe, observaba cómo los rescoldos se iban encendiendo en la fragua hasta arder. Rafael le saludó y después soltó una risilla (siempre se estaba riendo, y nadie supo nunca el porqué), tomó la punta de una lanza y la mantuvo dentro de la llama durante unos instantes hasta apoyarla sobre el escaño. Luego se volvió a él.

—De la panadería, ¿verdad? Je, je —dijo observando la balanza que Urías sostenía con cuidado a la altura de su cintura.

No necesitó el heteo explicarle dónde estaba el problema porque el viejo herrador, cuya mirada decían que empezaba a perder rápidamente, pasó sus dedos callosos por la aguja y los detuvo exactamente en el lugar dañado.

—Lo ideal sería una pieza nueva, pero tardaría más de una semana en hacerme con ella, je, je. Es demasiado fina.

—No se puede esperar tanto —objetó Urías.

—Bien, veremos lo que se puede hacer.

Se arrodilló y dispuso el fiel sobre la superficie del yunque. Con un diminuto martillo comenzó a golpearlo y de tanto en tanto pasaba los dedos para comprobar que la línea no se había curvado. Aún tenía el cuerpo robusto, pero sus músculos, surcados por venas hinchadas que casi transparentaba su piel, estaban reblandecidos. Su pulso también temblaba, y no por ello perdían finura sus maniobras. Al cabo de varios minutos lo volvió, dio unos nuevos golpes y lo tomó con los dedos previamente humedecidos de saliva. Lo puso en escorzo perfecto delante de sus ojos y comprobó que ahora sí estaba recto. Tras meterlo unos segundos en el chorro del pilón, lo colocó en la balanza y probó a pesar unos clavos del suelo.

—Nunca podrá medir el peso a la perfección, pero ni el hombre más sagaz del mundo podrá notarlo. E incluso puede que ahora funcione mejor que antes —rió.

Antes de marcharse, el heteo quedó unos segundos absorto escuchando el rítmico tintineo del mazo del herrero sobre la punta incandescente de la lanza, y le pareció que escuchaba una música secreta, codificada en aquella fragua y en las generaciones de herreros que la habían repetido.

La muchacha esperaba aún de pie y con las manos juntas a la altura del vientre, como si no se hubiera movido desde que él había salido de la panadería. Urías la observó fríamente mientras depositaba la balanza en la mesa.

—Muchas gracias, señor.

No le pareció la voz de una muchacha, sino la de una mujer. Sonaba extrañamente cálida.

—Ahora ten más cuidado.

Ella asintió sin mirarle, y cuando él se disponía a marcharse le llamó.

—Señor.

Ella le extendía la hogaza de pan que había venido a buscar en un principio y que ya había olvidado. Urías la tomó y le dijo:

—¿Ves? Todos nos equivocamos alguna vez.

No volvieron a hablar en los días siguientes a esa hora en que el sol ascendía con pereza más allá de la era de Nacón, y todavía el aire corría fresco por las calles de Jerusalén. En apariencia, ella le atendía exactamente igual que a cualquier desconocido, pero Urías se complacía en pensar que se había urdido entre ellos una tácita familiaridad que se volvía jocosa en el momento justo en que ella ponía algo en la balanza. Entonces ella podía sentir el impreciso mensaje de su mirada, una imperceptible sonrisa que registraba de soslayo y que a veces secundaba tímidamente antes de bajar de nuevo la cabeza y envolver la hogaza. Y Urías hubiera querido estirar un poco ese rato en que estaban separados por el mostrador, acecharla en silencio, prolongar el ritual, saborear el triunfo de un nuevo error o fallo de cálculo, el cuchillo que tras dejarlo un momento en un estante para tomar algo, ya no recuerda dónde lo ha puesto y, en esos instantes de vacilación, él se adelanta y lo señala, o uno de los contrapesos que se cae del platillo por un temblor de la mano, deslices que le confirmaban con íntimo placer en su sospecha de que su torpeza ya no se debía a su inexperiencia, y posiblemente tampoco a su natural desmañado, sino al nerviosismo que lograba infundirle con esa forma burlona y fija de observarla a la espera, siempre a la espera.

Bien es verdad que al cabo de un mes la muchacha ganó en confianza con el oficio, su cuerpo desmadejado fue superando su natural timidez para ir situándose en el espacio y ajustando a él sus movimientos, sobre todo porque, persuadida de que Urías no iba a delatar el episodio de la balanza al dueño del horno —quien sin duda, de saberlo, la hubiera despedido en el acto—, ya estaban demasiado acostumbrados los demás a verla tal y como era para temer que un nuevo error les hiciera mirarla con otros ojos. Ahora, salvo ocasionales excepciones, la torta de pasas era la torta de pasas, y no la de higos o la de aceite, el pan de avena no era el mismo que el de trigo, o el ácimo; en un compartimento estaban los que llevaban más levadura, o se habían tostado más. Urías observaba con cierta inquietud cómo la hoja del cuchillo empezaba a cortar por el lugar apropiado de la hogaza sin perder más migas de lo necesario, cómo tenía todo en su lugar, y si el uso le obligaba a mudar un instante la disposición de los objetos, éstos recuperaban el orden original con indeseable rapidez. También reparó en que cuando estaba con otros clientes en la tienda ella le dedicaba el mismo tiempo que a los demás y que, aunque seguía sin mirarle directamente a los ojos, ya no se ruborizaba en su presencia. Y sin darse cuenta se sorprendió a sí mismo con el innoble pensamiento de desear que la balanza se le cayese por segunda vez, para demostrarle que no había cambiado y que dependía de él para llevarla a reparar al herrero sin que nadie lo supiera.

Sobre todo disfrutaba sembrando en ella la confusión, desconcertándola. Tan pronto le regalaba la mejor de sus sonrisas como adoptaba una expresión fría, inescrutable. A veces hubiera querido preguntarle algo, pero temía romper la cualidad perfecta de ese silencio preñado de significados y expectativas.

Pero sabía que la muchacha le agradecía íntimamente sus atenciones. De cuando en cuando, se producía algún percance que, aunque de distinta índole a los anteriores, instauraba el viejo signo de la vieja y precaria complicidad, el intercambio de miradas —ella siempre bajando la cabeza, apretando una sonrisa esquiva—. El heteo, haciendo gala de una generosidad nada habitual en él en presencia de otros, dejaba escapar también la prueba de su falibilidad, y estaba dispuesto a, llegado el caso, contar peras por manzanas a la hora de pagar con trueque. En una ocasión simuló equivocarse en la cuenta y le entregó unos huevos de más para que ella lo llamara en el último momento, antes de alcanzar la puerta, y así escuchar su voz de nuevo y calcular si aún desmentía ese rostro demasiado joven de la chica merced a una de esas discordancias de la pubertad, o ambos rasgos iban siendo afines. También descubrió que la muchacha movía los labios al pensar, pero sólo cuando no se creía observada u olvidaba instantáneamente que lo era. Sintió de pronto una curiosidad insaciable por lo que pasaba por aquella cabecilla y prestó una atención especial a sus labios para poder leerlos en el momento preciso. En cierta ocasión la sorprendió hablándose a sí misma en voz inaudible y no pudo evitar interrogarla.

—¿Qué decías?

—¿Yo? —se sobresaltó.

—Estabas hablando.

—No.

Ella se sonrojó como el primer día y Urías quedó satisfecho.

Las visitas acabaron haciéndose rutinarias al llegar el otoño, en el mes de Tishri: todo se sucedía mecánicamente, a pesar de que él hacía lo posible por variar de cuando en cuando sus pedidos o la cantidad requerida. Muchas veces ni siquiera se miraban, o él estaba demasiado absorto con alguna preocupación para prestar atención a ese juego infantil que él había ideado, quizá para sí mismo, y que ella ya no secundaba. Una mañana, sin embargo, una fuerte racha de viento que entró al mismo tiempo que él abría la puerta volcó la balanza con un pequeño estrépito de metales. Urías se acercó deseando que se hubiera roto pero ella lo había evitado recogiéndola antes de que alguna de sus piezas rodara fuera del mostrador. No ocurrió nada, aunque bastó ese pequeño momento para que ese retazo del pasado se hiciese presente allí, entre los dos. Y Urías, lamentando en su fuero interno su poca facilidad de palabra, se forzó a decir cualquier cosa, aunque fuera una tontería, con tal de iniciar una conversación, por rudimentaria que fuese.

—Hace viento.

—Sí.

—Esta vez has tenido más suerte.

—Sí.

Betsabé mantenía la cara retirada con la esperanza de ocultar un poco sus mejillas encendidas al heteo. Urías echó mano al bolsillo, sacó un fósil amarillo que tenía una suerte de filamentos reticulados, como si hubieran grabado unas ramas de matorral en miniatura. Se lo mostró.

—¿Ves ese dibujo tan real?

Ella asintió.

—No lo ha hecho ningún hombre. Lo ha dibujado la naturaleza.

—¿Cómo es posible?

—No lo sé. Nadie lo sabe.

Ella sonrió tímidamente y le devolvió la piedra. Él le detuvo el ademán.

—Para ti. ¿Te gusta?

Confusa, abochornada, se aplicó a mirar detenidamente el fósil.

—Es una piedra mágica —dijo Urías.

Betsabé sintió deseos de preguntar cuáles eran sus propiedades.

—La encontré el año pasado, cerca de Endor. ¿Has estado allí?

Ella negó con la cabeza.

—Nada digno de verse. ¿Cómo te llamas?

—Betsabé.

Un tiempo después, Betsabé dejó de atender el horno de pan. Urías atribuyó su ausencia a una enfermedad pasajera. Se daba, además, la circunstancia de que el primer día que faltó coincidió con una oleada de frío en un cambio de estación propicio a pasar unos días en cama estornudando y tomando leche caliente de cabra. Con esa esperanza había ido esperando que el viento frío se alejara y ella volviese a su puesto. Porque bastara ese pequeño cambio en el universo, que la muchacha dejara de estar en el puesto que le correspondía, para que Urías sintiera con una vaga desazón que se alterara la posición natural de los demás elementos —el eje de su sombra al amanecer, el curso de las aves migratorias, la dirección del viento...— que había ido consolidando la cotidianidad. De modo que Urías no quiso inquietarse aún, al menos conscientemente, y dejó que pasaran los días, como se deja que pasen unas lluvias en la temporada seca mientras se hace otras cosas. Sin embargo, con el correr del tiempo, Betsabé seguía sin aparecer. El sustituto era Guni, un hombre joven y grueso que tenía una rara facilidad para trabar conversación con sus clientes en los pocos instantes en que permanecían en el horno. Era locuaz, pronto a la risa; su simpatía parecía ligada orgánicamente a su crasitud. No sólo tenía siempre alguna anécdota divertida para contar, sino la habilidad para traerla a colación en el momento oportuno sin descubrir su artificio ni las ganas de contarla. A Urías le hubiera sido este hombre indiferente si no hubiera notado muy pronto cómo todos los clientes preferían al nuevo panadero frente a la jovencita torpe y callada. Lo que le molestaba de todo aquello es que pudiera producirse una desaparición tan alarmante y la gente siguiera como si nada hubiese pasado (y mientras tanto, todos los elementos en desbarajuste).

Y en esa inicial espera, casi imperceptiblemente, crecía una decepción o vago malestar que ni siquiera acertaba a relacionarlo con ella, tan poco se conocía a sí mismo. El mundo le decepcionaba, todo le resultaba una vez más trivial, la gente, las tareas de cada día... Urías se detenía con los niños a veces, al volver de la labra de la tierra, y les preguntaba por ella. Pero ningún niño conocía a Betsabé. ¿Quién sería esa muchacha? ¿Lo habría soñado todo?

Entre tanto, Guni se hacía cada vez más con la tienda, afianzaba sus hábitos y despachaba con la elegante gentileza de quienes se sienten perfectamente seguros en el sitio en que están. Es decir, lo que nunca había conseguido transmitir Betsabé.

Hubo, acaso, un período crítico de una semana o dos en que Urías el heteo ya daba por cierto que ella no volvería, pero aún no se había acostumbrado a esta idea, ni se resignaba a abandonar aquel ritual de su vigilancia casi paternal, la generosa condescendencia con los lapsus de la joven y la seguridad de que su presencia allí era importante y constituía una especie de amenaza para ella. Ahora recalaba por el horno y nada ocurría. Guni intentaba una vez más conquistar su simpatía al igual que hacía con todos cuantos pasaban por la tienda (y con más ahínco si alguien, como él, se le resistía). El heteo no cooperaba en ningún senti-do; sonreía a las pocas bromas que le hacían gracia y sólo perdía el tiempo imprescindible en departir con él. El panadero veía en sus esfuerzos un oca-sional fruto, aunque modesto, de modo que se es-forzaba en esmerarse un poco más y perseverar. En fin, no podía reprochársele nada, salvo quizá estar allí en el momento menos adecuado e impi-diendo que otra persona estuviera en su lugar.

Descartada la posibilidad de preguntarle a Guni si sabía algo de la mujer que antes atendía el negocio, por no crear en él susceptibilidad alguna (temía, sin mucho sentido, que él atribuyera su es-casa amabilidad al simple hecho de echar en falta a su predecesor; un pudor que sólo se justificaba por el bochorno de reconocérselo a sí mismo), en esas dos semanas Urías anduvo tentado de cambiar de panadería, pero se daba el inconveniente de que la más cercana estaba en el barrio de los pelteos, y eran diez minutos más de caminata a una hora en que le apetecía cualquier cosa menos andar. Así que acató finalmente la evidencia, se resignó a que ir al horno fuese de nuevo una costumbre anodina y empezó a olvidar a Betsabé.

Capítulo II

Ignoraba si la vaga memoria que guardaba de sus padres era real o se había construido sobre recuerdos falsos que él mismo había ido armando con su fantasía por pura necesidad, a medida que se alejaba en el tiempo de ellos y sus rostros se esfumaban. Lo mismo que los relatos de tradición oral se metamorfosean mientras circulan de boca en boca, así los recuerdos cuando se tornan en recuerdos de recuerdos. O simplemente los inventaba él desde el magma de la desmemoria insomne cuando todo cuanto le rodeaba demostraba de pronto su inconsistencia y su caducidad. Temía haber construido su pasado sobre un material de derribo, apremiado por el terror a quedarse sin historia y perder el último anclaje al mundo. Esa atávica necesidad de aferrarse a un origen y empezar a explicarse a uno mismo.

A veces, al despertarse, le parecía oír retazos de voces familiares, desprovistas de sentido. Quedaba un vago eco cuya urdimbre ilógica era la única prueba de su autenticidad. Rescatado o sustraído al sueño llegaba a él a través de los tabiques opacos de la noche. Adherencias de su memoria o material posterior de su fabulación, qué importaba, quizá uno y otro eran simplemente distintos grados de ficción.

Incluso algunas noches, cuando toda prueba referente a la existencia de sus padres parecía definitivamente sepultada o perdida, se despertaba de improviso, en medio de un sueño en el que su más temprana infancia resurgía con diáfana claridad. Ellos estaban allí, vivos y precisos, hablaban, y lo más insólito es que él los conocía bien, todo era perfectamente natural, y él no tenía edad, no podía decir con precisión si era aún un niño o ya un adulto, de lo que estaba seguro era que se encontraba en su casa natal, en Harrán, y no es que la casa tuviera atributo alguno por el cual poder deducir que era la suya, sino que este hecho era una premisa obvia, estaba implícita en la misma significación del sueño. Estaba en su antigua casa hasta que los dedos blancos del día que se iniciaba se posaban en sus párpados cerrados. Entonces abría los ojos y veía un lugar extraño. Su casa natal se disipaba ante la violenta concreción de la ventana de enrejado por donde los primeros rayos de sol irrumpían y colonizaba cada rincón de su dormitorio.

Lo que con toda seguridad no era un trucaje de su memoria era el recuerdo de los dos años que siguieron al momento de la separación —nunca supo cómo fue exactamente, pero no le fue difícil reconstruirlo más tarde: un viaje, aparición de Omra y sus hombres, el jefe debió apiadarse de él cuando la sangre de sus padres estaba aún caliente en los metales...— y los padecimientos sin límite que atravesó desde el mismo momento en que se vio de pronto absolutamente solo, en el perfecto desvalimiento de la orfandad, sumido en el miedo a lo desconocido, en el tránsito por un desierto implacable y sin término. Un terror duradero de cohabitar con hombres extraños que en cualquier momento podrían hacer con él lo que quisieran, sin nadie cerca en quien poder buscar refugio y protección.

Lo llamaban el niño heteo o simplemente el heteo. El llanto se extinguió en la primera semana, cuando sucumbió al puro terror de saberse perdido y sin posibilidad de retorno, a merced de los traficantes que lo obligaban a marchar con ellos y a alejarse cada vez más de su hogar. Mudo, desfallecido en ese territorio inhóspito que se abría ante sí, sembrado de piedras calizas, donde los caminos culebreaban entre abrojos secos y cardos, desabrigado del viento que barría la llanura color de hueso, se dejaba llevar sin preguntar nada, sin averiguar nada, abandonado al dolor de su memoria, guiando sus pasos por esa ruta hacia el vasto horizonte de la muerte.

Le leían el espanto en los ojos y lo trataban con delicadeza y con una mezcla de piedad y aprecio. Estaban atentos para ofrecerle el agua que él nunca se atrevía a pedir, pues su angustia le hacía ignorar incluso su sed, y parecía no importarles que bebiera más que todos juntos.

Una mascota siempre rezagada y abstraída, cuya torpeza al montar el camello y su modo de balancearse como si fuera a desplomarse en cualquier momento provocaba bromas y risotadas y amenizaba, sin pretenderlo, las jornadas extenuantes entre un poblado y otro. En extremo paciente con sus continuos momentos de flaqueza, en que saltaba del camello y se derrumbaba sobre la tosca tierra sin voluntad para seguir, el hombre que marchaba delante, cubierto por un velo gris y ojos verdes de mujer, no escatimaba con él una sola gota de agua o una ración de comida, aun a riesgo de que agotara él solo todas las provisiones, y le concedía una burlona y condescendiente atención.

Los primeros días sólo experimentaba la abrasión de la llanura, la tolvanera lejana del horizonte, la luz que reverberaba en el suelo y le dañaba los ojos, el polvo seco que levantaban los camellos en su balanceo rítmico. Procuraban no caminar cara al viento, pero a veces era inevitable para no desviarse de la ruta, y durante horas eran acribillados por las infinitas agujas de la arena. Y si no había viento, acaso era peor: el zumbido del sol en los oídos, el sudor apelmazado en la piel. A veces una roca entrante, una sombra bajo la que recuperar el aliento era preciosa. Sus ojos la buscaban, pensaba, allá está, la veo, la mancha de sombra. Si llegamos hasta allí viviré.

No comprendía la razón de sus cuidados, ni intentaba saber quiénes eran o para qué lo querían. En él sólo existía la angustia del abandono, que el bochorno convertía en un sopor permanente y ajeno a cualquier forma elaborada de pensamiento.

De los primeros días recordaba, sobre todo, dos ojos de un verde fúlgido sobre él y, más allá, el chasquido del toldo ondulado por el viento. Fue dándose cuenta que los ojos verdes que lo miraban fijamente sobre el alfareme no eran los de una mujer. Su mano velluda le puso en la boca la pulpa carnosa de un higo.

—Descansa, chico.

Él ordenaba cuándo se hacía un alto, cuándo se levantaba el campamento, cuándo se reanudaba la marcha o qué dirección seguían. Tenía una forma de mirarlo muy fija y adivinaba su sonrisa bajo el paño gris, una sonrisa más allá del sudor y la fatiga que parecía decirle «Cálmate, conozco tus más íntimos pensamientos». Nunca se reía como los demás, y raras veces hablaba; era, a sus ojos, el más alto, el más fuerte, el más listo, el más vil. Omra lo llamaban.

Durante su convalecencia viajaba en el camello del hombre de ojos de mujer. Lo mecía un sueño espeso, con sabor de salitre de arena y un cascabel de serpientes que debía ser el tintineo de la mercancía de los camellos. El viento tenía un zumbido musical de caracola, y el suelo era un océano movedizo. Sortijas y broches de oro y plata, cajas de perfumes y especias, tocados de seda, copas labradas, pieles de zorro, tambarillos de nogal. Iban a vender de pueblo en pueblo cambiándolos por otras joyas o por provisiones. Se decían mercaderes itinerantes.

Eran ocho o diez. De sus caras no conservaba sino los vagos rictus, y a veces todos le parecían el mismo. Finis, Davir, Oham, Lajmi, Sipai, Seón el amorreo... Todos ellos pasto de la roña y muy capaces hasta de pactar alianzas con la lepra, pero no de dejarse tocar del agua dulce. Flacos, pitarrosos, de dientes sucios y comidos por la arena y tez cuarteada por la intemperie. Sipai escupía a plomo todo el rato, Lajmi canturreaba en una lengua extraña y a veces reía sin que se supiera el porqué; Davir y Finis siempre iban juntos, dormían juntos y se levantaban juntos. No lo miraban con simpatía. Cualquiera de ellos se hubiera desembarazado de él pero Omra lo protegía. Nadie iba a atreverse a tocarlo estando él presente. Si entonces Urías hubiera apreciado su vida, habría intentado instintivamente preservar la simpatía del jefe mostrándose más dócil con él, y entonces habría perdido ambas. Por el contrario, su odio hacia él se mantuvo intacto desde el primer momento; Omra nunca dejó de apreciar esa muestra de carácter.

Y además estaba Sara, la mujer del jefe.

Se ponían en marcha preferentemente con el crepúsculo y caminaban toda la noche, no por el alivio del calor, como pensó al principio, sino para no ser vistos, y cuando llevaban suficiente distancia sin actuar, entraban de día en alguno de los pequeños villorrios que se erguían junto a un pozo o un riachuelo (ningún comerciante honrado viajaba de noche). Pueblos de establos y humo acre, y casetas bajas de piedra con revoque de barro, con habitantes por lo general indolentes, sentados a la sombra para mirar la lejanía. Se detenían en la plaza principal, extendían la mercancía sobre grandes esterillas y pasaban el resto del día comerciando. Los que no tenían dinero pagaban con todo aquello que pudiera servirles de provisión para el camino.

El desierto de Zif: una inmovilidad total. Como si el tiempo se hubiera detenido en el vértice de la canícula. Ni un soplo de viento, ni un árbol, ni una colina; sólo aquella llanura calcinada, sin horizonte, que temblaba en la distancia como vista a través de una llama, algunos abrojos y zarzales cubiertos de polvo, el aire estancado que le secaba la nariz y la garganta y le quemaba los pulmones. Allí debió de ser donde presenció la gigantesca serpiente: se acercaba desde el horizonte, girando sobre sí desde la cola que arrastraba por el suelo y levantando toda la arena que encontraba a su paso. Esa serpiente había nacido de la unión de la arena y el viento que ellos llamaban Haboob. Recorría su territorio antes de las tormentas.

—No bebas tanto. No es bueno —le decía Sara quitándole la cantimplora.

Urías miraba su rostro. Mientras ella estuviera cerca, el mundo dejaba de ser hostil durante un tiempo, era bueno que hubiera gente a su lado en quien poder confiar. Cada vez que pasaban cerca de una gruta, ella se la señalaba.

—Quizá sea la séptima puerta del paraíso. Deberíamos asomarnos a ver.

Sara le habló entonces del paraíso original, un vergel exuberante donde todo era verdor, perfumes, manantiales frescos, música de aves, donde los árboles se cimbreaban con la brisa y dejaban caer frutas generosas, donde los arroyos susurraban al sueño, y en cuyas riberas mullidas uno podía tenderse a contemplar el cielo azul sin ninguna inquietud que turbara la felicidad. Este relato comenzó a ejercer en el niño sediento y extenuado una sugestión hipnótica. En cada jornada bajo los rigores del sol no pensaba en otra cosa que en encontrar esa entrada secreta que accedía a semejante oasis.

—Debe de estar muy escondida —decía Sara—, porque son muchos los que han intentado encontrarla y no lo han conseguido. Desde que Adán y Eva fueron expulsados, nadie ha vuelto a poner los pies allí. Y todo lo perdieron Adán y Eva por su obcecación. Debes saber que ellos fueron los primeros hombres, Yahvé misericordioso los creó para que vivieran felices e inmortales en el paraíso. Les dijo sólo que no probaran la fruta del árbol de la ciencia del bien y del mal, porque si lo hacían perderían la inmortalidad. Pasó mucho tiempo y Eva, pensando en esta fruta, no podía conciliar el sueño. Se decía que Dios les había engañado al decirles que eran inmortales. Pues, ¿cómo era posible que fuesen inmortales si estaba en su mano dejar de serlo con sólo comer la fruta? ¿Y cómo sería la vida de mortal? Un día llevó a Adán hasta el árbol. Las frutas resplandecían al sol y eran las más apetecibles de todo el paraíso. ¿Podía ser, acaso, completa su felicidad si no tenían derecho a probar aquel manjar que colgaba ante sus ojos? Se lo expuso a Adán. Adán dijo:

—Haz tú lo que quieras. Yo no comeré.

Entonces Eva descolgó la fruta y la mordió. Al instante todo ella se volvió cuerpo. Estaba desnuda, sobre su piel expuesta sentía los dedos impúdicos de la brisa y la mirada escrutadora de Adán. Se sonrojó y retrocedió un paso. Él quedó absolutamente perplejo ante la visión de la mujer humana. De pronto se dio cuenta de que lo que le daba toda la belleza era su condición de mujer mortal, y él, como espíritu inmortal (salvo si mordía la manzana) no podría jamás poseerla. Entonces pensó que toda su eternidad tendría que vivir con el recuerdo de esa desnudez y le pareció demasiado tiempo para soportar tal carga. Se sintió incapaz de ser inmortal sin Eva, sin su cuerpo perfecto y perecedero.

Hizo una pausa, miró al horizonte. Agregó:

—Ahora no conocemos el camino de regreso, aunque algunos dicen que debe estar más al norte, hacia las montañas de Sión.

Una débil brisa anunciaba el lento hundimiento del sol desfigurado en una elipse. Las sombras de los camellos reptaban sobre las arenas ondulantes donde el viento de la noche inminente comenzaba a peinar sus estrías. En la lejanía, el polvo trazaba su danza vertical en pequeños remolinos. El muchacho se pasaba la lengua por los dientes y escupía un conglomerado de saliva y arena. Instintivamente, buscaba la cabellera oscura de la mujer, sus manos delgadas asiendo las riendas de los camellos. Pasaba junto a ella y su perfil se transformaba en una sonrisa dedicada a él.

Alguien daba una voz de alarma y aparecía en la distancia la figura de unos viajeros. Omra hacía bajar a la mujer, los hombres ocultaban las armas bajo la túnica e iban al encuentro de los forasteros. Desde el lugar donde esperaban, Sara y el niño podían observar la escena en apariencia incomprensible, pues unos y otros se apeaban de las bestias y parecían parlamentar. Luego se oía un grito, o quizá se veía un cuerpo que caía. Todo pasaba muy deprisa, y en seguida se alejaban del lugar.

Ella canturreaba cuando estaba tranquila y el aire recobraba la tibieza. La miraba peinarse muy despacio, echando el cabello a un lado tras mojarse un poco las puntas, sentada en su esterilla con las piernas cruzadas. Después se extendía una crema ligeramente olorosa por la piel (Omra le compraba todo tipo de aceites perfumados y cosméticos en los pueblos que podía, pues dinero nunca les faltaba). Empezaba por las palmas de las manos y luego por los brazos y piernas. A veces, cuando se untaba también la espalda, él la ayudaba. Nada le era más grato en el mundo que acariciar aquella espalda grande y huesuda, y cumplía su tarea cuan lento era capaz. Ella acababa riéndose.

—Venga, ya está bien, déjalo.

Se pulía las uñas con una navaja, primero las manos y luego los pies. A ratos alzaba la mirada y descubría al muchacho observándola por detrás, como un cachorro desde su guarida que con sus ojos grandes sigue los movimientos de su madre.

Se reunía con ella casi todas las noches cuando la luna estaba ya alta.

—¿Qué lengua hablas? Nunca te he oído pronunciar una palabra.

El muchacho se mantenía callado.

—Pobre niño. Debes de ser mudo. Qué pena me das.

El débil llanto de Sara procedente del interior de la tienda le impedía conciliar el sueño. Era un llanto tapado por una mano. Algo que por no querer oírse penetraba como un aguijón en sus oídos. Recordaba haber salido gateando de su tienda, escudriñando las tinieblas y entrado bajo el toldo renegrido con un sigilo felino. No podía verla, pero adivinaba el espacio que ocupaba al fondo, tras la móvil cortina de sombras. Ahora no sólo lloraba sino que se movía cadenciosamente como si escarbase en su desesperación. También advirtió un rechinar de la piel y un crujir de huesos. Su jadeo era un doble jadeo. Se quedó allí muy quieto, esperando a que la mancha negra tomara una forma más precisa. Ahora lo sabía: Sara forcejeaba inútilmente, arañaba su piel, mordía, hundida bajo el peso de su cuerpo miserable. Se movía pero no podía liberarse porque estaba como clavada a algo que la retenía allí, cabeceando en su llanto sordo. Olía mal. La amalgama despedía un olor acre y penetrante, de sudor viejo, de encierro humano. El balanceo se hacía más brusco o decrecía, parecía extinguirse al fin y reanudaba con un resuello pertinaz. Y en ese no poder ver lo que estaba sucediendo, su imaginación compuso formas aberrantes de la infamia y el dolor.

Habían dejado atrás, al fin, el desierto de Zif y tomado la ruta de Berseba. La fisonomía del paisaje comenzaba a suavizarse gradualmente. Se alejaron de los arenales y campos de dunas del sur y se internaron en un valle más accidentado, con lomas bajas donde renacía una vegetación de baraña. Para el muchacho, habituado al paisaje más suave de su tierra, aquello supuso un alivio. Ahora caminaban por sendas flanqueadas de abrojos y chumberas, y a veces se distinguían a ras de la llanura las manchas rojas y luminosas de las amapolas entreveradas de copetes de hierba. Por primera vez, el chico vio a Sara hablando con Sipai. Se entendían con dificultad porque hablaban dialectos distintos, y a menudo reían, y Omra, a la cabeza del grupo, se volvía hacia ellos, receloso. El cielo, entonces, tenía una coloración más azul. Paraban a menudo en unas moreras verdes y jugosas. Algunos pequeños asentamientos en las cornisas y riscos, casi siempre cuevas de pastores, les servían para hacer una parada y abastecerse de alimento. Las yerbas silvestres llenaban de aromas el aire y les acompañaba el gorjeo de los pájaros y el zumbido de las abejas. Solían avanzar por el lecho seco de un riachuelo, donde el suelo era más blando, hecho de aluvión rojo, y aparecían cañadas con algunos olivos y matas de roble entre las piedras y retamas y siguiendo ese curso daban finalmente con algún poblado menor donde vendían la mercancía o de donde, por el contrario, salían huyendo bajo el silbido de las flechas si eran reconocidos.

Por entonces, el muchacho se enteró de cuál era el propósito de los hombres. Omra hablaba de una enorme piedra incandescente que había caído del cielo unos años atrás, en algún páramo de la tierra de Canán. Semihundida y formando un promontorio, no era fácil identificarla. La piedra celeste tenía un poder sobrenatural. De ella se obtenía un mineral mucho más duro que el bronce, que convertido en espada tornaba a uno en prácticamente invulnerable.

La existencia y ubicación de la gran piedra era mitad leyenda y mitad secreto: Omra estaba convencido de que existía y acabaría hallándola.

Sipai murió por la picadura de un escorpión. Eso fue lo que dijo el jefe cuando salió de su tienda llevando en brazos el cuerpo exánime, la cabeza descolgada y blanca, la boca abierta. Urías notó un soplo frío subirle por los huesos. No hubo objeciones. Un silencio duro y rencoroso se instaló entre ellos. Al levantar el campamento, el heteo vio algunas gotas de sangre coagulada en la arena. Escarbó un poco y encontró más sangre seca. Metieron el cuerpo en la horma que dejó una enorme piedra plana al extirparla de la tierra. Un muerto no era más que un muerto, pero Sipai seguía dando miedo, allí en la oquedad, mirando a Omra con casi tanta fijeza como lo vigilaba, de sesgo, el amorreo, amigo de Sipai, escondiendo los puños bajo la túnica y apretando las mandíbulas. Sara callaba.

Día vino en que alzaron las jaimas al socaire de las ruinas de un pueblo abandonado junto a un pozo tapado. Los pequeños hitos de piedra tenían formas tortuosas, como hombres agónicos retorciéndose de dolor. La prefiguración de un llanto encerrado en las oquedades de granito. El viento se lamentaba al pasar entre las bóvedas desventradas. Urías estaba sediento, así que desprendió las tablas claveteadas y cubiertas de cal para buscar el agua oscura de la cavidad. Consiguió llenar un odre pero antes de beber Omra se precipitó sobre él y se lo arrebató de un golpe. El chico buscó una respuesta en el rostro de Sara. Ella asintió para darle la razón al jefe. Urías intentó nuevamente tomar agua, y esta vez Omra le propinó un bofetón que le hizo rodar al suelo. Acto seguido, Omra volvió a cerrar el pozo apestado. Se fueron de allí y jamás hubo una explicación para él. Le quedó para siempre un residuo de angustia ante lo incomprensible, unido a ese escenario de fantasmagorías, donde el dolor y la negación eran parte del mismo enigma.

Por la noche volvió el amorreo con un venado a la espalda. Los otros trajeron brazadas de leña. Davir abrió en canal el vientre del animal con su profundo cuchillo. Luego metió la mano dentro y empezó a sacar cosas sanguinolentas y blandas, un amasijo grumoso e informe que chorreaba líquidos negruzcos y olía mal. Todo lo fue dejando en el suelo. Urías quedó un rato pensando cómo podían los animales tener tantas cosas dentro, materias viscosas que no se sostenían y estaban sucias y malolientes. Aún no había concluido la operación y se aplicaron en desollarlo. Lo más bonito del animal, que era su piel suave y ambarina, iba quedando fuera a medida que tiraban de ella y la despegaban de la carne sensible. Sin piel, el venado ya no parecía un venado. Tampoco daba lástima ya, pues que, sino fuera por las pezuñas, las pezuñas seguían siendo tristes.

El muchacho, sentado junto a Sara, arropado por sus brazos, miraba extático la danza mudable del fuego, sus múltiples rostros; en cada uno de ellos había como una vaga prefiguración, una señal que él no lograba capturar. Ahora baileoteaba una lengua amarilla, ahora naranja, ahora verdosa. Las puntas acariciaban el aire, entablaban un diálogo con la oscuridad. Del chisporroteo le llegaban mensajes susurrados, voces antiguas y secretas. A veces creía advertir que se dirigían a él, y adelantaba la mano para tocar esa materia huidiza y desconfiada como un erizo. Calor.

—Dios habita en el fuego —le dijo una vez Sara al oído—. Moisés lo vio.

El fuego estaba vivo y sabía mucho del mundo, de los secretos de la noche, por eso lo miraba uno tan fijamente, como sustraído por su influjo innumerable; desde la distancia orientaba los pasos hacia esa luz fluctuante, el calor creaba un círculo esponjoso donde uno podía sentarse y dejarse envolver. Los colores emergían de la tierra y coleaban hacia el firmamento. Las pavesas, al zigzaguear en el aire, buscaban un sitio entre las estrellas, un puesto en la vasta extensión del universo, y como no alcanzaban suficiente altura morían de desaliento. No caían: desaparecían en el aire, como espíritus.

—Esa gacela que hoy hemos comido ha existido gracias a Noé —dijo Sara— ¿y sabes quién fue Noé? Pues fue el hombre que salvó a todos los animalitos del gran incendio. Eso ocurrió hace mucho, mucho tiempo, antes de que existiera el abuelo del abuelo del abuelo de tu abuelo. Entonces el mundo estaba habitado de hombres y gigantes. Los gigantes eran gente sencilla, que trabajaban la tierra y no hacían mal a nadie. Pero los hombres los odiaban y les declararon la guerra. No sé por qué a los hombres les gusta tanto la guerra. Guerra como aquélla no hubo ninguna. La humanidad entera se volvió loca. Todo lo saquearon. Prendieron fuego a los campos de los gigantes, y las llamas se extendieron hasta los grandes bosques de toda la tierra. Noé, su mujer y sus hijos fueron los únicos que no quisieron participar en la batalla. Construyeron un gran barco para salvar a todas las especies que habían sobrevivido al gran incendio para llevarlas, navegando, al otro lado del mundo, donde decían que existía una tierra totalmente virgen, donde el hombre podría rehacer su vida en compañía de los demás animales y donde el mal aún no había puesto los pies. Noé los embarcó y navegó durante cuarenta días y cuarenta noches por un mar embravecido, porque toda la tierra se había agitado con el odio de los hombres. Entonces empezaron los problemas: el avestruz empezó a picotear a la mangosta, el asno chillaba y quería salir, la jirafa golpeaba el techo con la cabeza, la cabra embestía la puerta, el lobo ululaba y se comió a la oveja, el pájaro carpintero taladró los tabiques, y el agua entraba sin cesar hasta que Noé tapaba las grietas; el perro y el gato se perseguían por el camarote, los ratones se comieron la provisión de queso, los canguros botaban día y noche, y nadie podía dormir en ese barco de locos, y había una fetidez insoportable; los dos camellos tiraban de las barbas de un Noé iracundo y Noé dijo «¡Basta! Prefiero que me traguen las aguas a seguir aguantando esto». Y justo cuando todo se iba a ir a pique, el barco llegó a la tierra y toda la jauría de bestias abandonó el barco, y Noé se dedicó a la horticultura y a la caza de todos los animales que había traído, y a quienes odiaba con todo su corazón. Pretendía exterminarlos con arco y flechas, pero era torpe, y en los casi doscientos años que vivió no pudo acabar con una sola de las especies, que se reproducían mucho más deprisa de lo que él ponía sus trampas. Lo que sí tuvo es muchos hijos, unos ciento veintisiete en total, aunque algunos dicen que fueron ciento treinta y dos, porque su mujer era insaciable. Y por eso todos somos descendencia del viejo Noé.

Capítulo III

Con el correr de los meses, Urías aprendió mucho y muy deprisa. Conoció los reptiles que sobrevivían al calor merced a su sangre fría, aprendió a reconocer por la fisonomía del terreno y el tipo de vegetación los lugares próximos a la presencia de agua, a orientarse en la noche siguiendo el abigarrado mapa de estrellas, a distinguir los frutos venenosos y extraer el néctar de las moreras, supo qué plantas, raíces y frutos silvestres eran comestibles y cuáles no, aprendió a defenderse del calor, del escorpión, de las hienas hambrientas y de la desolación del mediodía. Podía columbrar los riscos y cornisas que albergaban frescas grutas, y a leer la proximidad de una tormenta en el vuelo inquieto de los pájaros. No se le ocultaba la entrada de una galería subterránea donde habitaba la mangosta, o la guarida de las ratas de pradera. También aprendió a entender el lenguaje de los hombres que lo retenían y sus astutas artimañas. Y también comprendió que todos los conocimientos que iba incorporando no escapaban a la mirada burlona y complaciente de Omra.

—Un muchacho inteligente —solía decir con cierto orgullo paternal, acariciándole la cabeza con sus manos duras.

No le pasó desapercibido al heteo el día en que Sara comenzó a dormir en una tienda propia, sin la presencia vigilante del jefe. Aprovechó la ocasión para esconderse una noche tras el toldo. Aún se estaba preguntando para qué habría hecho eso cuando, en el momento en que ella empezó a desnudarse, notó un hormigueo caliente dentro de la piel. Se arrastró a gatas hasta ella. Sara dio un respingo.

—¿Qué haces aquí?

Urías le acarició la espalda como solía hacer al broncearla. Pero ella le retiró la mano.

—¿Estás tonto? Vete de mi vista.

Leyó el rencor en su mirada. Estaba perplejo. Nunca hasta entonces le había hablado en ese tono. Sara se dio cuenta y dulcificó falsamente su expresión, tratando de sonreír.

—Venga, ve a dormir, que es tarde.

Durante toda la noche y los días que siguieron Urías estuvo reflexionando sobre este incidente. El pasmo inicial fue abriendo lentamente la llaga del desamor, tan ardiente y dulce que a veces parecía el amor mismo. Urías la alimentó para que no dejara de crecer, para que poblara su memoria y endureciera su corazón ante los hombres, para no caer nunca más en la trampa de la inocencia, para no ser objeto de conmiseración.

A Sara se le hinchaba cada día un poco más el vientre. Lo más extraño del caso era que nadie parecía reparar en ello. Ni siquiera ella se mostraba alarmada por la deformación de su cuerpo. Muy al contrario, parecía complacerse en su gordura.

Los caminos se hacían cada vez más errabundos entre la vegetación pardusca y los barrancos de retama y escilas. Comenzaba a llover. El agua parecía un milagro en aquella tierra. El calor dio paso al frío con una celeridad casi demente, como de un día para otro. Cada vez paraban menos, porque en numerosos pueblos los reconocían, Seón el amorreo fue derribado del caballo por una pedrada a la salida del pueblo y un gentío iracundo lo molió a estacazos, a Finis le picó una serpiente en el pie, su rostro se tornó amarillento y pasó cinco días tiritando, Sara necesitaba constantemente hacer un alto en el camino para recuperar fuerzas y al fin, Omra dijo:

—Basta. Descansaremos un tiempo.

Así que pasaron todo el invierno refugiados en un pueblo llamado Engadí, cuyas casas de barro comidas por el nitro se erguían sobre una planicie brillante y bruñida: el valle de la Sal.

Allí el silencio tenía otra sonoridad, la luz se adensaba en una materia refractante e irreal. Las piedras parecían de ceniza, y el viento frío ululaba entre sus poros a través de la noche. El valle de la sal, donde sólo respirar daba sed. Y la piel se llenaba de una costra blancuzca, una adherencia blanda y salobre.

Cumplió Urías diez años y nadie salvo él lo supo. Sus padres lo hubieran celebrado. Espantó esta idea de su mente, pues la tranquilidad de su aflicción sufría de pronto una sacudida, como un peso que, por la costumbre, se ha dejado de sentir hasta que alguien lo remueve. El frío de la angustia subía desde los pies y luego ya no había modo de ponerle fin. Temía siempre ese momento en que el miedo acabaría imponiéndose sobre su voluntad, aunque ahora conocía algunos remedios para vencerlo. El principal: el odio.

El Jordán corría negro, turbio, arrastrando el peso de las últimas lluvias, y se perdía en lo hondo de los barrancos y las algaidas a través de la bruma. El muchacho vio por vez primera el mar Muerto en una tarde acelajada, cubierto en su orilla por un fango oleoso y maloliente.

«El mar verdadero —le había dicho Sara en una ocasión— se parece a un gran campo de espigas azules y verdes que oscilan constantemente. El mar verdadero puede ser dulce como un campo de espigas y tan peligroso que con sólo meterte en él puede matarte. Nadie, ningún hombre de este mundo puede llegar a tocar el fondo del mar, del mar verdadero.»

Había comprado Omra una vivienda junto al molino de la entrada del pueblo y durante varias semanas no se movieron de allí.

—Quién iba a decir que unos facinerosos como nosotros acabaríamos viviendo como la gente normal —se mofaba Omra.

Ahora comían caliente y dormían bajo techo. Los esbirros vagaban de un lado a otro, aburridos, contando el dinero, sacudiéndose el frío de los costados, avivando el fuego con los badiles, saliendo por leña, tonteando con las mujeres, bebiendo y saliendo a cazar de cuando en cuando.

Aquel mismo río que entonces bajaba negro y turbio fue menguando y aclarándose hasta que empezaron a crecer las adelfas rosáceas a ras de la llanura; entonces Sara dio a luz a un bebé varón de piel cobriza como ella pero con los ojos rasgados y del verde profundo de su padre. Nada más nacer, ella le susurró al oído las primeras palabras: «Escucha, Israel, sólo uno es nuestro Dios». Muchos años después, Urías, al recordarla, reconocería la oración sagrada de los hijos de Abraham, el *shema*.

Los rostros perplejos e incrédulos de los bandidos emergían de la sombra para observar el ser que acababa de nacer de una noche viscosa y muda, un fenómeno siempre incomprensible que les recordaba que ellos también fueron así un día.

—Nunca vi un animal que fuera tan feo al nacer —observó Davir.

Finis acercó su dedo sarmentoso hasta tocar la naricilla del bebé y luego se fue hasta la puerta a descargar un salivazo. Oham inclinó también su cara sucia hasta que las greñas de su pelo taparon la cara al bebé.

—Huele mal —dijo.

Durante un rato Omra lo tomó en sus brazos con expresión grave. Todos pensaron que lo iba a matar allí mismo. Sara se mordió los labios hasta sangrar. Tras un largo silencio, Omra sonrió y dijo:

—No llora al mirarme. Un valiente merece vivir.

Fue por aquellos días, en que el vello empezaba a crecer en su rostro, cuando oyó por vez primera hablar de un pueblo llamado Belén, en el reino de Benjamín, situado en la encrucijada de las principales rutas comerciales. Se decía que lo había conquistado un pueblo muy numeroso, huido de la esclavitud de Egipto, un pueblo que se había hecho tan famoso como temido por sus victorias militares y que tenía un solo Dios al que llamaban Yahvé, el dios al que Sara se refería en sus cuentos. Por eso, de algún modo, Urías lo relacionó con el Paraíso.

Omra evitaba tomar aquella ruta y no ocultaba su recelo por los hebreos. De ellos solía decir:

—Un pueblo de locos y fanáticos. Fanáticos por su Dios. No hay guerrero más peligroso que aquel que cree que la divinidad está de su parte y va a entregarle la victoria.

Era la primera vez que el heteo advertía en el jefe el respeto por un enemigo. Desde entonces no cesó de pensar en ese pueblo. Lo imaginó magnífico, lleno de altas torres y calles con arcadas umbrías, abrigado por colinas que lo protegían del viento, salpicado de oasis donde crecían las chumberas y las adelfas y cantaban pájaros exóticos, con mansiones de oro y plata, con mercados en enormes plazas de azulejos donde se daban cita los productos más exóticos y de más lejana procedencia, por cuyas calles siempre umbrías transitarían camellos y caballos egipcios. Pero luego razonaba que un pueblo así no podía existir, y se entregaba durante horas a rectificar sus fabulaciones, a hacer menos altas las torres y las murallas, menos exuberantes sus jardines y más modestas sus mercaderías.

Eligió la primera noche de luna llena. Sustrajo tres odres llenos, todas las provisiones que pudo encontrar, unas monedas de plata y un asno. Tras asegurarse de que todos dormían, echó una última mirada a Sara, que yacía a unos metros de Omra, junto a su niño. Estuvo tentado de despertarla para despedirse de ella, pero temió que también se desvelara el niño y con sus vagidos lo echara todo a perder. Así que tomó la dirección norte siguiendo la referencia de una estrella.

Al amanecer, tras seis horas de marcha, calculó que ya se habrían percatado de su desaparición, y que con toda seguridad el jefe habría comenzado a seguir su rastro inequívoco a lomos de su camello. Pero en cuanto viera que este rastro se perdía en la distancia, no malgastaría más tiempo y regresaría al campamento. Nadie iba a sacrificar demasiado esfuerzo por un simple niño.

En las primeras horas de sol vació media cantimplora. Sabía que el asno aguantaba poco sin beber y que si no abrevaba entonces estaría exhausto en menos de diez horas, pero confiaba encontrar antes algún sitio donde el animal pudiera saciarse. Vagaba por un silencioso laberinto de cerros sin divisar un solo hombre o una casa. Las piedras del camino ya comenzaban a exudar el calor con el que el sol las golpeaba, pero de cuando en cuando corría un ligero soplo de brisa que aliviaba el bochorno. Urías estaba tan nervioso que no se daba cuenta de cómo se acrecentaba su cansancio.

Humedecía un poco el pedazo de tela que anudaba a su cabeza para protegerse de una insolación y respiraba con la boca abierta para ventilar sus pulmones. Procuraba reprimir la ilusión de la libertad diciéndose que aún quedaba mucho camino por delante. Las abejas murmuraban entre la fusca polvorienta, y a veces se oía el aleteo de las palomas torcaces o el graznido de los cuervos. Los espinos y yerbas silvestres llenaban de olores el aire estancado. A veces, alzaba la vista más allá de los riscos y divisaba, detenida en lo alto, como un punto levemente oscilante, un águila que acaso le seguía.

Agotó el primer odre de agua en plena canícula. Ahora no había sombras. Todo el valle del Terebinto hervía, y la lejanía temblaba como en un espejismo. Se desvió por un desfiladero polvoriento para alcanzar una morera. El asno comió los frutos con una avidez febril, y Urías tuvo entonces el primer gran problema de la jornada: sustraer a la bestia de la morera cuando ya habían perdido allí un tiempo demasiado precioso. El animal mugía y coceaba, y el muchacho tiraba de la cincha para apartarlo de allí sin ningún éxito. Al fin, le puso la boca de la cantimplora en el hocico y lo atrajo así varios metros hasta alejarlo de la morera. Pero su provisión de agua había mermado hasta niveles preocupantes.

Esperó a que saliera el lucero de la tarde para desviarse y de ese modo saber dónde estaba el norte. Si iba en dirección norte llegaría a Belén. Le dolía horriblemente la espalda y cada balanceo del asno era como una pequeña punzada. Ya no podía mantenerse erguido. Su ansia de libertad era tal que no descansaría hasta pisar ese pueblo. Además, tenía las provisiones justas para tardar un día más. Si se demoraba más tiempo, corría el riesgo de perecer de sed. El lucero era como un ojo abierto en el cielo, un ojo hostil, frío. A la distancia de un tiro de flecha divisó algo en la tierra que no parecía una roca. Conforme se fue acercando distinguió la osamenta de una cabra. Se apeó del asno para recogerla y le quitó la pátina de polvo que la cubría con un soplido. El cráneo le inspiraba miedo. ¿Tendría la muerte un rostro parecido? Con un temblor repentino la arrojó al suelo, subió de nuevo al asno y prosiguió el camino. Pobre animal. Se habría descarriado del rebaño para acabar perdiéndose en aquella tierra de color ceniza. El sol habría ido asfixiándola despacio, o quizá hubiera muerto de tristeza y soledad, al verse fuera de la protección de sus compañeras. Esa era la peor muerte. La de la tristeza. A uno le iba devorando la sed y la desolación. No tener a nadie, no saber qué tierra pisaba uno, ni adónde se dirigía. La angustia de sentir que a cada paso ahondaba más en su extravío.

Desmontó del asno, bebió compulsivamente y dio un poco al animal. Necesitaba espantar como fuera la desolación que le iba ganando, y creyó que tal vez caminando, pese al cansancio, lo lograría. Sus pies tropezaban con cada piedra, sus pasos eran torpes, como sin voluntad. La noche se fue cerrando lentamente en torno a él. La luna no tenía brillo, y su rostro macilento era la prefiguración de un cadáver. Pequeñas nubes pasaban racheándola como una negra humazón. Las tinieblas. El se dirigía a las tinieblas. Se agarró a las crines del asno, lo tocó para cerciorarse de que aún estaba con él. Buscó sus ojos negros y vacíos. Tanteó el hocico peludo y caliente, pero el animal retiró a un lado la cabeza, molesto. El niño se abrazó a su cuello, escuchando su propio jadeo, hasta que los latidos de su corazón se apaciguaron un poco. Entonces escuchó la risa de la hiena.

No era una sola, sino varias. Y estaban bastante cerca. Tomó varias piedras del suelo y siguió adelante. La proximidad de aquel enemigo concreto, visible y material ejerció, paradójicamente, de lenitivo para su angustia. Ahora se enfrentaba a una amenaza tangible, contra la que existían medios a su alcance, y él conocía esos medios. Esta idea le insufló algo de valor. Cualquier cosa antes que la ausencia, el silencio, el vacío. Las risas sonaban ahora más nítidas, se acercaban por su derecha. Apretó las piedras. Escudriñó la oscuridad y distinguió unos puntos amarillentos que se movían. Lanzó hacia ellos la primera. Los animales la esquivaron fácilmente y siguieron acercándose. Urías erró el segundo tiro, y el tercero. Ahora las veía bien. Eran cinco. Tomó el guijarro más gordo y acertó a una en el lomo. El animal se revolcó entre el polvo, gimió y volvió a ponerse en pie. Estaban hambrientas, no cabía duda. De lo contrario ya se habrían ido. Ahora estaban pendientes del movimiento de sus manos. Bastaba hacer un amago para que retrocedieran unos pasos. El asno estaba muy nervioso, comenzó a dar coces al aire y el muchacho no podía sujetarlo con la cuerda. Entonces el animal lanzó algo que no podría llamarse rebuzno; era una especie de bramido monstruoso, horrísono y prolongado hasta la agonía. Subía hasta ser tan agudo y penetrante que entraba en los tímpanos como una esquirla de hielo, y luego el sonido empezaba a bajar al tiempo que se descomponía en una discordancia que atentaba contra el orden natural. El niño soportó el primero con una especie de parálisis nerviosa, pero al segundo se arrojó a tierra y se cubrió los oídos con las manos temiendo que la cabeza le fuera a estallar. Aguantó así la tormenta de bramidos y cuando cesó, se incorporó aturdido y con los tímpanos zumbando. Todas las hienas habían huido despavoridas.

No cesó de caminar en toda la noche. A veces le parecía que dormía mientras andaba, porque le asaltaban ráfagas de imágenes que tornaban su pensamiento en delirante, y entonces suponía que estaba medio soñando, y que debía de ser peligroso hacerlo mientras caminaba, porque eso sería la locura: creerse sus propios sueños al tiempo que se actuaba como un hombre despierto; a ratos veía a su madre, la oía cantar, pero no podía ser ella, y sin embargo era su voz, le había tomado de la mano y ambos bailaban juntos alrededor de una oveja, le llamaba por su nombre, estaba de puntillas sobre el brocal de un pozo, se columpiaba en el cubo amarrado a la cuerda, decía «¡Diiing, doo-ong!» y reía sin cesar, era una muchacha su madre, toda vestida de verde, el cabello al viento, descalza sobre las ramas más altas de los arboles y rodeada de perros, y él subía por el tronco para alcanzarla, pero el tronco se combaba y ella estiraba los brazos para auparle, aunque el árbol ya besaba el suelo con su copa y ella había desaparecido, la buscaba en el molino, pero sus siete puertas estaban cerradas, su casa natal había desaparecido. «Se la llevó el río», dijo un barquero, «Se la llevó el río, se la llevó el río.»

Despertó en medio de un páramo pardusco. Le costó unos segundos comprender dónde estaba y cómo había llegado hasta allí. El estómago le rugía de hambre. Comió todo lo que le quedaba y vació su última cantimplora mientras oteaba los alrededores en busca de algún punto de referencia. Divisó a lo lejos lo que parecía un rebaño de ovejas. Se puso de pie en seguida y no pudo reprimir un grito de dolor ante el crujido de sus huesos. Pero no bien empezó a andar el dolor fue desapareciendo u ocultándose. Conforme fue acercándose, divisó un enjambre de casas blancuzcas con tejados casi planos, rodeado de bancales, viñas y campos de cebada. Cerca una humareda gris señalaba el lugar donde se estaban quemando rastrojos.

El pastor miraba llegar al niño sin inmutarse ni quitarle sus ojos soñolientos de encima.

El niño le señaló el pueblo. El pastor no comprendió al principio. Al fin, dijo:

—Belén.

Capítulo IV

Los que le vieron llegar le contaron a ella cómo entró en el pueblo envuelto en harapos, extenuado de sed, cómo anduvo tambaleándose hasta la plaza del Sheol y tras saciarse se derrumbó al pie del pilón donde abrevaba su asno. Unos hombres, entre los cuales se encontraba Rubén, lo llevaron a la casa de Aquior, el curandero. Deshidratado y tan flaco que se le transparentaba el esqueleto bajo la piel, muchos pensaron que ni él podría salvarlo.

El chico permaneció en la gran casa pinariega una semana y dos días, tiempo en que se esperó sin éxito que algún familiar, quizá un forastero, viniera a reclamarlo. Si hubiera dicho algo cuando lo encontraron que explicara su presencia allí y en aquel estado todos hubieran olvidado pronto el caso, pero algo vieron en ese niño mudo y perplejo que inquietó a quienes lo pusieron en manos de Aquior. Nadie le había visto antes ni dentro ni fuera de la ciudad, y tampoco se le conocía familia u origen. Unos decían que era filisteo, otros jebuseo, incluso alguno le había creído distinguir rasgos egipcios. En realidad, traía demasiado polvo encima como para que se pudieran distinguir bien sus facciones. «Llegó chupado por la enfermedad del desierto» dirían las gentes, y cuando alguien hablaba de estar aquejado de la enfermedad del desierto equivalía a decir que tenía un pie en la sepultura. Según algunos pacientes que habían estado en casa de Aquior —nadie sabía qué pacientes aportaban estas referencias— el chico no se movía, que permanecía rígido en una esquina y que tardó dos días en probar bocado, pero cuando lo hizo comió como seis adultos juntos. Si le preguntaban al mismo curandero cómo estaba, Aquior solía responder secamente:

—Duerme.

—¿Pero qué cuenta? —se impacientaban los más curiosos.

—Nada.

—¿Cómo se llama?

—No me lo ha dicho.

Y tras estos parcos comentarios echaba las pesadas cortinas de lana de su entrada para espantar a los fisgones. Aquior no se caracterizaba precisamente por su locuacidad. Era una naturaleza fría y metida en sí. Le apodaban burlonamente «el carnero» a causa de una anécdota que se contaba de él: en una ocasión, tres hombres que sujetaban como podían a una mujer poseída por los malos espíritus llamaron a su puerta. Le preguntaron si conocía un remedio para serenarla. Aquior dijo que no había malos espíritus en ella, que todo era un asunto de la cabeza. «¿Y qué se puede hacer con la cabeza?» le preguntaron, sosteniendo esforzadamente a la mujer que seguía retorciéndose. Aquior dijo:

—Los asuntos de la cabeza hay que tratarlos con cabeza.

Y dicho esto, se acercó a la mujer y le propinó un testarazo en la frente tal que al momento ella cayó al suelo inconsciente. Aquior, sin embargo, mantuvo su cabeza incólume y en su sitio. Y la mujer, al volver en sí con unas palmaditas en la mejilla y un jarro de agua fría que le derramó Aquior, se encontraba descansada y relajada, y los malos espíritus no volvieron a anidar en ella.

Desde luego, más que su cabeza, lo que eran inamovibles como el granito eran sus ideas. Entrado ya en los treinta años mal cumplidos, tenía una cara enrojecida y tosca que asustaba a los niños, poblada de una barba híspida, y su mirada inescrutable se mantenía siempre severa. Trataba a todos con una unánime y educada hosquedad. Pero sobre todo se le respetaba por su ciencia. Se decía que era el mejor curandero del país, y que nunca había querido trabajar para Saúl ni para Samuel porque no estaba dispuesto a soportar órdenes de nadie. Sabía escuchar el susurro de la sangre por las venas y descifrar el origen de las enfermedades; también escuchaba los signos de la respiración, los movimientos de las vísceras y todas las glándulas. Curaba la gota con alhelí, la sarna con el cardo, y anestesiaba a los pacientes que operaba envenenándolos de alcohol y de una droga que obtenía a partir del cáñamo. Podía leer por el color de la piel si la sangre corría pura o viciada, y poseía un catálogo secreto de miles de hierbas, preparados y ungüentos, transmitidos por su familia a través de generaciones, que habían salvado a muchas personas de la muerte. También se decía de él que bebía vino sin mesura, día y noche, para poder soportar el peso agobiante de una secreta tribulación. Nadie le había visto nunca con una mujer, ni se había conocido mujer que se acercara a él a menos de una yugada de distancia, siempre que estuviera sana.

Era un visionario, y un profeta a su manera, pues no había profecía que no se cumpliera, cuando anunciaba:

—Le quedan tres días.

O:

—Si no muere mañana, saldrá de mi casa por su propio pie.

El heteo se dejaba aplicar todos los remedios del curandero con una mansa curiosidad. Bebió los inmundos preparados de tallos de juncos para limpiar la sangre, se dejó aplicar malva silvestre en todas las heridas de su piel y tomó infusiones de orégano y manzanilla para purgar sus vísceras. Eran unos pocos afortunados los que habían visto su casa; pocos porque no acostumbraba a atender más que a casos desesperados —para los casos leves existían otros curanderos en la región— y afortunados por haberlo podido contar después. Tenía varias tinajas de vino enormes a la entrada, y tampoco le faltaban vasijas de aceite, tarros de miel y áloe, y tenía la despensa siempre aprovisionada de las frutas más frescas, cosa normal tratándose de un hombre rico. También habían visto una extraña decoración de cactus. A nadie se le había ocurrido nunca pensar que los cactus pudieran servir para decorar, pero desde que se corrió la voz de que Aquior tenía cactus en su casa, empezaron a verse por todas partes balcones y terrados llenos de ellos.

—Qué tontería —dijo Aquior—, yo nunca los usé para decorar, sino para torturar a mis pacientes.

Lo tomaron como una de sus peculiares bromas, pero algunos de sus pacientes afirmaron que había empleado unas púas perforadas para introducirles líquidos dentro de las venas.

Lo que le daba el color bermejo a su rostro era, al parecer, el vino. Al final de la tarde, concluido su trabajo, se arrellanaba en su sillón de mimbre a varios pasos del heteo y bebía despacio, chasqueando la lengua de cuando en cuando, sin dejar de observarle, confiando en que tarde o temprano su silencio fijo, inquisitivo, acabara por atacarle los nervios y provocarle una manifestación verbal, aunque fuera violenta. Le había examinado las cuerdas vocales y estaba persuadido de que podía hablar.

—Este niño está bien —le confesó a Rubén.

—¿Y por qué no habla?

—Porque no le da la gana. Lo cual me parece muy bien.

Sólo dejaba que lo visitara Rubén, quien había dado muestras sinceras de su interés por el estado del muchacho. Rubén era un hombre enteco, torpón y humilde, cuya dócil sonrisa jamás se le despegaba de los labios. El curandero no ignoraba que su mujer Noa era estéril. Además, había observado una reacción de afecto en el chico hacia ese hombre cauteloso y tímido, incapaz de matar una mosca, que le acariciaba el pelo con su mano trémula y le daba golpecitos en el hombro mientras le decía:

—Te vas a poner bien, tú, niño, ¿eh?

Se le vio, por primera vez, salir de la casa acompañado de Rubén con los aperos del campo en el mes de Shevat, cuando el milagro de la floración violeta resurgía en las yemas de los almendros. Rubén le iba explicando que la lechuga se podía regar desde arriba, y que si a la cebolla le caía el agua por arriba cogía pestes, porque tenía la hoja muy delicada. Y allí mismo, en el huerto, le iba mostrando las particularidades de cada hortaliza. Le hizo saber que en la viña no se puede plantar una segunda simiente, porque entonces todo sería declarado cosa santa: lo sembrado y el producto de la viña.

Había ido engordando rápido en las últimas lunas. Tenía un cuerpo bien proporcionado a pesar de hallarse en plena pubertad, la espalda ancha, el andar seguro, acaso más rápido de lo que hubiera querido su padre adoptivo, y miraba con curiosidad todo lo que había en derredor. Los primeros días los dedicó a familiarizarse con el pueblo. A menudo iba acompañado de Rubén, quien apenas podía disimular ante sus amigos el orgullo de tener, al fin, un hijo a quien transmitir las enseñanzas de su edad y educar conforme al legado que había recibido a través de generaciones.

—Es inteligente mi pequeña liebrecilla —decía ante sus amigos.

—¿Cómo lo sabes, si no habla y sólo corre? —decían.

—Precisamente por eso.

Urías se detenía en las almazaras de la parte sur, metía la cabeza en las enormes tinajas de aceite y se preguntaba cómo se obtendría el líquido ambarino. Recorría la plaza del mercado a grandes saltos y subía a la curtimbre para ver trabajar a los artesanos y tintoreros. También lo veían en el palomar, en la herrería y en las bodegas. Rubén le explicó cómo pisaban la uva y extraían el mosto que luego se convertía en vino, y también cómo ponían otras uvas a secarse al sol. Si le dejaban, saltaba a los barreños de uva, pero aún era demasiado bajo y apenas lograba sacar las piernas del panal vinoso. Bastaba que la tutela de Rubén se distrajera unos segundos a hablar con algún vecino para poner él los pies en polvorosa. No podía contener su ansia de fisgonear. Se perdía él solo por los dédalos de callejas de tierra apisonada, se mezclaba entre las gentes, se asomaba en las casas de adobe, recorría los tenduchos de especias, atraído por los aromas de nardo, canela, cinamomo, incienso y azafrán que se exponían en grandes sacos de arpillera. Así supieron que el chico aprendió a amar Belén, sus calles picoleadas por las monedas de luz que derramaba el sol al caer a través de las techumbres de cañizo, las oscuras cuadras y barrizales de las afueras, las mujeres ocultas tras los enrejados de las ventanas, y los viejos que miraban el mundo inmóviles en sus bancos, del tráfago de mercaderías y cambalaches, y sus templos de oración y sus aras para sacrificios. Aprendió también a descifrar sus itinerarios, conocer sus atajos, sus huertos fáciles de profanar, sus muros de mampostería. Le gustaba ir solo a todas partes. Rubén le mandaba a comprar fruta cada día porque lo veía inquieto dentro de la casa. No parecía acostumbrado a quedarse un rato tranquilo bajo techo.

—No habla —decían los mercaderes—, pero se hace notar como cinco juntos.

Lo que de seguro jamás olvidaría fue el día en que Rubén lo llevó a casa de un tipo que llamaban el Mohel, y cuya vivienda era una de las más suntuosas de Belén. Al principio no comprendía por qué estaba allí, y por qué le hacían agasajos y le prestaban tanta atención, como si de pronto se hubiera convertido en un personaje importante. La servidumbre del Mohel le despojó de los vestidos y lo cubrió con una especie de lienzo de lino. Luego le invitaron a tenderse en una esterilla llena de blandos cojines y a escuchar una música de salterios y flautas, donde él era todo el tiempo el homenajeado. ¿Lo iban a nombrar rey o algo parecido? Esta idea halagaba su vanidad, así que saboreó las uvas y los higos y se deleitó con las ofrendas musicales. Después, Rubén y otro tipo lo agarraron por los brazos y las piernas, sin dejar de sonreír. El chico se preguntó qué nueva sorpresa le esperaba con un comienzo tan desagradable. Pronto apareció el Mohel con una hopa blanca y esgrimiendo un afilado cuchillo. Urías se quedó pálido cuando el hombre le sujetó el pene y acercó a él el cuchillo. Después creyó que lo iban a matar. El primer corte le borró la visión. Comenzó a retorcerse, pero los otros lo tenían bien sujeto. El Mohel debió compadecerse de él, porque trató de cortar el flujo de sangre de su pene con un paño que le apretó justo allí donde más le dolía. Cuando salió de la casa del abominable Mohel, en unas parihuelas de caña, iba ya dando gritos por las calles, y cuantos le veían pasar se reían como si aquello fuera motivo de alegría y parabienes. Y Urías acertó a pensar aún que había ido a caer en un pueblo de sádicos y locos.

En las dos semanas que pasó en casa de Rubén revolviéndose de dolor, Noa venía a mimarlo y a traerle cuanto pudiera necesitar. Tras ponerle una escudilla de comida, le besaba la frente y le decía:

—Alégrate, porque ahora eres israelita, y Yahvé está contigo.

Urías, mientras devoraba la comida, iba reflexionando en las repercusiones de semejante revelación. Ahora era uno de ellos, un israelita. Y tenía por Dios a ese Yahvé al que todo el tiempo mencionaban. Pero, ¿qué significaba ser israelita? ¿Torturar a los niños y alegrarse por ello? ¿Y qué significaba tener por Dios a Yahvé? ¿Quién era Yahvé? ¿Era simpático? ¿Qué le iba a pedir? ¿Qué ganaba y qué perdía con él? ¿Deseaba ser israelita y tener a Yahvé por Dios?

Urías, que había conocido todas las formas de la hostilidad en la vida diaria mientras viajaba con la caterva de bandidos, no se acostumbraba a la armonía que reinaba en la casa de Rubén y Noa, a la suavidad de las conversaciones que se desarrollaban siempre sin fisuras ni altibajos, como el murmullo monótono del río. Y él, a su pesar, cumplía el papel que le habían asignado con la diligencia que ellos esperaban: el del niño que estaba allí para ser testigo de esa felicidad y educarse en ella.

Al principio pensó que era la forma perfecta de vida en común, pero poco a poco, imperceptiblemente, se fue dando cuenta de que echaba algo más en falta y que él sería incapaz de vivir así mucho tiempo más. Rubén le resultaba todo lo simpático que puede llegar a hacerse un hombre de permanente buen humor, un poco charlatán, que se ufanaba ante su mujer de estar perfectamente al tanto de todo lo que pasaba en el pueblo, de los últimos chismorreos —aunque era incapaz de maledicencia, y si hacía alusión a la conducta reprobable de algún vecino que había ocasionado problemas siempre esgrimía alguna disculpa o atenuante—. Y era curioso cómo Rubén obtenía la callada admiración de su mujer por toda esta ristra de anécdotas, como si la capacidad de relacionarse de Rubén y no crear nunca problemas fuera un predio exclusivo de los hombres inteligentes como su marido.

Urías llegó a cobrarle cierto afecto, aunque en algunas ocasiones llegaba a crisparle. Su mala memoria hacía que se repitiera constantemente en sus comentarios, lo que opinaba de cómo iban a resultar las cosechas, lo que le había dicho el hijo del herrero, lo poco que le quedaba a su vecina para dar a luz, el precio de unos terneros, los favores que debía, la conveniencia de ampliar el espacio del almacén para la leña, o de encargarles a su nuera un par de sombreros de paja. Urías estaba condenado a escuchar lo mismo una y otra vez, y, en el colmo de su candor desmemoriado, a veces Rubén empezaba sus frases así: «¿Te he dicho ya que voy a encargar a mi prima un par de sombreros de paja?» Y Noa, sin sentirse en absoluto aburrida de oírlo por cuarta o quinta vez en el mismo día, daba respuestas parecidas, pero nunca idénticas como «ah, sí, nos vendrán bien para este verano que empieza», o «sí, los del año pasado ya están inservibles». Urías, en cambio, se decía para sus adentros: ¿Por qué no encarga ya esos malditos sombreros y se calla de una vez?

En cuanto a Noa, ¿quién dudaba de que era una mujer virtuosa? Demasiado, quizá. No hacía falta sino observar la delicadeza con que ordenaba todas las cosas de la casa, su apacibilidad sin tiempo, atravesando cortinas, sombras, fluyendo sin ruido con un delantal de estopa atado a la cintura, la flor cenicienta del moño despejando su nuca, arrodillada en las baldosas de barro, subiendo madera para el horno de cobre, discreta hasta cuando espantaba a escobazos los ratones que mordisqueaban los sacos de harina de la despensa. Sólo cuando ella se ausentaba algo resultaba perturbador en la casa, el silencio sin murmullo, un vacío indefinible, como una arboleda donde todos los pájaros enmudecen al mismo tiempo.

Su espíritu estaba también en la comida, en las salsas de los estofados, en la masa candeal que ella daba forma sobre la artesa o en las ensaladas del huerto que preparaba con leche, pasas y dátiles. Comía muy poco y muy despacio, a menudo sola, junto a la ventana, con el retazo de lienzo a guisa de delantal todavía puesto, oteando el camino por el que debía volver su marido de mezclar el adobe con paja, y luego dejaba puesta la mesa para los demás. ¿Qué puede pensar una mujer así?, se preguntaba Urías. ¿Qué pasará por su cabecilla durante esas horas domésticas de soledad, exactas a sí mismas un día y otro día? Le fascinaba e incomodaba esa tranquila aceptación de la rutina, siempre supeditada a Rubén, a su santa vulgaridad. O el modo en que caminaba casi de puntillas para no hacer ruido, muy erguida, empujando suavemente el aire, como un ser a medias incorpóreo, que flota ya en el mundo de las almas aladas y puras. O la extática lentitud con que lavaba su cuerpo en el barreño, su cuerpo algo ajado y flaco, pero aún bello, como si se purificara de los últimos restos del mundo que aún pudieran quedar adheridos a su piel. Y es que Urías jamás entendió por qué cada mes la mujer permanecía siete días lavándose y lavando sus vestidos sin que Rubén osara tocarla. Él mismo tampoco podía acercarse a ella en estos siete días. Fue entonces cuando por primera vez oyó hablar de Moisés.

—Es junto con Abraham nuestro más venerable antepasado —le explicó Rubén—. Él nos dejó la ley que rige nuestro pueblo. Y una de sus normas dice que la mujer que padezca su flujo de sangre permanecerá siete días en impureza.

Urías se asustó un poco cuando se enteró de que Noa sangraba todos los meses. Era una extraña enfermedad pasajera que, al parecer, no afectaba demasiado ni a ella ni a Rubén (a pesar de que él evitaba su contacto durante aquellos días, según mandaba la ley). Por mucho que lo hubiera dicho ese tal Moisés, Urías, sin embargo, no creía que una mujer como Noa pudiera ser impura siquiera siete días al mes. Y el hecho de que Rubén, en esta semana, rechazara su contacto le parecía una clamorosa injusticia.

Seguramente nunca llegó Noa a ser una mujer hermosa, ni siquiera en la edad de su máxima lozanía, pero había una secreta belleza en sus gestos y su mirada, y no era difícil notar que ésa era la que había conquistado el corazón de Rubén (excepto siete días al mes) quién sabe cuánto tiempo atrás.

Por lo demás, le aburría tanto o más que Rubén. Sobre todo —tan injustamente— detestaba sus mimos, la excesiva atención que le dedicaba, y las caricias y besos que le daba al mediodía, cuando hacía un alto en el trabajo. Nunca supo cómo dárselo a entender, cómo explicarle que tenía el alma seca como un cardo en estío.

Tampoco le agradaba trabajar la tierra a principios de primavera. Había en concreto algunas tareas que le hastiaban hasta la apatía, como ir buscando los escarabajos que bullían bajo la tierra, limpiar la hojarasca inútil de la judía verde o ralear la parte inferior de algunas legumbres. Se decía a sí mismo que era lo menos que podía hacer por gratitud a quien le mantenía y le alimentaba, pero no estaba dispuesto a pasar el resto de su vida plantando judías y viéndolas crecer junto a aquella pareja que nunca había salido de los trigos de tierra adentro. En su corazón se agitaban pasiones turbulentas o, como él mismo se decía —con despecho y vanagloria—, deseos demasiado complejos para que almas tan puras los entendiesen.

Lo agitaba un deseo de salir de allí, de ese encierro sedentario de la vida en familia que él tanto había creído necesitar durante los años de peregrinaje, y que ahora se le mostraba como una simple ilusión falaz, quizá porque ya se había acostumbrado a vivir con la necesidad del miedo.

Aquello que tanto había creído odiar, el polvo seco de los caminos, la extensión desapacible que los llanos sedientos, el paso adormecedor de los camellos, su pelambre áspera, el curso fatigoso de la luz sobre su cabeza, acampar a la intemperie, ser tratado como una mascota y usado al antojo de los rateros, sin saber nunca que ni para qué, todo eso que soñó con poder suprimir algún día de su memoria le merodeaba por las noches, cuando encontraba el colchón de su cuarto demasiado blando, demasiado protectoras las paredes de la casa como para poder conciliar el sueño.

Entonces pensó que su corazón estaba ya corroído por la hiel y que necesitaba a alguien cerca sobre el que depositar el objeto sin fundamento de su rencor, alguien que pudiera infligirle mal, que le vigilara, a quien poder engañar, una razón para aferrarse a la vida como un animal salvaje a su medio.

Y si huía de ellos, ¿adonde iría? ¿Dónde se encontraba ese lugar en el que al fin pudiera estar en paz consigo mismo? Debo salir a buscar esa gruta que es la séptima entrada al paraíso, debo encontrarla cueste lo que cueste, pensaba.

Capítulo V

Una mañana, a comienzos del mes de Tishri, Rubén le despertó más temprano que de costumbre y le dijo:

—Vístete rápido. Vamos de peregrinación.

Con las primeras luces rosáceas se unieron a una interminable fila que abandonaba la ciudad y se dirigía por una senda de herradura al monte Carmelo, recostado en la lejanía como un gran animal dormido. Urías se enteró pronto que todo aquello tenía que ver con la reciente victoria de Saúl a los amalecitas, desde Evila hasta Sut. Este hecho, que tanto había dado que hablar al pueblo, a él le resultaba por completo indiferente, por eso durante las primeras horas de la jornada caminó malencarado y pensando que no había dormido lo suficiente. Después se puso a pensar en ese Amalec que, según decían los israelitas, tiempo atrás les había cerrado el camino a su salida de Egipto, cuando huían de la esclavitud. Los israelitas eran un pueblo rencoroso y renuente a olvidar las afrentas. Así que ahora, tras la victoria, habían pasado por la espada a todos los habitantes de Amalec, incluidos las mujeres y los niños. Porque su Dios, Yahvé misericordioso, había dicho que no dejaran viva ni una cabeza de ganado.

La larga procesión repechaba fatigosamente el monte levantando una nube de polvo. Apelmazados, unos y otros se limpiaban el sudor con las ropas; los odres de agua iban pasando de mano en mano, entre oraciones musitadas y quejas. El ritmo de la marcha lo ponían los más lentos, los ancianos que seguramente debían de haberse quedado en sus casas para no ir arrastrando su fatiga por esos caminos montaraces. Todos iban con sus mantos de lino o lana, con una borla en cada una de las cuatro puntas, sólo porque esta idea de vestuario se le había ocurrido a Moisés. Un rebaño, pensaba Urías, atontado por el sol y el abejorreo de los murmullos, este pueblo es un rebaño, todos van juntos al mismo sitio, y lo peor es que yo soy uno de ellos. De pronto la fila se paraba, nadie sabía qué ocurría allá adelante y mientras esperaban reanudar la marcha se entonaban canciones cuyas letras todos conocían, y que eran alabanzas a Yahvé. Para el chico todo era levemente irreal excepto la mano de Rubén posada sobre su hombro, inquieta como el rabo de un perro que no puede disimular su entusiasmo.

—Hoy es un gran día —repetía—. Veremos a Saúl en persona.

Cuando llegaron a la cumbre, la tarde iniciaba su declive. Rubén, abotagado y sudoroso, apretaba el brazo de Urías no se sabía si para apoyarse en él o evitar que se extraviaran entre la turba.

En el alto del Carmelo, donde la vegetación raleaba y abundaban los espinos, todo estaba preparado para el sacrificio. El heteo, sin embargo, casi no podía ver nada salvo un mar de cabezas hormigueando de un lado para otro.

La verdad es que lo único que le interesaba era ver a Saúl, de quien tantas maravillas se contaban referentes a la guerra a Moab, a la de los hijos de Ammón, al rey de Saba y a los filisteos.

Se abrieron paso por entre la gente hasta las piedras del ara votiva. Formaban un círculo y en el centro estaba la más grande y plana, roja de la sangre que se había derramado sobre ella. Alrededor del altar ramos de olivo festoneados cerraban el semicírculo. Al fondo, ya estaban preparadas las maderas para prender. Olía a aceite y a brea.

—¿Puedes verlo desde ahí?

Urías negó con la cabeza.

—Pues entonces tenemos que acercarnos más. Vamos.

Al fin llegaron a la parte del altar donde había un grupo de personas vestidas con ricas túnicas. Por fin se apartaron a un lado y dejaron paso a Saúl.

—Ése es —susurró el viejo.

Urías quedó paralizado por la visión de aquel hombre robusto como cuatro juntos, erguido en lo más alto de la roca. Llevaba una enorme espada al cinto, una túnica parda ciñendo sus hombros y el efod de lino sobre la cabeza. Su cara algo agarbanzada y de mentón escaso no le hacía parecer un hombre bello, pero albergaba el porte altivo y monolítico de lo que Urías tenía por un rey.

—Como mil siclos pesa su espada —le susurró Rubén al oído.

Lo estaban disponiendo todo en el altar sacrificial. La muchedumbre formaba un gran círculo en derredor. Se encendió una gran fogata que muy pronto coleaba hasta el cielo. El rey tomó su espada y degolló la primera res. La sangre le salpicó la barba y comenzó a correr a borbotones sobre el ara de basalto. La bestia comenzó a mugir y a retorcerse, pero el rey la sostenía por la cabeza haciendo gala de una fuerza descomunal.

El buey dejó de debatirse y con un débil mugido como estertor se derrumbó con la lengua fuera sobre el charco de sangre de la piedra. Entonces, Saúl lo abrió en canal y lo descuartizó. El calor de las llamas le hacía gotear de sudor. El pueblo asistía al ritual con silenciosa admiración. Al fin, el rey tomó los pedazos de la res y los entregó a la pira mientras entonaba un cántico a su Dios. Todos lo acompañaron.

Durante la tarde se repitió el ritual con cinco ovejas, y cuando las llamas las hubieron devorado, llegó a la cumbre el hombre que habría de torcer en esa tarde el curso de la historia de su pueblo. El gentío se apartó para dejarle paso. Urías lo vio venir de frente. Caminaba muy despacio, renqueando en sus sandalias, muy encorvado (su encorvadura parecía hallar razón en su horror a la luz) y precedido por su bastón. Iba envuelto en un manto de biso deslucido por el tiempo y el polvo, que formaba un embozado por la parre de atrás y del que apenas asomaba su pequeña cabeza terrosa y arrugada como una pasa. Su barba semejaba una telaraña gris y sus ojos casi opacos, hundidos en el cráneo, tenían la dureza de una piedra. Emanaba un aire divino y pavoroso. Era difícil imaginar cómo había podido llegar hasta ese promontorio por su propio pie. Pese a la fragilidad de su paso, algo en la resolución furiosa de su semblante hacía pensar que ninguna barrera natural existente podría detenerlo.

El anciano se detuvo ante el rey, alzó una mano temblorosa y le señaló. De pronto se había hecho un silencio total.

—¿Qué es todo esto? —la voz del anciano parecía salir de algo mucho más profundo que su garganta.

—Bendito seas de Yahvé —dijo el rey—. He cumplido la orden de Yahvé.

El viejo se volvió muy despacio, miró a las gentes, miró los restos de los corderos que humeaban entre las cenizas y se posó los dedos nudosos en los párpados cerrados mientras desarrollaba su voz ronca y pedregosa:

—Basta; voy a darte a conocer lo que me ha sido revelado esta noche.

—Habla, pues, te lo ruego.

—Yahvé te dio una misión, diciéndote: «Ve y da el anatema a esos pecadores de Amalec y combátelos hasta exterminarlos». ¿Por qué no has obedecido el mandato de Yahvé y te has echado sobre el botín, haciendo mal a los ojos de Yahvé?

Saúl esperó unos segundos antes de contestar. Se le notaba confuso, mirando al viejo que seguía encorvado y cabizbajo, con las manos cubriendo sus ojos. Al fin dijo:

—He destruido a los amalecitas y he traído a Agag, rey de Amalec. El pueblo ha tomado del botín esas ovejas y esos bueyes, como primicia de lo dado al anatema, para sacrificarlos a Yahvé.

—Yahvé te ordenó que aniquilaras todo el ganado y no trajeras botín alguno.

—Pero... El pueblo quería un sacrificio.

—¿A quién sirves tú, a Yahvé o a los intereses del pueblo? —su voz era ahora colérica.

Al rey se le había demudado el rostro. Se volvió a un lado y a otro, como buscando un asidero en su desconcierto.

El viejo abrió los ojos y volvió a señalarlo.

—Has rechazado el mandato de Yahvé, Saúl, por eso Él te rechaza a ti como rey.

Subió una oleada de murmullos que el viejo extinguió alzando colérico su cayado.

—¡Perdona mi pecado, Samuel! —clamó el monarca, fuera de sí.

—No soy yo quien debe perdonar los pecados.

El viejo se dio media vuelta y el gentío se abrió para dejarle pasar. Saúl, abandonado, fue tras él y le tomó por la orla del manto, que acabó quebrándose. Se postró a sus pies.

—He pecado, pero hónrame ahora, te lo ruego, en presencia de mi pueblo.

Samuel hizo caso omiso de su ruego y siguió adelante. La multitud siguió cediéndole el paso hasta que fue el primero en emprender el descenso. El pueblo vaciló, unos y otros se miraron, hubo rumores, conciliábulos, y al fin se decidieron a bajar también. Quedaban pocas horas de luz y debían regresar ya si no querían pernoctar a la intemperie.

Sólo Urías se mantuvo allí, contemplando la desolación del rey, hasta que Rubén se lo llevó tirándolo del brazo.

En las semanas siguientes no había lugar donde no se hablara de lo acaecido en el monte Carmelo entre Saúl y Samuel. Urías arrimaba la oreja en los mercados y plazas, dedicaba mucho tiempo a pensar cuanto escuchaba y a resolver el cada vez más alambicado jeroglífico de versiones y opiniones dispares. También Rubén hablaba más durante la comida y comentaba con su mujer el peligro de que Israel se quedase sin un líder, ahora que al parecer el rey había sido destituido por Dios en boca de su profeta Samuel, y éste era demasiado viejo para tomar una vez más las riendas del destino de su pueblo. Su mujer se mostraba confiada en que Yahvé, como había hecho siempre a lo largo de la historia de Israel, escogería a otro pastor para guiar su rebaño. Y que ese pastor no tardaría en aparecer.

Al muchacho no le inquietaba el vacío de poder al que se refería el pueblo, sino una realidad mucho más cercana a él: la visión de ese rey que se le había aparecido espléndido, como una torre de músculos, investido de gloria, del que se contaban cientos de proezas militares, en la cima de su vida y frente a su pueblo, y, de pronto, arrodillándose ante un viejo achacoso que apenas podía tenerse en pie y suplicándole clemencia. Por muchas vueltas que le daba, no lograba explicárselo.

Tampoco acertaba a despejar el sentido de las nuevas palabras: *profeta*, *anatema*, *pecado*. De la primera sospechaba que tenía que ver con un cargo de poder superior a la realeza (pues se hablaba de Samuel como un profeta, y él mismo lo había destronado), aunque su confusión aumentó al saber que Saúl también era, o había sido profeta. Existía, entonces, una jerarquía de profetas, profetas que mandaban sobre profetas y éstos sobre los reyes. Quizá el rango de profeta aumentaba en la senectud. Todo aquello tenía indudablemente que ver con el Dios Yahvé, y con lo del pecado, dos cosas que, a pesar de no entenderlas bien, algo en su instinto le decía que le gustaban tan poco como la costumbre israelita de cortar el pellejo del pene.

Rubén le había hablado ya del pecado al referirle la ley de Moisés, que decretaba lo que estaba permitido y lo que se castigaba. Tal código le era vagamente familiar, tenía una débil pero indeleble resonancia en el pozo de su memoria; en su tierna infancia le habían enseñado que no todos sus actos recibían la aprobación —el amor— de sus padres. Entonces, el pecado significaba cometer una infracción de las normas israelitas, como equivocarse en un ritual. Y eran los profetas los que decían cuándo uno había cumplido bien estas normas de conducta o no. Si el profeta veía a alguien que se equivocaba, allí estaba él para castigarlo, como dispensador de la justicia y las mercedes. Según Samuel, el mal había consistido en realizar el sacrificio con el ganado de los vencidos. ¿Qué importancia podía tener la procedencia del ganado?

A fin de cuentas, aquellas reses pasaban a ser de los vencedores israelitas, eran carne que se privaban de comer para entregarla a su Dios. En eso constituía el sacrificio, según alcanzaba a entender. ¿Por qué despreciaba el Dios ese ganado? ¿Acaso estaba contaminado por la peste?

El pecado. Nadie dudaba que había recaído sobre Saúl porque ese viejo decrépito lo había señalado con su dedo sarmentoso. El rey así lo había reconocido ante su presencia (¡qué humillación!) y ante el pueblo. Samuel hablaba por Dios. Es la boca de Dios, había oído decir. ¿No podía equivocarse el profeta? ¿Estaba escrito en la ley de Moisés que los profetas eran infalibles? Nadie había mentado la ley de Moisés para justificar el error de Saúl, un error que se perfilaba como un simple despiste. Aún le parecía estar viendo la sombra de desolación que cubrió el rostro del rey, el bochorno de verse de pronto sojuzgado por aquel anciano ante su propia tribu. Nadie había dicho nada. La muchedumbre se había retirado en silencio, aceptando lo incomprensible, dando la espalda a su monarca, quien durante tantos años los había defendido arriesgando su propia vida. Y Saúl se había quedado finalmente solo en lo alto del monte, hundida la moneda del sol, y la larga comitiva alejándose despacio en el descenso, —cuántos años para conquistar su favor y qué pocos instantes para ser abandonado— en el rumor del polvo levantado por miles de sandalias y los arbustos rozados por las ropas. Saúl era el hombre más solo del mundo.

Ahora admiraba a Saúl y quería llegar pronto a la edad adulta para servirlo, aunque ya nunca más fuese rey, con más razón si hasta su mismo Dios le retiraba su confianza.

Recordaba aún las palabras que un día dijera Omra acerca de los hebreos: «Un pueblo de locos y fanáticos. Fanáticos por su Dios».

Le preocupaba su mudez. Cuando se veía a solas probaba a emitir sonidos. Su voz aún no estaba muerta; si la ejercitaba, algún día podría recuperar el habla. Se impuso practicar todos los días al menos una hora. Se aseguraba de que nadie le oía, y entonces trataba de pronunciar una sílaba. La voz le salía débil, quebradiza e infantil, una especie de llantina gutural que le abochornaba sólo de oírla. Al cabo de un rato le dolían las cuerdas vocales y cesaba los ejercicios. Estas sesiones a solas le dejaban un asombro duradero y la vaga esperanza de poder oírse a sí mismo alguna vez pronunciar una parte, aunque mínima, de sus propios pensamientos.

Al cabo de varios meses de ejercitarse, Urías hizo brotar de la garganta un sonido articulado y vacilante que debía de ser su voz, o que se parecía lo suficiente a una voz humana como para manifestarse con ella a los demás. Se decía a solas frases sin sentido para ajustar algunas tonalidades, o colocar mejor el timbre en su garganta. La posición de la lengua en el paladar para formar las sílabas, sin embargo, había sido lo que menos trabajo le había llevado, pues era un aprendizaje que había adquirido de muy niño y sólo tuvo que refrescarlo. Por otro lado, su pensamiento siempre había estado mediado por el lenguaje; si podía pensar con palabras, no debía ser tan difícil ponerles sonidos a las palabras del pensamiento. Se figuraba que el secreto estribaba en dominar todos los músculos y huecos que formaban el instrumento del habla. También canturreaba o simplemente emitía algo semejante a la música intentando producir sonidos cada vez más graves. Temía que su voz fuese aún demasiado atiplada e infantil. Pero cuando ensayaba una frase en voz grave, a menudo las cuerdas vocales le traicionaban y dejaban escapar un agudo bochornoso, y su voz se quebraba como una rama en que uno se apoya creyendo que es resistente.

Cada mañana al levantarse se prometía que ese día le hablaría a Rubén, o a Noa, les daría el saludo matinal, o alabaría la comida, las posibilidades eran tantas que no se decidía con quién ni de qué modo empezar. Sólo con imaginar la cara que pondrían ya le entraba un íntimo bochorno, y no quería que algo así sucediera en un momento tan solemne. Pero sobre todo temía que ellos se lo tomaran a mal al pensar que hasta entonces había estado engañándoles con su falsa mudez.

De modo que lo fue posponiendo. A fin de cuentas, era tal su costumbre de no pronunciar palabra que lo más cómodo parecía seguir igual que estaba.

Capítulo VI

Llegó, con el comienzo del verano, la siega del trigo. Rubén envió al chico a trabajar como jornalero en las tierras de un rico propietario, quien contrataba a muchos jóvenes como él (casi todos los adultos acababan en el ejército). Bajo un sol inmóvil y blanco, desde la madrugada hasta la sexta hora, se sumergía entre las rubias espigas e iba avanzando muy despacio, encorvado, en una mano la hoz y en otra un bieldo de cuero y asta de buey con la que iba agarrando el trigo por la parte más baja para igualar el corte. No podía ver a sus compañeros de trabajo, pero los oía alrededor, en el chasquido seco de sus cuerpos al abrirse paso. Cada pareja ocupaba el espacio entre dos surcos. Uno cortaba y el de atrás iba recogiendo las espigas y dejándolas en pequeños montones, bien igualados, a la orilla del surco. Le habían enseñado que tenía que poner la espiga mirando siempre al mismo lado, a fin de que después pudieran juntarse todas en tresnales sin tener que ir de un lado para otro recomponiéndolas. Pero él rara vez hacía esto bien: todo se le mezclaba y en vez de formar un haz ordenado armaba un revoltillo que dejaba como podía. Con ello se ganó algunas quejas.

Luego de la siega comenzó una tarea no menos tediosa para el chico. Había que recoger todos los pequeños haces y agruparlos en otros más grandes que ataban con paja vieja previamente mojada, para llevarlos a secar al sol en la era, formando grandes almiares. Subido a la parte trasera de un carro tirado por una yunta de bueyes, iba colocando los montones y al final se sentaba encima de ellos mientras se ponían en marcha. El carro daba botes y barquinazos por los baches del camino, pero era un trayecto agradable porque ya no había nada que hacer después sino ir descargando con la horca, y eso duraba muy poco. Seguramente, el propietario del pajar le dejaría marcharse un poco antes, porque allí tenía muchos ayudantes que estaban al mismo tiempo abaleando la paja. Además, con el movimiento del carro el aire aliviaba un poco el bochorno y uno podía tenderse cara al cielo pensando que lo mejor del día empezaba entonces, y que la libertad sabía mejor después del trabajo.

A la tarde, de regreso a casa, sentía todo su cuerpo impregnado de astillas de trigo adheridas al sudor. Para desembarazarse de ese picor iba a bañarse al río. Había descubierto un rincón oculto tras una junquera que siempre estaba vacío. Pero una tarde reparó en que no estaba solo. Por las ropas que estaban plegadas al pie de un chopo adivinó que se trataba de una chica. No podía verla bien: la luz que reverberaba en el agua le cegaba un poco. Le irritaba aquella intrusión en su rincón secreto. Estaba empastado en sudor, le picaba por todo el cuerpo un polvo de gavillas y por nada del mundo se privaría de su baño, así que se quitó tranquilamente la ropa y se zambulló en el agua.

Pronto la corriente le llevó junto al cuerpo desnudo de la chica que flotaba plácida. Ella le miró sin excesiva curiosidad ni sorpresa. Al fin le hizo un mohín huraño. Urías se alejó de ella contra la corriente. Al cabo, el curso del río lo puso de nuevo junto a la muchacha. Ahora sólo sobresalían de la superficie su cabeza y los dedos de sus pies. Urías nadó en círculo intentando infundirle miedo. Ella posó los pies en el fondo. El agua le llegaba hasta sus pequeños pechos. Se apartó el pelo de la cara y volvió a mirarle, ahora con descaro. El sol se ocultó tras una nube.

—¿Quién eres tú?

—Me llamo Urías —dijo, sorprendido de oírse en presencia de otro.

—Urías, ese nombre me suena. ¿No eres tú el chico mudo, el heteo?

Asintió.

—¿Entonces por qué hablas? —replicó.

La pregunta de la chica le dejó desconcertado. Acababa de descubrir que la verdadera dificultad de hablar no iba a ser precisamente emitir el sonido correcto. Buscó un modo de escabullirse. Se desplazó hacia la orilla, pisando con cuidado entre los cantos del fondo para no perder el equilibrio. Ella le siguió.

—Respóndeme, miedica.

Urías ya huía de ella como de la peste.

—Me llamo Jael. Soy filistea.

Se detuvo, perplejo. Jael ladeó una pícara sonrisa.

—Si no me hablas, sé cómo hacerte daño.

—Filisteos enemigos —farfulló Urías.

Ella le lanzó agua a la cara de una patada.

—¿Tan pronto me consideras tu enemiga, niño heteo?

Ahora ella le miraba fijamente el pene. Él sintió un ardor en las orejas.

—Pero veo que eres circunciso —observó ella—. ¿Eres israelita o heteo?

—Heteo.

—Bien, entonces quizá podamos ser amigos. Pero no te hagas muchas ilusiones, porque yo no soy amiga de nadie.

Por primera vez lo miraba con simpatía. Luego volvió a donde cubría más y desinteresándose de él, le dio la espalda para sumergirse lentamente, como si no fuera ella la que entraba en el río sino el río el que entraba en su cuerpo. Se alejó despacio dando amplias brazadas. Urías empezaba a tener frío. Podía salir o tratar de entrar en calor dentro del agua. Decidió seguirla.

Nadó la muchacha hasta la orilla opuesta y salió del agua dejando un reguero bajo sus grandes pies. Se tendió sobre la hierba rala de la ribera mirando la arrebolada del cielo.

—Frío —Urías tiritaba.

Ella no dijo nada. El heteo cruzó de nuevo el río, tomó sus ropas y las de la chica, las llevó en alto para que no se mojaran y regresó junto a Jael. Se vistió y se tumbó a su lado.

—No te pedí que me trajeras la ropa —replicó ella, revirando mucho los ojos y arrugando la naricilla arisca.

Parecía disgustada, aunque Urías no podía saberlo con certeza. Quizá actuaba para él. El heteo se dejó distraer por las formas caprichosas que adoptaban las nubes en su mudanza. Una se le antojaba una cabeza de caballo, pero al instante se metamorfoseó en cabra barbuda. Podía ser una cabeza de caballo en un cuerpo de cabra. Ya no era ni caballo ni cabra, sino una alcachofa.

Ella se había vuelto de medio lado, acodada, con una mejilla apoyada en la mano. Le miraba como si calculase algo, mordisqueándose el labio inferior.

—¿Qué opinas de los filisteos y las filisteas? —inquirió Jael.

Urías se encogió de hombros.

—¿Te gusta el Dios Yahvé? —dijo Jael.

Urías negó con la cabeza.

—Los filisteos tienen muchos dioses, así que si alguno te cae mal, puedes escoger otro. A mí me caen mal todos, por eso no tengo ninguno.

Reflexionó unos instantes las palabras de la chica. Le pareció una postura inteligente. Su curiosidad por ella crecía. Jael agregó:

—Dicen que no tienes padres —cambió de postura apartándose algunas piedras de alrededor—. ¿Es cierto?

Urías asintió.

—Yo tampoco tengo. Los mataron —repuso con perfecta naturalidad—. Los mataron en Masfra. A los niños nos llevaron para vendernos.

—¿Eres una esclava?

—Soy libre. Me han adoptado.

Como yo, pensó el heteo.

—Pero no pienso contarte mi vida, ¿sabes? —agregó.

Un rato después, precisamente cuando el heteo empezaba a relajarse y a sentir el suave cosquilleo del sol sobre su piel, ella se incorporó y se vistió.

—De todos modos, gracias por traerme la ropa. Así no tengo que volver a mojarme para pasar al otro lado. ¿Nos vamos?

Comenzaron a caminar siguiendo el margen del río. Ella saltaba sobre las piedras, extendiendo los brazos para conservar el equilibrio y haciendo figuras de mariposa.

—Tienes los labios morados.

Se despidieron con un ademán al llegar a la era de su tío. Ella vivía en una casa en la parte sur de la ciudad. Los dos sabían que volverían a verse al día siguiente en el mismo lugar y a la misma hora.

Nadaban entre los juncos hasta que el frío les penetraba en los huesos. Si hacía más sol se tendían desnudos en la ribera y miraban la superficie ondulante. Los reflejos del río eran peces luminosos que nadaban por las ramas de los árboles y los cantos de la orilla.

Casi siempre era igual. Hasta las conversaciones comenzaban del mismo modo.

—Un día de estos tengo que hablarles a mis padres adoptivos.

—¿Hablarles de qué?

—No lo sé.

—Pues antes de hablar hay que saber lo que se quiere decir. No se debe hablar sin pensar.

—Es que no sé lo que tengo que decirles.

—Entonces, ¿qué necesidad hay de hablarles?

—Debo encontrar algo. Dame alguna idea.

—Oye, si no tienes imaginación no es culpa mía. Ella comenzó a hacer molinillos con los pulgares, cada vez más rápido.

—¿Cómo se hace eso?

—No te lo digo.

—Tienes razón. No les hablaré.

—¿Por qué empezaste hablándome a mí?

—Ya te lo dije.

—Bueno, repítelo.

—Me preguntaste algo. Mi nombre.

—¿Y por qué sigues hablándome?

—Porque no paras de hacer preguntas.

—¿No te han dicho que no se debe hablarle a un filisteo?

—No.

—¿Y si te lo dijeran, dejarías de hablarme, como los otros?

—No lo creo.

Su mirada estaba llena de una picardía cuya razón se le ocultaba a Urías. Era desenvuelta hasta el descaro. No paraba de moverse. El único rato en que se estaba tranquila era cuando se tendía cara al cielo, al salir del río. Era el mejor momento para hablar y mirarle los pies. Le encantaban sus pies grandes y planos, como aletas para el agua. A veces le parecía que se burlaba de él.

—¿Quiénes no te hablan? —le preguntaba Urías.

—Mucha gente que conoce mi origen. Tú, en cambio, haces exactamente lo contrario: sólo me hablas a mí. ¿De veras soy la única?

—Mañana les voy a decir algo. Le diré a Noa que deje de besuquearme.

—No debes empezar por ahí. Es un mal comienzo.

—Tienes un mosquito en la nariz.

Ella se rascaba la nariz y luego la arrugaba con una sonrisa. Quizá se daba la vuelta, apoyaba el vientre en la hierba e hincaba los codos. Luego balanceaba los pies rítmicamente, o los cruzaba y descruzaba, según. Cualquier movimiento en ella adquiría una elegante desenvoltura, a veces le parecía que se exhibía. Urías hubiera querido muchas veces imitarla, porque admiraba su libertad corporal. Jael nunca se lo hubiera permitido. De todas formas, le bastaba poder mirarla y recibir a su vez la inspección implacable de sus pupilas negras e inteligentes.

A veces quedaban largo rato mirando cómo las hojas de los cipreses brillaban como lentejuelas en el último resplandor vespertino. O los vencejos, como puntos allá arriba, en la infinitud azul. ¿Cuál era, de todos aquéllos, el pájaro que volaba más alto? ¿Podría seguirlo con la mirada hasta el cénit de su vuelo o lo perdería de vista?

—¿En qué estás pensando?

—En el vuelo de los pájaros.

—Vaya tontería.

Urías hizo un gesto de crispación. Lo mejor era no contestar preguntas como ésa.

—¿Qué tiene de especial el vuelo de los pájaros?

—Bueno —reincidió—, unos vuelan más alto que otros.

Ella desenhebró una risa burlona.

—Eso lo sabía yo mucho antes que tú.

—¿Cómo sabes que lo sabías antes que yo?

—¿Cuántos años tienes?

—Doce.

—Pues yo tengo trece.

—¿Y eso qué?

—Te llevo ventaja, tonto.

Urías reflexionaba sobre las ventajas e inconvenientes de poder expresarse verbalmente. Era como haber entrado de modo brusco en una edad más peligrosa y sin posibilidad de retorno. En mala hora había abierto la boca. Siempre había pensado con palabras, pero ahora pensaba también que el pensamiento es más digno en el silencio. Hablar era un problema en sí. Raras veces uno decía lo que decía. Decía otra cosa y lo peor era que el último en enterarse de qué diantre había dicho uno era él mismo. Y lo que uno se guardaba sin decir era siempre lo más importante. Para preservarlo de la fatalidad de tener que pronunciarlo. Cualquier palabra, plena de significado, se marchitaba no bien salía al exterior. Había un fenómeno desconcertante, como una música que uno escuchaba con claridad en el pensamiento y luego era incapaz de tararearla. O si la tarareaba ya no era la misma, y sonaba ridícula. Un ropaje engañoso. Y también el pudor. Nunca podría averiguar qué significaba para el otro lo que él quería significar.

Y había, todavía, algo más. Una idea suya, un pensamiento nacido en su interior tenía algo hermoso mientras lo retuviera en secreto. Pero perdía parte de su valor y su pureza no bien lo comunicaba, como una moneda preciosa que se devalúa a medida que pasa de mano en mano, dado que todos se creen en el derecho de sopesarla, observar sus fisuras, su peso. No era su idea, sino él a quien estaban midiendo. Su palabra delataba cualidades que ni él mismo sospechaba y de las que podía avergonzarse indeciblemente. Expresarse era entrar en rivalidad con los listos y los necios. Aunque esa idea fuera valorada plenamente, ya no era la misma que él había concebido. Ahora era la idea puesta en palabras falibles. La idea caducada en sonidos. No le gustaba demasiado oírse. Y eso que Jael sabía escuchar muy bien. No era muy complaciente con él, pero siempre prestaba atención a lo que le decía. Si no hubiera tropezado con Jael, si hubiera probado con otra persona distinta, más desdeñosa o crítica, que no hubiera apreciado su esfuerzo ni atendido con suficiente interés, quizá sus palabras, desencantadas, hubieran vuelto a sepultarse para siempre en su garganta. Jael, en cambio, las valoraba, aunque a menudo se burlase de lo que decía. Nunca lo hubiera reconocido, pero él sabía que era así porque no había mucha gente que se acercase a hablar con ella. Ante la escasez, uno estimaba más lo poco que tenía. Había sido una suerte encontrarla. Una suerte o una desgracia, según.

—¿Volvemos adentro?

—¿Ahora?

—Aún queda un rato de luz. Venga, el agua está caliente.

A veces ella le arrastraba por un pie y le llevaba al río. Jael nadaba cual trucha. Toda su piel brillaba bajo el agua, como las escamas. Cuando se proponía sacarle ventaja, no había modo de seguirla.

—¿Has hecho pis alguna vez dentro del río?

A Urías le dio vergüenza reconocerlo. Mintió.

—Eres tonto. El río es el mejor sitio para hacer pis.

Tenía sus grandes pies flotando a la altura de la cadera del muchacho. Urías los agarró y los hizo entrar instintivamente entre su cadera. Jael echó la cabeza atrás.

—Métete más —dijo.

El chico acomodó su cadera entre los muslos. Ella sonrió. Descargó el líquido caliente y él adelantó las manos para notar la débil corriente de salida. Tocó suavemente el orificio y luego se olió las manos, pero sólo olían a agua del río.

—Ahora tú —dijo ella.

Urías se tendió panza arriba mientras ella, de pie, esperaba con la mano pendiente entre su piel y el agua.

—Venga, ¿a qué esperas? Cerró los ojos y se concentró con fuerza un rato más.

—No puedo —dijo.

—Claro que puedes, idiota.

Urías puso sus pies en el fondo. Se separó unos metros de ella y al fin lo logró. Ella lo adivinó por su expresión de alivio (había temido de pronto que ya no fuera capaz de orinar nunca) y se precipitó a sentir la orina. Pero ella llegó más lejos y le tocó el miembro mientras lo hacía. Y el flujo volvió a cortarse de pronto.

Mear es como hablar, pensó.

Capítulo VII

El estío se iba esfumando inadvertidamente como el viento que arrastra las nubes donde el último sol posa su rescoldo, y ellos dejaron de verse en el río. Era Av, el mes en que se vendimia la uva y maduran las moras. Salían juntos a los zarzales del camino hacia Mikmas y comían hasta mancharse la cara de jugo de moras. Ella llevaba el pelo recogido en una trenza, que al caminar oscilaba al ritmo de sus pasos. Se subía a las ramas de los árboles y desde allí se descolgaba con sorprendente agilidad para coger las moras más altas y gruesas. Su pequeña mano era un cuenco violeta donde Urías escogía el mejor manjar. Terminaban llenos de arañazos. Luego se iban a cazar lagartos por los abertales. Jael reía entre dientes mientras les hacía comerse su propio rabo cuando aún agonizaban. También apedreaba pájaros, aunque nunca lograba acertarlos, y saqueaba sus nidos. Le gustaba todo lo que estuviera vivo y se moviera, más cuanto más rápido, y su modo de manifestar su amor era destruir. No tenía miedo a nada, no tenía pudor, era desdeñosa con el mundo que la rodeaba, autosuficiente, bonita y casi feliz. Echaban carreras. Urías vencía siempre, pero por poca ventaja. Ella se enojaba y quería otra carrera, y luego una más, creyendo que sacaría ventaja del cansancio de su amigo, pero el heteo tenía un aguante de camello, y al final acababa diciendo ella que en el agua era mucho mejor que él, y Urías le daba la razón; sus pies, claro. Se la hubiera dado también aunque afirmara que ella corría más rápido sólo por contentar su irresistible orgullo.

Eran dos seres desligados por completo del resto del mundo, y Urías pensó que al fin había encontrado el Paraíso. No había entradas secretas, pasadizos a través de cuevas, el Edén era un territorio común, al alcance de cualquiera, pero no por ello fácil de encontrar, había que saber llegar desnudo, había que descubrirlo en las cosas pequeñas de cada día, y Jael era la guía experta e instintiva, ella tenía el don de convertir un arenal en un jardín: cada vez que levantaba una piedra, en vez de descubrir un alacrán hallaba una pepita de oro. Urías la seguía a ciegas, comía sin pensárselo cuantas manzanas ella le entregase y todas sabían a gloria divina.

Sin embargo, mientras ellos se perdían por los caminos, todo el pueblo andaba revuelto y comentaba los últimos acontecimientos de la guerra contra los filisteos. Cuando volvía a casa para cenar, Urías se enteraba por Rubén de las últimas noticias. Un pastor había derribado de una pedrada a un gigante filisteo llamado Goliat. También decían que se había apoderado de Saúl el mal espíritu de Dios hasta ponerlo en un trance de locura. En este punto era donde nacía de nuevo la curiosidad de Urías, y reavivaba en él la fascinación por Saúl (la cumbre del Carmelo, el pecado). Se decía que, en un arrebato de furor, había tomado una lanza y había intentado matar al joven pastor, porque todo el pueblo lo amaba y lo veneraba más que a él. Recordaba Urías que Noa había dicho que su Dios encontraría un pastor para hacerlo rey de su pueblo. Quizá fuera éste.

A Jael no le gustaba mucho hablar de estos temas, y con frecuencia afirmaba que los líos entre Saúl y Samuel le importaban una higa. Tenía, con todo, una interesante opinión sobre el asunto. Para ella todo el problema consistía en que Samuel estaba resentido de que Saúl le hubiese quitado el poder.

—¿Qué poder?

—¿Estás tonto? ¿Qué poder va a ser? El de hacer sacrificios, matar vacas y todo eso.

—No entiendo.

—¿Por qué te crees que los profetas son tan poderosos? Pues porque les dicen a la gente lo que quiere su Dios y lo que está mal. Pero si un día llega un rey y dice que además de rey es un alto sacerdote y que también puede saber las vacas y corderos que le apetecen a Dios, ¿entonces qué pasa?

—¿Que los profetas se quedan sin trabajo?

Jael chasqueó sarcásticamente los dedos, como si le dijera «muy listo».

—Pero Samuel le dijo a Saúl en el monte Carmelo que había hecho mal el sacrificio —objetó el chico.

—Eso son pamplinas. Lo que pasa es que estaba enfadado porque ese sacrificio lo tenía que haber hecho él, y entonces se inventó ese cuento de que Dios no quería las vacas de los enemigos, sino las vacas israelitas, que en realidad son las mismas vacas. Y así consiguió que la gente le mirase mal a Saúl.

Urías se quedó pensativo y perplejo. La verdad es que esta interpretación era bastante más lógica y sencilla. ¿Cómo no se le habría ocurrido a él?

—¿Entonces Samuel mintió en público?

—Oye, ¿por qué no cambiamos de tema? ¿A mí qué más me da que ese viejo estúpido mienta o deje de mentir? Venga, vamos a cazar lagartos.

Bien sabía que ella odiaba al pueblo israelita porque mataba a los filisteos. Los filisteos y los israelitas eran pueblos muy parecidos. Casi gemelos. Los dos venían de muy lejos y trataban de apropiarse de una tierra que no era la suya. Los dos habían sido prisioneros de Egipto, de donde habían huido para encontrar un valle fértil. Y se habían ido cargando todos los pueblos con los que habían topado en su camino. Los israelitas y los filisteos eran muchas tribus juntas, y en vez de ser amigos por la cantidad de cosas que tenían en común no hacían otra cosa que pelear. ¿Y todo por qué? Porque tenían la mala suerte de coincidir en el mismo sitio en el mismo momento y con los mismos intereses. Y estaban condenados a seguir encontrándose, y a seguir matándose.

Llegaron las lluvias de otoño. Los arados de palo volvían a la labra de las sementeras y surcaban el cielo bandadas de aves buscando corrientes más cálidas. Todo pasaba muy deprisa. En su casa no se hablaba de otra cosa que del conflicto entre David, el pastor que había derrotado al gigante filisteo de una simple pedrada, y el rey Saúl. Urías fue atando cabos. David se había aliado con Jonatán, el hijo del rey. Jonatán admiraba ciegamente a David y para demostrarle su fidelidad, le confeso que su padre tenía intención de matarlo. El pastor no lo quiso creer hasta que Saúl estuvo en un tris de atravesarlo con su lanza en su misma casa. El joven la había esquivado, y Urías lo imaginó en seguida ágil y valeroso. Para ponerse a salvo, David había huido a casa del viejo Samuel.

—Esta división del pueblo sólo puede acabar en desgracia —repetía Rubén como si se tratase de una plegaria.

Contaban, días andando, que David era un escogido de Yahvé. Antes de desjarretar al gigante (estaba harto de oír narrar este episodio de mil formas distintas, con esa ciega admiración ante los prodigios inexplicables) había sido ungido por Samuel con el cuerno de óleo, al igual que otrora hiciera con Saúl. Sabía tañer el arpa, era discreto y de buena planta. Quizá exageraban su belleza, sobre todo las mujeres. El pueblo, y esto era lo más importante, estaba de su parte. Porque el pueblo necesitaba prodigios, grandes hazañas que mantuvieran la convicción de que Israel era el pueblo elegido por Yahvé, el predilecto, destinado a la gloria. Saúl, en cambio, estaba envejeciendo deprisa. Ya no hablaba en nombre de Dios. No traía suficientes cabezas de filisteos. En el monte Carmelo, Samuel lo había puesto en evidencia ante la multitud, porque había pecado, y su pecado no era otro que el haberse arrogado sus privilegios.

El cielo se había enturbiado de pronto. De un tirón se descorrió el velo de la noche. Jael tomó a Urías de la mano y le dijo:

—Corre, pongámonos a cubierto.

Mientras se lanzaban a la carrera pendiente abajo se desató una lluvia furiosa. Se metieron en un almacén de grano a la entrada del pueblo. Estaban empapados.

Tanteó el heteo en la oscuridad hasta dar con unos sacos llenos que podían servir de asiento. Adivinaba la posición de Jael sólo por su jadeo. Durante un rato no hablaron. Urías disfrutó la incertidumbre de la espera. Se oyó un ratón corretear por las vigas del techo, y luego otro, y otro, así hasta cinco.

—Mis tíos estarán preocupados si vuelvo tarde.

La tiniebla iba aclarándose poco a poco. Distinguía varios aperos de labranza apoyados contra la pared, un yugo, costales llenos, una piedra de molino, un pilón de agua y herraduras oxidadas sobre la paja del suelo. Allí estaba ella, junto al portón oscuro.

—Deberíamos volver.

—Calla, bocazas. No sé para qué aprendiste a hablar.

Hubo un silencio expectante e inopinadamente ella se puso a cantar en voz muy baja.

—¿Qué cantas?

—¿A ti qué te importa?

Se acercó a él despacio y se sentó.

—Oye, aquí se está muy incómodo.

—Yo estoy cómodo.

Jael subió por una escalerilla de palo al piso de arriba. Él siguió el rumbo de sus pasos que crujían sobre el tablado podrido. Luego, como Jael no bajaba, subió también.

—Ten cuidado con el peldaño roto.

La advertencia le llegó justo cuando su pie cedió y cayó un peldaño, suficiente para tener un buen susto.

El piso de arriba tenía cierta claridad proveniente de una trampilla del techo. Urías braceó entre hilachas de telarañas. Había un olor ácido, como de serrín húmedo. Jael estaba encaramada contra la trampilla, mirando el cielo. Tenía la cara azulada.

Se quedaron ahí un rato, sin moverse, viendo pasar las nubes hasta que el cielo despejó y asomó una luna muy cumplida.

—La luna, Eva —dijo Jael.

—¿Te refieres a la Eva del paraíso original?

—La misma.

—¿Qué tiene que ver con la luna?

Jael chasqueó la lengua.

—Pero qué bobo eres. ¿No conoces la historia?

Urías le contó la que le refiriera Sara tiempo atrás, nunca olvidada, sobre cómo Adán y Eva fueron expulsados por Yahvé del paraíso original.

—No es así como me lo contaron mis padres —replicó ella—. Los israelitas la cambiaron para incluir a su Dios. No pueden evitar meter siempre a su Dios en todo lo que dicen o hacen. Bueno, ¿quieres que te la cuente o no?

—Claro.

—Pues cállate. No me gusta que me interrumpan cuando cuento una historia.

—Yo no te interrumpo.

—¡Ya me estás interrumpiendo! —le dio un pisotón.

Jael dejó caer un silencio. Luego engoló un poco la voz.

—Adán y Eva vivían en un gran jardín. Eran hermanos porque tenían la misma sangre y el mismo origen. Sólo estaban ellos en el gran jardín, acompañados por miles de animales de todas las especies. Durante el día Adán trabajaba en un extremo del jardín y Eva en el otro. Dormían separadamente y se llevaban más o menos bien, aunque eran por naturaleza opuestos. Lo que para Eva era claro, para Adán era oscuro; lo que para Eva era bonito, Adán lo encontraba abominable. Cada uno comía distintos manjares y a distintas horas. Hacían esfuerzos por coincidir, pero nunca se ponían de acuerdo. Un día Eva sintió la necesidad de tener un hijo. Pero no podía hacerlo sin Adán. Así que plantó un árbol secreto con una semilla de mirto. El árbol creció, y Eva moldeó sus ramas para hacer de su interior un nido de amor. Las ramas del árbol cayeron hacia abajo, y sus hojas recogían la humedad del día y por la noche brillaban como si fueran de plata. Pero lo mejor del árbol era que daba una fruta tan dulce que quien la comía caía presa de un ensueño amoroso que duraba una noche, el tiempo suficiente para que él la fertilizara. Adán, como era hombre, no se daba cuenta de nada, ni siquiera sabía que ella le estaba tendiendo una trampa. El tonto de él ni la miraba, y eso que Eva era la mujer más bella del mundo, e iba siempre desnuda. Cuando el árbol creció lo suficiente, Eva le llamó una noche. Una vez los dos allí, Eva tomó la fruta, la mordió y se la dio a probar a Adán. Adán la olió y la encontró demasiado amarga.

«El amor es amargo —dijo ella—. Cómela.»

Adán la probó al fin y al momento quedaron los dos enamorados. Esa noche hicieron el amor los dos. Pero cuando despuntó el día, ya habían pasado los efectos de la fruta. Se vieron los dos juntos y empezaron a pelear. Adán le acusó de haberle engañado, y Eva, para no seguir aguantando a ese idiota, lo expulsó del jardín. Cuando se murieron, Eva se convirtió en Luna y Adán en Sol. Uno sale por el día y el otro por la noche. El Sol barre a la Luna al amanecer y cuando llega la noche, la Luna Eva ejerce su dominio. Pero cada mucho tiempo, dicen que Sol y Luna se juntan de nuevo como si fueran uno solo, y se hace la noche aunque sea de día. La noche en que Adán amó a Eva.

—¿Crees que hay una entrada secreta al paraíso?

—Claro que la hay. Yo la conozco.

Urías se preguntó si le estaba hablando en serio.

—¡Dime dónde está!

—¡Ja! Eso es un secreto que quizá no te revele nunca.

Una nube negruzca engulló la luna. Urías quiso forzar a Jael para que revelase su secreto, la agarró de los brazos, la sacudió con fuerza. Al empujarla tropezó con ella y cayó al entablado. Jael aprovechó este descuido y saltó sobre él como una gata. Urías la sintió encima emplear todas sus fuerzas para inmovilizarlo. Pudo haberla volteado fácilmente, mas permaneció ahí quieto, sintiendo el aliento caliente de la muchacha en la cara, escrutando la luz negra de sus pupilas rielando en las tinieblas. Ella le hincaba, seguramente a propósito, una rodilla en las costillas. Tuvo una erección. Ella se dio cuenta. Lo peor fue que no reparó en ello al final, sino cuando estaba empezando. Urías se sonrojó. Ella soltó una risilla casi inaudible. Dijo:

—Oye, por aquí abajo se mueve algo. Debe de haber ratones. Urías intentó frenar la erección con la fuerza de su pensamiento, pero sólo consiguió acelerarla. Ya estaba instalada esa cosa dura entre él y el vientre de Jael. Era incapaz de articular palabra. Echaba lumbre hasta por las orejas.

—Por fin —suspiró ella—. Pensé que nunca iba a ocurrirte. Jael entreabrió la boca y buscó la de Urías. Durante un buen rato no hubo otra cosa en el mundo que ese pozo húmedo y caliente. Después ella introdujo la mano entre sus ropas y le acarició el miembro duro. Urías notaba un flujo interior que se retraía y se esponjaba. De improviso recordó la voz de Rubén al recitarle la ley de Moisés: «Cualquier hombre que padezca flujo seminal en su carne será inmundo».

Jael se había desnudado de un tirón. Sus menudos pechos temblaron un instante. El heteo la miró despacio y no pudo comprender, por más esfuerzos que hacía, cómo nunca se había fijado en la perfección de ese cuerpo. Tantas veces la había visto desnuda, y ahora le parecía que la veía por vez primera. O que tenía ante él un cuerpo del todo distinto al que había percibido antes.

—Tócame —le susurró.

Acarició su piel caliente que yacía en el suelo, la recorrió de arriba abajo, debilitado por la tirantez del deseo.

—¿Sabes cómo hacerlo? —dijo Jael.

—No.

Ella abrió sus piernas y le situó entre ellas.

—¿No es malo esto que estamos haciendo? —inquirió Urías.

—¿A qué te refieres con malo?

—Moralmente. La ley israelita lo prohibe.

—Yo no soy israelita. No creo en el Dios israelita ni en su moral. ¿Y tú?

—Yo tampoco.

—¿Entonces?

Urías iba a decir algo, pero ella agarró su miembro y lo guió hasta el pozo del placer. Y toda palabra huyó al fin de su pensamiento.

Capítulo VIII

Comenzó Urías a imaginarse un mundo sin dioses. Nunca había considerado seriamente la existencia del Dios de Israel, aunque le atribuyó una entidad posible. Para los filisteos había muchos y diferentes dioses, y cada uno tenía su misión en este mundo. Los israelitas, en cambio, sólo adoraban a uno. Todos los demás eran falsos. ¿Quién estaba equivocado?

Y si el Dios era una pura invención, entonces todo cuanto consideraban una revelación de este Dios también lo era. El Dios les había dicho: esto es bueno, esto es malo; haced el bien y no se os castigará.

¿Entonces, el bien y el mal eran invención del hombre? ¿Omra era exactamente igual que Rubén, o que Jael? ¿No había nada que estableciera una diferencia en su naturaleza, algo sobre lo que juzgarlos y justificar sus sentimientos? Esta idea le infundía un vago pavor. Si no había bien ni mal, entonces los hombres podrían matarse unos a otros sin reparo. Matarse o amarse, ¿daba lo mismo?

Jael le descubrió el lento y turbio camino del placer de los sentidos. Le aseguraba que para ella también era la primera vez, pero su naturaleza era sabia y rara vez erraba en sus intentos. A la última hora de la tarde, durante los meses de Marhesvan y Quislau, se reunían en un granero a la hora en que el dueño se encontraba vareando la aceituna; corrían la tranca, ingresaban en las sombras, se tocaban, se besaban, ella se deslizaba hacia el fondo y callaba, en un rincón, tras los costales de grano, se perfilaba su sonrisa, quizá una coleta de cola de caballo, detrás de Jael no había horas ni estaciones, su cuerpo era lo único concreto, inequívoco y seguro, ella dejaba caer la cabeza hacia atrás, él le apartaba el pelo de la cara, le tocaba la boca, ella le mordía un dedo, Urías le sujetaba las manos como si las clavara, de la penumbra perfumada emergía su risa entre dientes, sus gruñidos de placer y rabia, se desnudaban con una dolorosa urgencia, se entrelazaban con avidez, se buscaban en la zozobra, repitiendo el itinerario de sombras de la última vez y avanzando más, escarbando uno en el otro como si quisieran descubrir qué había más allá, al final de todo, impregnándose hasta la extenuación. Ya no podían jugar como antes, ni matar lagartos, ni correr por los márgenes del río. Si se veían con ropa, no encontraban alivio hasta quedar desnudos; si estaban en algún lugar donde alguien pudiera verlos, no eran dichosos hasta no haber encontrado un escondite seguro.

—¿Me amas? —le dijo ella después del amor.

—¿Qué quiere decir amar?

—Lo que está pasando entre nosotros.

—¿Qué es lo que sientes?

—Siento que quiero estar contigo siempre. ¿Sientes tú lo mismo?

Un escalofrío le recorrió las vértebras. Jael esperó un rato la respuesta, pero Urías no fue capaz de encontrarla.

—¿Cómo puedo saber lo que querré mañana? Yo cada día quiero algo distinto.

—Eso no me sirve —objetó ella.

—¿Y cómo sabes tú que quieres estar conmigo siempre, que el día después de mañana vas a querer estar conmigo aún, si ese día no ha llegado?

—Eso lo sabe el que siente el amor dentro.

Urías estuvo a punto de decir «pues yo no lo sé», pero se dio cuenta que ello equivalía a decir «pues yo no siento el amor», lo cual, a su vez, podía significar que Jael se escurriría de sus manos como una lagartija.

—Ya te contestaré mañana.

—¿Por qué mañana?

—Porque mañana sabré mejor que hoy lo que sentiré mañana.

—Eres un egoísta, Urías.

—¿Por no querer contestarte hoy?

—No. Por tener el corazón tan duro.

Por primera vez advirtió en la muchacha una dolorosa debilidad que ya ni siquiera recurría al disimulo. Ya no era aquella muchacha autosuficiente e invulnerable que tenía dentro de sí el eterno secreto del desdén y la dicha. Ahora su mirada se volvía a un lado, avergonzada y suplicante.

Urías no pudo responderle al día siguiente, ni más tarde. Intentaba imaginar que quería estar con ella siempre, pero no llegó a creérselo. Entonces imaginó que la veía de cuando en cuando, sobre todo en la estación en que empezaban a pulular mosquitos por la junquera, y sí lo creyó. Pero eso no era siempre. Estar con ella un día y otro día, en otoño y en invierno, era ya demasiado. Se les acabarían todas las conversaciones posibles, o cada vez sería más complicado contestar sus preguntas, y él volvería a la mudez.

Quizá antes de hacer el amor con ella la necesitara más. ¿Era la entrega lo que había hecho huir la necesidad de ella, igual que la mente deja de trabajar cuando la evidencia aniquila la curiosidad? De algún modo, antes de aquella noche de tormenta, cuando entraron por primera vez en el granero, era distinto. Antes, cuando se bañaban en el río, y reposaban en la hierba y se secaban a la brisa tibia de la tarde, y eran dos animalillos salvajes en un mundo hecho a su medida, existía un oculto aliciente, que acaso no era más que eso que luego habían terminado satisfaciendo hasta agotarlo, o quizá era otra cosa, no podía saberlo.

Pensó entonces en contestarle con una honesta negativa. Sin embargo, ella encontró la respuesta en su demora y no volvió a acudir a la cita. Era tan orgullosa como egoísta él. Urías esperó una tarde, volvió al día siguiente, esperó de nuevo, y otro día más, hasta que el olvido empezó a trabajar en él al mismo tiempo que el dolor de su memoria.

Con la pérdida de Jael, Urías se sintió más vacío que nunca. Además, sospechaba que este vacío ya existía cuando ella estaba presente, con la salvedad de que ella le ayudaba a enmascararlo con su modo amable, inconsciente, de vivir y disfrutar el momento, sin preocuparse por las necedades y locuras ajenas. A veces le sobrecogía el repentino recuerdo de sus caricias o sus palabras.

—Eres un egoísta y tienes el corazón duro —le había dicho Jael.

Pero diríase que voluntariamente, Urías había logrado arrinconar todo aquello en el más oscuro estrato de su memoria y negar validez a todas estas vivencias para aferrarse a la idea de que su decisión había sido la correcta. Mientras tanto, procuraba concentrar su atención en otros asuntos ajenos a su íntimo sentir. Durante todo el tiempo que había estado con ella apenas se había parado a pensar en los acontecimientos que ocurrían a su alrededor, e incluso había hecho que casi olvidara el incidente de Saúl en el monte Carmelo. Ahora todo aquello volvía a rondarlo de cerca.

El heteo distaba mucho de comprender las verdaderas razones de cuanto sucedía allá en las altas e inaccesibles esferas del poder, por más que las consecuencias de estas dialécticas vinieran a influir decisivamente en la vida de las gentes sencillas, más preocupadas en que su Dios no les retirase su favor por culpa de los errores de sus dirigentes, que les representaban ante Él como si pudieran ser todos juzgados desde la conducta del rey, y ante cuya actuación se sentían del todo impotentes, que en las oscuras y vagas conspiraciones al parecer urdidas en torno al monarca y de las que, a la postre, nadie sabía nada a ciencia cierta.

Necesitaba Urías dotar su vida de algún sentido, de una finalidad en la que creer. A poco que
removiera, encontraba su devoción por aquel rey
en declive, abandonado por su pueblo, el héroe
caído, olvidado.

En las últimas semanas sucedió algo que acabó
de sembrar la alarma entre el pueblo e hizo temer el
inminente estallido de una guerra civil. Saúl se había
dirigido con sus hombres aún fieles al alto de Gueba,
y allí, bajo un viejo tamarindo, había convocado a los
ochenta y cinco sacerdotes benjaminitas del partido
profético liderado por Samuel, así como al patriarca Ajimelec, a quien se dirigió en representación de
los demás. El rey portaba su túnica militar y, por
primera vez, se dirigió a los sacerdotes sin guardar
las formas debidas, preguntándoles a quemarropa:

—¿Por qué os habéis ligado contra mí tú y
David, el hijo de Isaí?

Ajimelec respondió:

—No me haga el rey cargos que pesarían sobre toda la casa de mi padre, pues tu siervo no
sabe nada de todo eso.

—Mientes. Tú le has dado cobijo y lo has es-
condido en tu casa. Mis hombres lo vieron salir.

—Nada de eso sé, repito.

—Le diste víveres para que marchara a ocul-
tarse en otro sitio cuando dieron la voz de que nos
dirigíamos hacia allí. ¿Lo niegas?

—Sí.

—¡Júralo ante Yahvé!

Ajimelec permaneció en silencio. Saúl esperó
unos segundos y al fin dijo:

—Vas a morir, Ajimelec: tú y toda la casa de tu padre.

Y a continuación ordenó a sus guardias que mataran a todos los sacerdotes. Pero ninguno se movió del sitio, tal era el respeto hacia los que vestían el efod de lino. Saúl no se alteró por esta reacción previsible. Se dirigió a uno de los guerreros que le era más fiel, llamado Doeg, el edomita.

—Mata a los sacerdotes —le ordenó.

Doeg desenvainó su espada y la tiñó con la sangre de los ochenta y cinco sacerdotes. Ni uno solo se movió del sitio. Como si se entregaran de ofrenda ante un sacrificio.

Todo esto sólo había contribuido a que Saúl perdiese gradualmente el poco favor que aún disfrutaba de su pueblo. Ahora se le temía y odiaba. Era capaz de cualquier cosa. La cólera de la traición y la sed de venganza habían ofuscado su mente. Él era el depredador de David, pero sus movimientos eran los de un animal acosado. Se estaba quedando solo. En cambio, David, su rival y sucesor, era la unánime esperanza renaciente.

Por lo que había podido averiguar Urías, David contaba con un apoyo numeroso e incondicional. Casi todos los grandes guerreros estaban de su lado. Era un hombre justo, clarividente. En todas partes lo describían hermoso, gallardo, bien proporcionado. Todo él emanaba una atracción irresistible, y su fuerza parecía no residir en sus músculos, sino en su fortaleza interior, su optimismo y la fe de saberse de parte de Yahvé y, por tanto, a salvo de peligro. Tal era su bondad que ni siquiera le guardaba rencor a Saúl.

En cuanto a Saúl, también había logrado reunir a un numeroso ejército, aunque por otros medios; a los que aún le eran fieles había sumado una auténtica horda de bandidos, facinerosos, fugitivos y prisioneros que había ido reclutando a todo lo largo del desierto de Judá. Gentes habituadas a vivir del bandidaje y de la espada, salteadores de caminos, filisteos que libró de la muerte a condición de asimilarse a sus tropas, condenados a la horca por delitos diversos, y descontentos de toda laya pasaron a engrosar el número de soldados dando al ejército un aspecto variopinto, heterogéneo pero de una indudable cohesión.

Ahora Saúl se disponía a ir a Queila, donde David se había reagrupado con sus hombres para vencer a los filisteos y hacerse fuerte. Aún buscaba nuevos soldados jóvenes.

Pesado, enorme, tosco, áspero de barba, velloso de manos, con la piel cubierta por una pátina de barro seco y su cara de perro lobo, Doeg compareció una mañana en Belén con el último edicto de Saúl. Era la figura misma del guerrero montaraz. Desmontó del caballo alazán con un estruendo de bronce, se quitó el casco mellado, se pasó el dorso de la mano por la frente y después de escupir varias veces para limpiarse la boca de polvo, anunció con voz estentórea:

—Yo soy Doeg, edomita, jefe del ejército de Saúl. Me han dicho que en este pueblo aún queda gente joven y valiente. He venido a comprobarlo.

La noticia se propaló por todo Belén. Urías abandonó el silo donde se estaba filtrando el grano de cebada y corrió a la plaza del mercado. Se abrió paso entre la gente hasta el círculo despejado, donde sólo estaba Doeg, apoyado en su caballo, con los brazos enormes que le colgaban separados de los costados, indiferente a las miradas, plácido y sucio, junto a sus trebejos y su lanza.

Urías no se decidía a pasar al centro, pese a que su voluntad de alistarse era ya indeclinable. Era un último resto de pudor a ser el objeto de todas las miradas. En eso, otro joven, un par de años mayor que él, de cabello albino, penetró entre el gentío y se cuadró torpemente ante Doeg.

—He aquí un joven que sabe elegir por sí mismo. Estos son los que necesitamos para nuestra causa —dijo poniéndole el brazo en el hombro—. ¿Cómo te llamas, chico?

—Josá —se le llenó el rostro de rubor.

—Por ti ha merecido la pena desplazarme hasta aquí, Josá.

Urías contemplaba a Doeg no como un hombre cualquiera, ni siquiera como un gran guerrero, sino como aquel que había pasado por la espada a los ochenta y cinco sacerdotes de Nob. El menor gesto, cada uno de los poros de su piel configuraban para él un arquetipo de ferocidad y hombría. Admiró ciegamente su crueldad, su porte depredador.

Y sin dudarlo más tiempo, el heteo se adelantó también hasta la mole humana y clavó sus ojos en él sin pestañear. El guerrero se quedó mirando también a Urías, los brazos cruzados y las piernas separadas para mejor equilibrar su corpachón peludo. Con una media sonrisa torcida aceptaba el envite.

Hubo una nueva oleada de murmullos. Alguien debió avisar a Rubén, que corrió todo lo que pudo hasta llegar a la plaza. Cuando llegó tenía la faz enrojecida y apenas acertaba a recuperar el aliento.

—Es-es una equivocación —tartamudeó Rubén, saliendo del círculo de gente—. Este chico no puede ser soldado. ¡Es mudo! La bestia se rascó las greñas de la cabeza.

—¿Eres mudo, chico?

—No soy mudo, señor —dijo Urías con la voz más grave y firme que logró reunir.

Doeg lanzó una risotada cavernaria, una carcajada como un rugido de león que a más de uno le erizó el vello de la piel.

Pálido, desencajado, Rubén pareció enfermar de pronto. Sus ojos asumieron una opacidad exangüe y las piernas le empezaron a flaquear. Urías se apiadó de él de corazón. Cómo justificar que no hablara hasta entonces. Ahora los rumores eran ensordecedores.

—¡Silencio! —bramó Doeg.

Esperó a que la gente se callara.

—¿Cuántos años tienes, muchacho?

—Dieciséis, señor.

—¿Tienes experiencia con la espada?

—No, señor.

—¿Por qué quieres unirte a nosotros?

—Amo a mi rey Saúl.

113

Lo dijo con tal convicción que logró impresionar al guerrero.

—Coge esta lanza —se la ofreció.

Urías, antes de tomarla, reflexionó un momento. La intención de Doeg era comprobar el vigor de su brazo. De modo que asió la pesada lanza con una mano y la clavó con todas sus fuerzas en el suelo de tierra apisonada. Lo hizo muy rápido, aprovechando el impulso de tomarla del brazo alto de Doeg, para no tener que alzarla. Consiguió así sacar provecho de su peso. Quedó allí vibrando en medio del silencio expectante. Ni él mismo se creía el efecto que había logrado.

—Tendrás que formarte —dijo Doeg—. No vamos a dejarte entrar en combate sin una instrucción.

—Haré lo que me ordenéis.

Doeg le sonrió y le puso una mano en el hombro.

Fue entonces cuando Rubén se desmoronó sobre el suelo. Ocurrió tan rápido que nadie pudo sujetarlo a tiempo.

Capítulo IX

Varios meses habían transcurrido desde que Urías regresara de sus campañas y aún el primer sentimiento de su despertar cada mañana era el del perfecto extravío. Se veía de pronto en un lugar desconocido; la alcoba angosta, baja de techo y escasa de luz que en nada se parecía a la de una jaima. La triste claridad que entraba por el ventanuco de la pared renegrida no bastaba para despertarlo; acostumbrado a levantarse al amanecer, prolongaba sin quererlo las horas de descanso en la penumbra silenciosa, y esta última parte añadida de su sueño se configuraba en una pesadilla recurrente. En ella, Urías huía por la tierra de exterminio sembrada de soldados. Y Yahvé estaba arriba. Se zambullía en el río, y Yahvé iba en la corriente. Entraba en tierras pantanosas, en junqueras, y Yahvé le pisaba los talones, subía a los roquedos, se internaba en gargantas y grietas, y todas eran de Yahvé; se enterraba en el fango, y Yahvé emergía del cieno. Y Yahvé no era absolutamente nada. Era el vacío espeluznante. La nada.

Cuando al fin se incorporaba en el jergón sentía la cabeza turbia. Trataba entonces de convencerse de que estaba en una casa, la suya, que no tenía necesidad de salir a montar guardia ni a formar, ni de preparar sus armas para la inspección. Nadie iba a venir a sacarlo del lecho a patadas si por un casual se retrasaba. Tampoco existía una amenaza, un deber que cumplir, una ordenanza vigente. Se sentaba en el borde del camastro encajando las sienes entre las manos y trataba de entender su nueva situación. Disponía de tiempo para hacer lo que quisiera, y esta libertad casi excesiva lo llegaba a abrumar en los primeros días y le llevaba a un exceso de reflexión sin objeto y a una holganza desasosegante, pues aún no alcanzaba a imaginar cómo llenar sus días.

Finalmente, su inquietud le llevó a recalar en la casa de Rubén y Noa. Hubo de vencer antes una resistencia interior que no sabía si atribuirla a la vergüenza o a la culpa; la presión de este deber ineludible, a la que un molesto pero aún existente sentido de la responsabilidad le instaba a volver la vista, siempre a su pesar, se iba engordando cada día, como también cada día se hacía más difícil de cumplir, precisamente porque su retraso la volvía más gravosa.

Aun sin admitirlo, sabía que ellos le esperaban pacientemente, que no le pedirían explicaciones, y él, con todo, habría de dárselas. Así que se imbuyó de valor y una mañana en que se levantó con más ánimos se vistió para la ocasión. La verja de palo de su antigua casa, al trasponerla, emitió un chirrido humano. Como una voz que lo saludara en forma de agrio reproche.

Sentada en un escaño con una cesta entre sus pies, Noa se encontraba pelando judías en la entrada. Se oía, procedente del fuego de la cocina, el borboriteo del agua hirviendo en la olla. Esta vez, el heteo hubo de agachar un poco la cabeza para pasar bajo el dintel carcomido antes de cruzar esa invisible frontera que lo arrojaba inopinadamente a una geografía varada en el pasado y de la que él formaba parte. Sorprendió a Noa al tiempo que lo envolvía el viejo, familiar olor de la casa, aquel suelo de madera claveteada tan fregado que se combaba justo al dar el primer paso, la sustancia dulzarrona que impregnaba el aire, el tizne de las paredes de la cocina donde bailoteaba una llama. Toda aquella suma de colores mortecinos y condimentos, muebles y cachivaches desvencijados que creaban su peculiar disposición del espacio y la estrechez lo inundaron de golpe con un solo recuerdo magmático, impreciso, de lo que él había sido y en el fondo de sí aún era. Todo estaba en su lugar tal como lo había dejado al partir, cuando muchacho; sólo él mismo había sufrido mudanza. Los ojos que contemplaban ese espacio inmutable lo hacían ahora tras un velo donde la edad y el largo aprendizaje de la desilusión habían dejado su poso.

Noa se levantó para abrazarlo. Gimió de felicidad. Él, a su vez, sobrecogido, estrechó el cuerpecillo flaco de la mujer entre sus brazos con la sorpresa de descubrirse a sí mismo albergando un sentimiento —la ternura— que ni sospechaba. Entonces habló a Noa por primera vez en los veinte años de conocerla:

—Querida tía.

Noa retrocedió un paso.

—Deja que te mire bien. ¡Estás desconocido!

El heteo también la observó con atención. Su pelo negro cortado a cuchillo bajo la toca que dejaba dos mechones desiguales a ambos lados de su rostro ovalado, el torpe flequillo que apenas le tapaba la frente huesuda, los ojos salientes en sus concavidades, todo en ella seguía siendo el puro cuadro de la inocencia ajena a la edad y al deterioro.

Avisado por un chiquillo de la vecindad que envió Noa con el recado, Rubén no tardó en presentarse. A él sí lo encontró Urías más avejentado; caído de cerviz y encorvado de ríñones, cano por completo. Su flaca sonrisa emergía en un blando pellejo de arrugas. No había mudado de sandalias desde entonces.

—No puedo creerlo —repetía Rubén con voz temblona—. Te has hecho un hombre de la cabeza a los pies.

Esta alegría de volver a verle, aunque era previsible, no dejaba de extrañarle íntimamente. Se decía que si él se viera a entrar a sí mismo por esa puerta se recibiría con un profundo disgusto. Quizá ni se dejaría entrar. Pero estaba visto que las cosas nunca ocurrían para él como las hubiera decretado.

Noa había preparado ensalada de olivas, pepinos y dátiles con una salsa de requesón y membrillo que sólo ella sabía hacer, al menos del modo en que el heteo la conocía (para él no había otra salsa de requesón y membrillos que la que Noa preparaba). Mientras saboreaba la escudilla, Urías, de nuevo, casi cedió a la tentación de creer que el único transcurrir del tiempo se cifraba en ese sabor, y que había una continuidad sin fisuras desde la última vez que lo probó hasta ahora que volvía a hacerlo. Lo que mediaba entre uno y otro bocado —el tortuoso vericueto de una vida— era una vaga ensoñación. Así un hombre que ha salido de su pueblo para ir a ver a su amigo en el pueblo vecino y tiene la mala fortuna de caer presa de las rieras, pero sobrevive y cuando llega maltrecho a la puerta de su amigo, éste le recibe con los brazos abiertos; y es tanta su dicha que decide al momento olvidar todas las penurias que ha sufrido en el trayecto.

Durante el almuerzo no cesaron de mirarlo, en una especie de prisa por asimilar ese nuevo, casi desconocido Urías que tenían ante sí, como también por encontrar en él los antiguos rasgos y vestigios del muchacho y así poder satisfacer una vaga necesidad de creer que, en el fondo, seguía siendo la misma persona con unos años más encima. Para festejar el regreso, Rubén destapó el odre de vino y bebieron. En algún momento le tomó la mano, la apretó todo lo fuerte que fue capaz y dijo:

—Lo que más raro se me hace es oír tu voz.

—No puedo quedarme en vuestra casa.

—¿Por qué no? Claro que te quedarás.

—No hay mucho espacio para los tres.

—Tonterías.

—Tu cuarto está todavía vacío —dijo Noa—. Cada semana limpio el polvo pensando que vas a volver.

—Así nos ayudarás en la huerta.

Era una buena forma de ocupar su tiempo, aunque para ello no era imprescindible vivir con ellos. Noa asentía, maternal.

—Dejadme pensarlo.

—Piénsalo cuanto quieras, pero ven pronto. La casa no es la misma sin ti.

—No lo merezco. No he sido justo con vosotros.

Rubén y Noa se aplicaron tan concienzudamente a desmentir su comentario que hubo un instante en que Urías dudó si, pese a su buena voluntad, ellos mismos creían cierto cuanto salía de sus bocas.

Había cruzado Rubén las manos sobre la mesa y erguido la cabeza en un gesto de satisfacción o victoria que parecía querer significar «ya hemos tomado la decisión por ti». Al heteo le costaba entender cabalmente que ellos aún quisieran tenerlo consigo.

—Cuéntame qué planes tienes ahora —intervino Rubén.

—No hay planes.

—Nosotros tenemos planes para ti.

—De momento espero que esta prórroga se alargue el mayor tiempo posible —explicó Urías—. Creo que es necesaria una tregua también para las tropas. Estamos cansados. No podemos sencillamente pasarnos de una fila a otra como si nada. Necesitamos dejar pasar un tiempo en paz para digerir los últimos sucesos. Así podremos sentir que hemos acabado una etapa.

—Una triste etapa.

Como viera que era una conversación para hombres, Noa, sin dejar de escuchar, se levantó a recoger los platos y los sumergió en el pilón de agua. Oblicuamente, Urías no la perdía de vista.

Rubén acababa de levantar un poco la voz, como siempre hacía cuando entraba en calor. Mentó varias veces la palabra *reconciliación*.

—¡Es la única manera! ¿Cómo vamos a mantener el pueblo unido si no olvidamos el pasado y nos perdonamos los unos a los otros? ¡Que Yahvé misericordioso sea clemente con nuestros pecados y nos ayude a olvidar las infamias!

Urías asentía, condescendiente, escéptico.

—Tenemos que seguir viviendo —agregó—, pensar en el mañana, en los hijos que nos suceden. Hay que abonar la tierra para que las próximas generaciones no cometan nuestros mismos errores.

Noa acababa de encender la lámpara sobre la repisa —un simple nicho en la pared.

—Tengo que conseguir más aceite.

—Yo bajaré mañana —se ofreció Urías. Me quedaré para servirles, pensó. Es el único modo de dar a mi tiempo un valor.

Encontró que en algo le habían cambiado los años en el ejército: ahora no despreciaba su vulgaridad, la falta de ambiciones. Habiendo él viajado y vivido extraordinarias experiencias, no se había liberado de la rutina y la infelicidad, en tanto que ellos, complaciéndose en los eventos diarios y anodinos (como su visita), habían escapado de la monotonía y no echaban nada en falta.

El rey David eligió el comienzo de la primavera, cuando los vientos aciagos al fin dieron la vuelta y un sol tibio asomó anunciando un nuevo curso de los días, para congregar en Hebrón a todas las tribus de Israel.

Fresco se mantenía aún en la memoria del pueblo el reciente entierro de Isbaal, hijo de Saúl (o su cabeza, mejor dicho, pues que la busca del resto de su cuerpo fue infructuosa), en el sepulcro de Abner, en Hebrón, no muy lejos de la alberca en cuyos muros colgaban aún los esqueletos de los chivos expiatorios ajusticiados por el rey.

La peregrinación a la ciudad recordaría al heteo aquella otra al monte Carmelo, de la mano de Rubén, cuando por primera vez vio el rostro de Saúl, en la hora de un crepúsculo que inaugurara una década de desgracias.

Se congregó un gran gentío a todo lo largo de la garganta que formaba el valle. Ni los más viejos recordaban haber vivido una concentración semejante, en el que todas las tribus estuvieran presentes. En la mente de todos estaba, por eso, que se trataba de una ocasión trascendental en la historia de Israel. David, subido a lo alto de un otero, contemplaba con orgullo la multitud a sus pies; era de nuevo esa figura semidivina e inalcanzable, esculpida contra el cielo de calima, que el Dios había puesto por sobre su pueblo para guiarlos según sus designios. Las palabras del rey, graves, despaciosas, meditadas, resonaban en las paredes de

roca y les llegaban mutiplicadas por la reverbera-
ción del eco.

—¡Alabado sea Yahvé misericordioso que per-
mite en esta hora señalada que su pueblo entero se
reúna para escuchar las buenas noticias!

Hubo un clamor de júbilo tan ensordecedor
que Urías, temiendo que su cabeza fuera a estallar,
hubo de taparse los oídos. Una vez se hizo algo semejante al silencio, David volvió a tomar la palabra alzando los brazos al cielo.

—¡Pueblo de Israel! ¡Yahvé os favorece con su
bendición! ¡Yo os digo que los días de penurias y
de guerras han terminado, que la hiel no volverá a
sembrar más tiempo nuestras tierras mientras
dure mi reinado!

El pueblo estalló en un nuevo clamoreo unánime.

—Yahvé me ha dicho: Apacienta mi pueblo y sé
el jefe de Israel. Todos los ancianos me han ungido
rey, y yo vengo ahora a unificar las tribus dispersas,
a hacer ondear el emblema de la paz por encima de
la discordia y las asechanzas de nuestros enemigos.
Por eso, yo os digo: Calmad vuestros corazones,
israelitas, pues nadie más se levantará contra mi
mando. No habrá una sola fisura en mi reino. Yo
os guiaré por la senda de Yahvé, como hizo Moisés, para fundar una tierra de gloria y promisión.
Pues que Yahvé nos escogió como su pueblo predilecto, yo aniquilaré a todos los que se opongan a
mi mandato, allanaré sus ciudades y haré de los reyes mis vasallos para que todos sepan la grandeza
de Israel y humillen la frente ante Yahvé.

Se vio rodeado Urías de un marasmo de cuerpos indiferenciados que desperdigaban sus gritos por todo el valle. Miles de gargantas unánimes desahogaban al cielo su júbilo. Y le pareció al heteo que en esta efervescencia repentina había algo esencialmente engañoso e ilusorio, producto del instante, de la visión del rey allá en lo alto, investido de grandeza y poderío, que alimentaba la equívoca sed de una aparición divina. De golpe cada individuo no era sino una excrecencia de la masa; brazos arracimados tanteando el aire, voces fundidas en un solo clamor, una atronadora multitud que a sí misma se excitaba hasta el paroxismo. Prisionero de la turba, zarandeado, comprimido, emparedado en el marasmo de cuerpos, Urías trataba de localizar a Rubén y Noa, que habían sido engullidos por la grey. Le faltaba el aire, boqueaba, sudaba copiosamente, le ahogaba una furiosa necesidad de abrirse un espacio a codazos. Cuando se cansó de intentarlo, se dejó arrastrar al fin por la corriente humana que buscaba acercarse más al rey, recibir su bendición, la limosna de su mirada. Y por primera vez, rozado, sobado por brazos y manos anónimas, empujado por cabezas y nalgas, aplastado por la masa bullente, tropezando con los cuerpos que acababan de caer, y eran pisoteados sin remedio por cientos de sandalias, entre gritos confusos, sometido a fuerzas de distinta procedencia, que querían contrarrestar otras, mientras más gente caía, moría de un modo estúpido, apisonada, asfixiada, y muerta servía de obstáculo a otros, por vez primera Urías mascó la banalidad del mundo, de la vida entre los seres humanos, la tediosa insignificancia de la existencia. Y una especie de repugnancia cuyo objeto era la humanidad entera, el mundo habitado de hombres sin razón, poseídos de la necedad y la locura, hombres agitados y fanáticos hasta donde su vista alcanzaba y en el que él estaba condenado a permanecer, pues que no había otra solución de escape que la muerte.

Uno de esos días recibió una inesperada visita en su casa, a la hora de la cena. Urías se encontraba en el huerto, y oyó a Rubén deshacerse en reverencias y muestras de bienvenida. Al ver a Noa salir renqueando y muy agitada por el patio trasero para llamarle supuso que aquel visitante debía ser muy distinguido.

Se trataba nada menos que de Joab, jefe del ejército de David. Venía con ropas sencillas, como si acabara de salir de su casa. Urías le estrechó la mano con la familiaridad que dan los años de trato hipócrita y la costumbre del disimulo. Sonrió con una leve inclinación de cabeza y una vez más lo deseó muerto, varios metros bajo tierra, perforado por gusanos, convertido en una trabazón de huesos.

Noa puso en seguida la mesa, y Rubén, servil y empavonado, se disculpó algo así como una docena de veces por tener una comida tan humilde y frugal en ese momento, a lo que Joab, indiferente, respondía que no se inquietaran por ello. No contaba con quedarse a cenar y además no tenía mucho apetito. Al fin se resignó a sentarse a la mesa en vista de que Rubén no estaba dispuesto a cejar en sus ofrecimientos.

—Te damos gracias, Dios nuestro, por tu bondad al darnos estos alimentos y hoy especialmente por traer a esta humilde casa a un invitado tan señalado —oró Rubén.

Empezaron a comer en silencio. Todos estaban a la espera de que Joab hablara, y lo hizo tras apurar un cuenco de vino, muy relajado, mirando a Urías.

—Me han dicho que no se te da mal trabajar la tierra —le dijo.

Urías se encogió de hombros.

—¿Tienes ganas de volver a coger la espada?

Urías no respondió. La respuesta era obvia, pero le molestó ese comentario más socarrón que acusativo delante de Rubén y Noa.

El jefe del ejército le dirigió una mirada significativa.

—La semana que viene salimos contra Siria, pero esta vez de verdad. Nos esperan desde hace tanto tiempo que el valle de la sal y el nerviosismo ya los ha debilitado. Estos edomitas son buenos guerreros, pero les falta el temple de la paciencia. De vez en cuando mandamos alguna tropilla para que den la alarma, y luego nos vamos. La zona no es gran cosa, pero David quiere poner guarniciones en Edom.

Pensaba Urías que no tenía mucho sentido que Joab viniera a reclutarlo a su propia casa, en vez de mandar a un emisario. Joab pareció leerle el pensamiento.

—Lo que vengo a ofrecerte es una posibilidad de librarte de esta campaña.

Urías se quedó perplejo. No quería ni conjeturar a cambio de qué le era concedido ese extraordinario privilegio.

—Tú tienes una misión más importante —volvió a dirigirse a los tres—. No tiene nada que ver con las armas. ¿Habéis oído hablar del Libro Sagrado?

Urías intercambió una mirada con Rubén y Noa. Rubén, tras reflexionar un poco, terció:

—¿El Libro de Yahvé y nuestro pueblo?

Joab asintió.

Ahora Rubén estaba tan impresionado que se le alteró hasta la respiración. No le cabía en sus mientes qué relación podía tener su hijo adoptivo con un acontecimiento de tal trascendencia.

Tan desconfiado como aguijoneado por la intriga. Urías admitió que no había oído nada sobre ese libro.

—Un viejo proyecto nunca abordado —sonrió Joab—. Desde Moisés se habla de él, pero hasta ahora nadie ha sabido que se haya escrito una sola palabra.

—¿Se empezará ahora? —saltó Rubén.

—Qué sé yo. Todo es cosa de David, y yo creo que también de Ajitofel de Guilló. Parece que van en serio.

Rubén y Noa permanecían inmóviles, los ojos muy abiertos; casi no habían probado bocado.

—Resumiendo, Ajitofel necesita un ayudante. Me pidió que escogiera de entre mis soldados a uno de «buena memoria y mente despejada» para servirle de cronista de estos años.

Urías registró la mirada de Rubén preñada de orgullo paterno. Le desagradó profundamente.

—No entiendo nada —objetó el heteo.

—Ajitofel te lo explicará.

Mientras daban cuenta del postre —Noa sacrificó para ese momento todos los higos y dátiles previstos para la semana— el tiempo se pasó en deferencias, muestras de agradecimiento y otras ceremonias que casi siempre corrieron a cargo de un Rubén abrumado de solicitud y orgullo ante tan principal visita. Con esto y con haberse acabado los postres, Joab se levantó y dio por terminada la cena. Rubén no soltó al general ni siquiera una vez que se hubo levantado de la mesa y le acompañó un trecho del camino. Urías se quedó mirando a Noa. Ella le puso una mano sobre las suyas y le sonrió como cuando era un muchacho.

Tenía su morada en la parte este de Jerusalén, casi en las afueras, junto a la fuente de Gihón, cuyas acequias llegaban a los principales depósitos de la ciudad. Era una mansión relativamente grande, aunque distaba mucho de asemejarse a la que correspondía a un levita de su rango. Sus únicos ornamentos vistosos eran las flores que poblaban sus ventanas. Su fachada principal, encalada y rematada por hileras de piedra, tenía dos arcadas y daban a una pérgola donde crecían algunos rosales. En el dintel de cedro de esta entrada había inscrita una palabra: *shalom* (paz). Sobre la primera planta se abría una terraza protegida del sol por una techumbre de cáñamo y trepada de enredaderas. Si se rodeaba la casa uno encontraba varios leñares y almacenes de herramientas. En un lateral se franqueaba una verja baja que daba a un espléndido jardín rodeado de sauces en el que todas las pequeñas avenidas radiales, trazadas por losas de barro sobre la hierba y salpicadas de pequeños arbustos de boj, confluían en una fuente de piedra donde se bañaban los pájaros. Más allá del jardín asomaban los penachos de las palmeras que cabeceaban al viento. Y antes del jardín se llegaba al pequeño pozo y la trampilla de madera que llevaba a la despensa subterránea. En la parte trasera de la casa había otra entrada, sombreada por una parra y flanqueada por dos cipreses, que conectaba directamente con la sala de visitas, lugar donde el levita y Urías trabajaban. También arrancaba allí un senderillo que terminaba en los campos de maíz.

Dentro de la sala de visitas se andaba sobre una tarima de madera lustrosa, se estaba fresco, olía a incienso y a nogal. Había mucho espacio libre. Casi daba la impresión de que su propietario no había encontrado la manera adecuada de llenarlo. El único adorno llamativo era una enorme amatista oval cuyo color violeta translúcido le daba la apariencia de un higo abierto. La sujetaba una peana de madera en un nicho de la pared que hacía las veces de alacena.

La misma idea de elegancia y sencillez que presidía la casa guiaba la manera de vestir y los modales del viejo Ajitofel. Sobre el manto de biso, el pectoral de gran sacerdote con un dibujo estampado de las doce piedras que simbolizan las doce tribus. No llevaba una sola joya encima. Andaba por la casa descalzo, arrastrando su túnica color gamuza y se dirigía a su escasa servidumbre de un modo quizá excesivamente cercano. Tenía una barba breve y gris, muy cuidada, y sólo dos alas blancas y sedosas esquivaban su calvicie. Todos sus movimientos eran despaciosos, pero carecían de la torpeza y el temblor de un hombre de su edad. Se diría que eran una emanación íntima de su espíritu.

Desde que pisó esa estancia Urías experimentó un sentimiento ambiguo. Por un lado el espacio le resultaba acogedor; por otro, estaba tan nervioso que sólo ansiaba irse. Que todo fuera un gran malentendido y se aclarara lo antes posible.

Se sentaron en torno a una amplia mesa semicircular, de madera de sándalo muy pulida, en cuyo centro había un pequeño serón de frutas envuelto por dentro en un lienzo blanco, una jarra de barro llena de agua y un vaso. Las sillas resultaban muy cómodas porque uno podía apoyar la cabeza en el respaldo levemente inclinado hacia atrás. Pero el anciano siempre estaba muy erguido, envarado, y apoyando los brazos en el borde de la mesa.

Ajitofel le había dado la bienvenida a su casa sin muchas ceremonias. Al mirarle despacio, le había dicho:

—Tu rostro me es familiar. ¿Eres de por aquí?

—Me eduqué en Belén, señor. Me llamo Urías y soy heteo.

—Llámame por mi nombre. Ah, sí, ya recuerdo. Tú eres el chico que decían mudo, hasta que una muchacha filistea te desató la lengua, ¿no es cierto? —sonrió.

—Así es.

—Bien, démosle gracias entonces a la muchacha filistea. Por cierto, en tu tierra natal, hace cuatrocientos años, fue donde se descubrió el método para tratar el hierro mediante la fundición. ¿Lo sabías?

—No tenía la más mínima sospecha.

El levita rió suavemente. Luego le mostró unas tablillas de barro.

—Son para escribir. Hay muchas tablillas más, todas limpias. Cientos de tablillas. En ellas pensamos escribir la historia de nuestro pueblo, que es casi la historia del mundo, desde que fue creado. Una de las historias del hombre, la nuestra, la única que conocemos.

El heteo quedó perplejo, intentando reconstruir el discurso del levita, entender el sentido de sus palabras. Ni remotamente se figuraba qué podía tener él que ver con semejante idea.

—Para eso sirve la escritura, para que lo que se diga no se pierda. Como la ley de Moisés.

Urías había visto alguna vez símbolos grabados en algunas lápidas, pero parecía que su única utilidad era recordarle al pueblo que no sabía leer.

—Una maldición divina —sonrió Ajitofel—. Muchos lo han intentado ya. Hombres muy sabios, buenos escritores, viejos venerables que han visto mucho más que yo. Todos abandonaron el proyecto, abrumados ante la dificultad que entraña reconstruir fielmente nuestra historia. Uno tras otro han ido cediendo gentil y cobardemente la tarea a sus descendientes. Pues, ¿quién puede arrogarse el honor y la temeridad de escribir la primera página del gran Libro? ¿Quién se atreverá a contar el inicio de los tiempos, la creación, hablando por boca de Dios, y a hacer justicia a nuestros antepasados, como Abraham o Moisés? No yo, desde luego. He decidido que una buena forma de empezar a atacar el asunto es empezar por nuestra época. Así otros pueden continuar mi labor hacia el pasado. Mi propósito, y que Dios me perdone si peco de ambicioso, es transcribir el Libro de Samuel.

—Yo no sé mucho de Samuel —se adelantó Urías, que ya se temía que el levita le atribuyese conocimientos o poderes que no tenía.

—Claro que sabes de Samuel —sonrió Ajitofel—. Tú eres un soldado, ¿no? Entonces has luchado por causa de Samuel.

El heteo estaba rígido, bloqueado. No sabía qué se esperaba de él. Temía que cualquier movimiento involuntario rompiese una norma desconocida. Parecía que le habían adjudicado un papel en esa ceremonia, y el caso era que se encontraba allí presente, esperando alguna instrucción que pudiera orientarlo acerca de su conducta o sus respuestas. Pero Ajitofel, en lugar de eso, lo trataba como un igual, con una familiaridad que le hacía la situación aún más difícil. Confiaba en defraudarle lo antes posible para que le dejase retornar al mundo conocido, el de los seres ignorantes que no se preocupan por el inicio de los tiempos.

Un criado trajo dos odres de vino y los entregó a cada uno. El heteo bebió casi compulsivamente.

—La historia de nuestro pueblo —prosiguió el levita— no es sino una sucesión de pactos con los que Yahvé actualiza su alianza originaria con nuestro padre Abraham. Y en ese pacto, los profetas son los mediadores entre Dios y su pueblo. Así que nuestra historia ha discurrido a tenor de estos profetas, y así sigue siendo ahora, aunque nos gobiernen reyes. El fragmento que yo preparo, que es como un pequeño libro dentro del gran Libro, abarcará el período de influencia de Samuel. No es el de David ni el de Saúl, sino el de aquel cuya sombra se cierne sobre todos nosotros como la de árbol centenario en la ribera.

—Samuel lleva muchos años bajo tierra —dijo Urías, consciente de la obviedad del comentario, decidido a hacer más notoria su ignorancia, a convertirla en un arma arrojadiza.

—Cierto, pero sus profecías se siguen cumpliendo.

Urías asintió, con la dócil costumbre de ocultar su incredulidad, aunque era innegable que Samuel había acertado en sus previsiones más siniestras.

—Yo no soy más que un viejo y me he pasado la vida yendo de mi casa al templo y del templo a mi casa. Me he ido enterando más o menos de todo porque tengo unas orejas largas como las manos del viento, aunque nunca fui testigo de los hechos cuando acontecieron. Tú, en cambio, has vivido la historia, has estado en el lugar donde ocurrían.

Hizo una pausa para beber un trago de agua. Le había quedado adherido a las comisuras de labios un poso blanco de saliva que el agua no consiguió disolver. Urías le calculaba sesenta años.

—Los hebreos —agregó— somos un pueblo que confiamos demasiado en nuestra memoria. Pero la memoria es como la profundidad de un río, tanto más engañosa a medida que te adentras en ella.

El buen levita le puso una mano en el hombro.

—¿Querrás ayudarme en esto?

—Decidme, ¿qué puedo hacer yo?

—Quiero que me cuentes todo lo que has visto. Me interesa tu testimonio y tu versión.

—¿Y quién va a leer ese libro?

—Quizá las civilizaciones del futuro. La nuestra, si sobrevive.

Consideró el heteo que quizá sus palabras se leerían en épocas lejanas. Empleó para ello un esfuerzo desacostumbrado de su imaginación, pero al final le pareció posible. Sin embargo, desde que había empezado a hablar en su adolescencia no había hecho sino mentir o encontrar ese punto de componenda donde lo expresable fuera lo más próximo posible a la verdad o a la mentira menos indecorosa. Si aceptaba, sus falsedades quedarían registradas para la posteridad, serían la versión oficial, y las leerían tal vez esos hombres de otros tiempos futuros. Esta idea le dejó sumido en una doliente perplejidad.

—Prefiero no cumplir esta labor —murmuró.

Capítulo X

Cuando muchos años después había vuelto al desierto de Zif veía aún al niño que sudaba de fiebre zarandeado por el paso de los camellos, la vista errabunda por los términos del paisaje. Había reconocido sin esfuerzo la fisonomía de pequeñas colinas que el viento arenoso había ido alisando por su parte superior hasta hacerlas romas. Las distinguía bien a lo lejos, con un pequeño remolino que barría su cima. El despojo reseco de los arbustos hecho una bola que el viento hacía rodar por los caminos. Qué habría sido de aquellos bandidos.

Habían dejado atrás Engadí, en el centro del desierto del mar salado, y tardado tres días y tres noches en llegar a Gueba, donde Saúl, el rey renegado por su pueblo y por el partido profético, esperaba que le informaran sobre la ruta que había tomado David con sus seguidores para prenderlo y matarlo. Acabar con David, el elegido de Dios, era también un intento de matar a Dios.

Saúl había conseguido reclutar sus hombres de diferentes lugares, a lo largo de los pueblos del territorio. Este ejército de tres mil hombres lo componía una insólita mezcolanza de forajidos, fugitivos de la ley, salteadores de caminos, traficantes de esclavos, esclavos huidos, contrabandistas, veteranos mercenarios, soldados expulsados de las filas de David y otras gentes de este pelaje, cada cual ducho en artes distintas, pero todos curtidos en los páramos del desierto, despiadados y sanguinarios por igual. Odiaban el poder establecido que los exiliaba y se habían adherido a la causa transgresora y magnicida de este rey. Saúl, a fin de cuentas, era igual que ellos, un proscrito, un perseguido que se convertía en perseguidor.

Los hombres de Saúl eran, por tanto, conocedores de aquel terreno y de todas las estrategias que ofrecía, resistentes al cansancio y a la desesperanza y dispuestos a dar hasta la última gota de su sangre por el hombre que había pasado por la espada a los ochenta y cinco sacerdotes benjaminitas en el alto de Gueba.

Marchaba el rey Saúl el primero en su imponente caballo egipcio, de pelo rojizo y patas cuatralbas. Lo rodeaban sus tres hijos además de su sobrino Abner, que era jefe de su ejército, Doeg el edomita y su escudero. Suscitaba entre sus hombres, cada vez que retrocedía hasta el grueso de la tropa, una mezcla de admiración y piedad. Absorto en su recóndito dolor, Saúl no parecía darse cuenta del modo fijo en que todos le miraban. Su voz, al contrario que la de Doeg o Abner cuando pasaban revista a los soldados, no tenía el ímpetu marcial que infundía vigor a cada músculo del cuerpo, sino una inflexión casi suave de tristeza. Evitaba casi siempre dirigirse a la tropa y hablaba persona a persona, sin distinción de rango. Había cambiado. Encorvado, como si el yelmo y el espaldar le pesaran demasiado, portaba una belleza crepuscular de viejo héroe condenado al destierro. Sus pasos largos y cansados, sus gestos conservaban aún una grandeza atribulada, una lentitud majestuosa y decadente.

En Gueba acamparon un día entero. Saúl supo por sus emisarios que David había estado allí hacía cuatro días, y que había partido con su grupo a Joresa, en la colina de Jaquila, que está al mediodía del desierto. La jornada era muy larga, y el rey no quería agotar a sus hombres en vano, pues tenía la certidumbre de que, si iban todos hacia allí, antes de llegar David y los suyos ya habrían vuelto a poner pies en polvorosa.

Se retiraron a los aledaños del pueblo para acampar durante la noche bajo un cielo negro y nítido, horadado de estrellas. Se remontó, tras el lomo de las colinas, la guadaña de la luna, y tenía una coloración ocre, luego viró a rojo. Estaban todos allí, sentados en círculos concéntricos en torno a una gran fogata con los restos de la cena. Saúl explicó a sus hombres la situación. Llevaba el manto talar y casi parecía un rey. Después de hablar, dejó que sus hombres opinaran.

—Baja a Joresa, oh rey, que poner en tus manos a David es cosa nuestra —dijo el general Abner.

Hubo murmullos de aprobación.

—Bendígaos Yahvé por haberos dolido de mi suerte —dijo Saúl—, pero es mejor que permanezcamos aquí unos días hasta saber cuáles son los planes de David. Voy a mandar a unos cuantos mensajeros para que observen bien por dónde anda y averigüen cuáles son sus asechanzas, pues tengo por cierto que querrá burlarnos una vez más con sus argucias.

Tres de los mejores rastreadores se pusieron en pie y se ofrecieron para esa misión. Saúl les dijo:

—Examinad y reconoced todos los escondrijos donde se oculta, y volved luego a mí con informes exactos; y entonces iremos con vosotros, y si allí está, yo le descubriré entre todas las familias de Judá.

Ajitofel anotó algo en las tablillas y fijó sus ojos acuosos en un punto indefinido del aire.

—David tenía vigilantes por todas partes —dijo Urías—, vigilantes que vigilaban a sus espías. El desierto parece a simple vista un lugar donde nadie se puede esconder, pero tiene infinitas oquedades, escondrijos, atajos. No podíamos dar un paso sin que lo supiera David. Sus mensajeros viajaban por la noche en veloces caballos, iban y venían, se apostaban en los taludes y se deslizaban como serpientes cerca de los puestos donde dormíamos. Por eso, mucho antes de que llegaran a Joresa los nuestros, ya habían partido los de David al desierto de Maón.

El escriba escuchaba con los cinco sentidos.

—Lo estás describiendo muy bien, querido amigo. Continúa, te lo ruego.

—Creo que aquella campaña en persecución de David la sentíamos como algo personal. De alguna manera se nos había contagiado la rabia de la impotencia. Y el odio por David, el causante de todas nuestras penalidades, se mantenía más vivo que nunca. Así que nos pusimos en marcha al desierto de Maón, siempre siguiendo su rastro como quien sigue a un venado esquivo e incansable. Pero Saúl sabía en su corazón que su mano nunca alcanzaría a David si él no quería dejarse atrapar.

Esperó a que Ajitofel escribiera algo, pero permanecía a la espera.

—En alguna ocasión los oteamos desde lejos —prosiguió—. Ellos marchaban por un lado de la montaña y nosotros por el opuesto. Fue un alivio porque después de tanto tiempo de viajar y perseguir a alguien que ni siquiera veíamos, temíamos estar volviéndonos locos. Hasta el episodio de la caverna de Engadí. Supongo que de eso ya estarás al tanto.

—Quisiera oírlo con tus propias palabras —dijo el levita.

—Habíamos llegado a unos rediles que había junto al camino, allá por el roquedo de Jealim. Todo estaba tranquilo y como empezaba a caer la tarde acampamos. Saúl subió solo a una pequeña caverna que había en la ladera para comer en la sombra. Entonces se encontró con que David y Joab le esperaban. Le prendieron, pero no le mataron. Fue el primer aviso.

Ajitofel carraspeó suavemente para aclararse la garganta. La sala comenzaba a quedarse a oscuras. Por no perturbar el ambiente llamando a sus criados encendió él mismo las lámparas de aceite. De pronto la atmósfera cambió a la luz oscilante de los pábilos. Ahora las sombras eran más densas y la sala parecía más pequeña y recoleta. Mientras iba de un lugar a otro, con sus pasos silenciosos, seguido por la mirada de Urías, oyó:

—Se limitó a cortarle la orla del manto. Un buen modo de humillarlo y demostrar su ilimitada bondad, su condición divina.

Urías recordó al David de entonces, joven y bello, inmortal. Saúl bajó, roído por la ignominia, donde le esperaban ellos. Al llegar abajo, David le gritó: «¡Oh rey, mi señor! ¿Por qué escuchas lo que te dicen algunos de que yo pretendo tu mal? Hoy ven tus ojos cómo Yahvé te ha puesto en mis manos en la caverna; pero yo te he preservado, diciéndome: No pondré yo mi mano sobre mi señor, que es el ungido de Yahvé. ¡Mira, padre mío, mira! En mi mano tengo la orla de tu manto. Yo la he cortado con mi mano; y cuando no te he matado, reconoce y comprende que no hay en mí maldad ni rebeldía y que no he pecado contra ti. Tú, por el contrario, andas a la caza de mi vida para quitármela. Que juzgue Yahvé entre tú y yo y sea Yahvé el que me vengue, que yo no pondré mi mano sobre ti. ¿Y contra quién se ha puesto en marcha el rey de Israel? ¿A quién persigues? ¿A un perro muerto? Juzgue y pronuncie Yahvé entre tú y yo. Que él vea, que él tome mi causa y que su sentencia me libre de tus manos.»

Ajitofel anotó al pie de la letra las palabras que le había referido el heteo oídas en boca de David.

—Lo extraño, lo inexplicable es que después de tanto tiempo persiguiéndole, y viéndole allí, en la boca de la cueva, nadie saliera a prenderlo. Lo dejamos escapar una vez más. Porque estábamos terriblemente arrepentidos. Las palabras de David nos transformaron milagrosamente o nos engañaron y debilitaron nuestro corazón. Fue una experiencia insólita.

—Una experiencia de Dios —dijo Ajitofel.

Urías se guardó la réplica.

Aquella misma noche, poco después de que se les apareciera David en el roquedo de Jealim, se desencadenó una violenta tormenta. La lluvia comenzó a batir contra el tambor de la tierra y el aire se espesó de pronto de una extraña tenebrosidad. Saúl y su ejército se refugiaron como pudieron en un saliente del roquedo, donde las jaimas apenas resistían los embates del viento. El primer rayo abrió el cielo en dos con un bramido estentóreo y tronchó de cuajo un enorme cedro que se erguía a escasa distancia de ellos. Quedaron momentáneamente cegados por el resplandor blanco. De otro lado se oyó un alarido que les acabó de erizar la piel. Saúl se puso en pie y llamó a sus hombres a la calma. Todos miraban con temor las turbulencias del cielo. El rey se arrodilló e imploró a Yahvé moviendo los labios sin ruido, mientras los truenos seguían retumbando como si el Dios arrastrara por el cielo, a tumbos, una inmensa mole de piedra que fuera a precipitar sobre ellos. Al fin, Saúl ordenó que no se probaría bocado hasta el día siguiente, y los dos venados cazados ese día se arrojaron a las llamas del fuego aplacatorio.

Aunque no sabía si creía que el Dios de Israel podía estar detrás de todo aquello, o simplemente se estaba dejando arrastrar por la sugestión colectiva, Urías tenía miedo. Experimentaba un terror elemental, el pasmo ante la furia de la naturaleza colosal. Le hubiera gustado entonces tener un dios benigno y protector que lo defendiera de toda asechanza y a quien, sobre todo, pudiera demandar una explicación. Un dios que entendiera lo que él no entendía de sí mismo. Pero todo su orgullo se revelaba contra ese Yahvé, enemigo de la libertad, con cuyo pueblo jugaba a guiarlo por los senderos del extravío. Toda la noche continuó el bataneo de la lluvia. Yacía el heteo tendido en la oscuridad junto a Rafael, el forjador y afilador de las armas. Casi todos dormían cuando la luz de un relámpago permitió a Urías comprobar que Rafael permanecía insomne como él.

—Es el poder del metal caído del cielo —susurró Rafael.

Urías no quiso prestar mucha atención y cerró los ojos para fingirse dormido, pero pronto le estremeció el recuerdo de haber oído aquello antes, en su temprana infancia, cuando marchaba con los hombres de Omra.

—¿Qué has dicho?

—Los metales crecen en el vientre de la tierra como embriones —dijo el herrero—. Nosotros le robamos a la tierra sus hijos de mineral y forzamos un parto prematuro. Por eso el bronce nunca está maduro y puede quebrarse. Yo no sé cuánto tiempo necesitaría el bronce en crecer bajo la tierra para ser indestructible, pero créeme: yo he estado en un lugar sagrado donde yace la gran piedra que cayó de lo alto del cielo en forma de bola luminosa. Es un lugar que muy pocos conocemos porque está muy bien oculto en una garganta. David la descubrió hace unos años, cuando conducía su rebaño. Él me guió hasta allí, después de hacerme prometer por Yahvé que no revelaría jamás a nadie el lugar donde se encuentra. Era redonda y estaba medio hundida en la tierra, como una burbuja en la superficie de un río. Rodearla entera costaba un buen rato a paso holgado. Después de examinarla me pidió que extrajera su metal celeste. Sentí un gran temor, pues jamás había visto roca como aquella y la muerte podría habitar en ella. Había una invisible presencia cercana, una emanación de calor y un olor extraño. No crecía ninguna vegetación a su alrededor, y la que hubiera antes de caer la piedra había desaparecido. El mediodía arrancaba de ella extrañas fulguraciones verdosas. David me aseguró que era benigna y que Yahvé misericordioso le había guiado hasta ella. Fue él quien tomó un gran trozo que se había partido con la caída y me lo entregó para que yo lo fundiera con mis artes e hiciera de él una espada.

Quedó un rato en silencio, recordando. Luego añadió, entre susurros:

—Tardé mucho en extraer el metal sagrado, porque necesitaba mucho más fuego de lo normal e incluso al rojo blanco era un metal muy difícil de forjar. Lo hice en el interior de una cueva no muy lejos de allí, después de traer mi material en un carro de bueyes. David vigilaba la entrada de la cueva. Estuve martilleando hasta media noche y al fin hice la gran obra de mi vida. Una espada indestructible. Se la entregué al pastor y sus ojos centellearon de una forma que me dio miedo; en un instante vi en ellos más ansia de poder que en mil reyes juntos. David se dirigió a un olivo y segó de un solo tajo una de las ramas más robustas, y del corte brotó sangre roja. Entonces me di cuenta que aquel metal venía del mal espíritu. Y tengo por seguro que hacemos muy mal en perseguir a David, porque tiene consigo el aura de ese metal maldito que cayó del cielo, y con él ha de abatir a todos sus enemigos.

Lo cierto es que desde entonces nada fue lo mismo para él. El viejo profeta Samuel, que condenara a Saúl, enfermó gravemente, palideció y aún se mantuvo encorvado sobre su báculo, como un muerto que se niega a entrar en su nicho. La piel se le pegó a los huesos; ya no comía. Deambulaba solitario entre tinieblas, rumiando profecías. Saúl decidió regresar al enterarse del estado del profeta. Habiendo elegido el momento de su muerte, Samuel salió a mostrarse públicamente por las calles en una tarde de tolvaneras verticales. Antes de exhalar su último aliento, el profeta alzó al cielo su mirada pavorosa y vaticinó:

—¡Correrá aún mucha sangre antes de que la locura huya de nuestra tierra!

Un gentío silencioso y consternado anduvo a pie durante varios días desde todos los pueblos de Judá hasta Rama, donde habían excavado su tumba. Urías lo vio pasar un instante en su catafalco negro, portado por David y Saúl, juntos por primera vez ante su pueblo. Antes de descender a lo hondo de la tierra no hubo una sola voz que perturbara el silencio del viento. Después, se desgarraron los llantos y las vestiduras.

Durante todo el funeral Urías el heteo estuvo reflexionando. Por primera vez empezaba a ver claro que la fe de ese pueblo era un misterio impenetrable. No por el hecho en sí de sus creencias —nada tenía de particular que creyeran en un solo Dios y que a él ofrecieran todos sus sacrificios— sino en el modo en que esta fe regía los acontecimientos. Mucho tiempo había pensado que su increencia le permitiría vivir impunemente entre sus ritos y costumbres, pero ahora notaba que el objeto de esa fe, su Dios, no podía ser simplemente descartado para explicar ciertos fenómenos. Ese Yahvé estaba actuando, aunque nunca existiese, aunque no fuese más que la obcecada sugestión de miles de hombres. Y también este Dios de los otros estaba obrando sobre él, porque necesitaba apelar a su ilusoria existencia para explicar su propia conducta. David en la boca de la cueva de Engadí. Tres mil hombres paralizados por el estupor divino. Y él entre ellos.

Yahvé ubicuo, vigilando al hombre por que todo se cumpliera según sus designios. El hombre israelita se sentía observado por esa estancia superior; no habrá lugar en la tierra donde pudiera escamotearse a su implacable vigilancia.

La ceguera del hombre israelita a Dios, la imposibilidad de mirarlo a su vez y averiguar sus sentimientos hacia él lo sumía en un terror primario. Exigía en sus sacrificios y oblaciones, además de aplacarlo, que se mostrase de alguna forma y diera una señal, que hablara por boca de sus elegidos y les diera a conocer sus planes para ellos. Se creían el pueblo destinado a la gloria cuando habían perdido su destino; se lo habían vendido al Hacedor.

No iban al encuentro de Dios. Ellos seguían a Saúl, Saúl perseguía a David, y todos eran huidos de Dios, fugitivos del horror.

El buen levita comenzó a toser, al principio suavemente, cubriéndose la boca con el dorso venoso de la mano e inclinando la frente hirsuta. Era una tos breve y seca. Con los leves espasmos le flotaban los finos cabellos blancos. Después respiró hondo, con los párpados velados y volvió a toser. Se levantó y tomó un pañuelo de seda y se retiró a una esquina. Urías clavó los ojos en la figura encorvada y flaca y pensó otra vez en Samuel, inmóvil y muy envarado en su catafalco de cedro, mientras por su faz macilenta pasaba una corriente de hojas de sombra, los cipreses de Rama y a lo lejos, ensordecido por el rumor de los pasos, los gemidos de las plañideras.

Volvió a su puesto a pasos muy cortos, casi calculados. Ya no parecía que la sedosa pelambre blanca de las sienes fuera a volver a plegarse a la piel. Le vino un deseo infantil de pasarle la mano por encima para alisársela. Más por el placer de tocarla que por el de mejorar su aspecto.

—Dime, Urías, ¿hubo una segunda vez? —comenzó posando sus manos sobre las tablillas de barro.

—Sí. En Gueba, un mes después de la muerte de Samuel. Saúl nos volvió a reunir para salir en persecución de David y darle muerte. Estábamos vivos, repletos de odio y vigor, preparados para reanudar la campaña. Lo ocurrido en la caverna de Engadí, un simple sueño que nadie mencionaba. Habíamos acampado al pie de la colina de Jaquila, junto al camino. Sabíamos que los mensajeros de David ya le habrían informado de que veníamos por el camino de Queila. No podíamos verlos, pero rondaban por allí como las hienas. Aquella noche montaban guardia una docena de centinelas. Todos, inexplicablemente, se durmieron. Entonces bajaron de lo alto de la colina David, y Abisai, el hermano de Joab, y llegaron al centro de la barricada donde nos habíamos acostado en derredor. Ambos estuvieron junto a Saúl y Abner, como supimos después. Nada hubiera sido más fácil para David que matarlos. Pero les perdonó de nuevo la vida. Al amanecer vimos a David y los suyos al otro lado de la colina. Se había llevado la lanza y el jarro de agua de Saúl. Estaba de muy buen humor y le gritó al general Abner: «¿No eres tú un valiente, Abner? ¿Cómo no guardas a tu rey? Esta noche, alguien ha venido a matar al rey, tu señor. Eso no está bien.»

Ajitofel anotó todo encorvado sobre las tablillas con su letra prolija.

—Y a continuación, para vergüenza de todos nosotros, mandó a un mozo a devolver a Saúl su lanza y su jarro. No podíamos creerlo.

Una vez más vieron claro que David tenía razón. ¿Para qué forzar una lucha fratricida cuando no había contendientes? David no era enemigo, quería la paz con el pueblo, afirmaba amar a Saúl y lo había demostrado en dos ocasiones perdonándole la vida. Si ellos no levantaban la espada, no tenía sentido que lo hicieran los de Saúl. Prometieron de nuevo cesar aquella campaña absurda, casi un año dando vueltas por el mismo desierto, de Queila a Gueba, de Gueba a Joresa, de Joresa a Rama, de Rama a Gueba, de Gueba a Queila. El itinerario vesánico de la desesperación.

Urías se veía tentado a enmudecer de nuevo. Enmudecer es la única consecuencia del hombre que piensa.

Se preguntó, mientras miraba los signos de la escritura, si el lenguaje escrito sería una solución.

En ese momento un ruido lo distrajo. Se volvió. Por el ventanal que daba al jardín vio una joven. Estaba limpiando el empedrado del patio echando baldes de agua. Vestía una almilla ligera de color violeta, al igual que la falda larga, y una cofia blanca le recogía el cabello. Tardó unos segundos en cerciorarse: era ella.

El viejo se reclinó en la silla, entrecruzó las manos huesudas y miró un momento a Betsabé. Ella no les veía porque estaba vuelta de medio lado. Además, el contraste de luz entre el exterior y el interior era demasiado intenso.

—Es una buena chica —dijo Ajitofel—. Y muy bella.

Había dejado a un lado el balde de agua y ahora estaba arrodillada en el suelo para cepillar la piedra. Sin volverse demasiado, casi de soslayo, podía verle el perfil en sombra, el mechón de pelo que se descolgaba de su frente mientras movía los brazos rítmicamente. Le calculó unos quince años.

Ajitofel de Guilló había vuelto a toser. Todo él temblaba a cada espasmo. Algunas gotas de sudor resbalaron por sus pómulos huesudos. De nuevo se cubrió la boca con el pañuelo de lino hasta que el ataque remitió. Luego miró al heteo con los ojos entrecerrados.

—Me quieren llevar al matasanos. Ese Aquior, que dicen que lo cura todo.

Esperó a que Urías respondiera algo. Pero como no se animaba a opinar, le preguntó directamente:

—¿Tiene tan buen oído como dicen para escuchar el cuerpo?

—No lo recuerdo.

—Espero que no, pues no sería bueno en mí más músicas fúnebres de las que quisiera. Estoy por ir a uno que, aunque no me dé la salud, me dé la esperanza. Y es que no hay cosa que nos acerque más a la muerte que el desesperar de seguir viviendo.

—Entonces no vayáis a ninguno —sonrió Urías.

—No es mala solución. Yahvé, que todo lo puede, hizo brotar de la tierra los remedios para sanar el dolor y las enfermedades, pero no nos previno lo suficiente contra los curanderos. Y pues que el hombre yerra, si es un herrero sufrirá su error el asno en su pezuña, pero si es el curandero...

Urías había vuelto a perder de vista a Betsabé. De pronto le invadió un vago desaliento. No conseguía convencerse de que ella era un puro accidente, algo que había traído el albur y a lo que no había que conceder demasiada importancia. Sin embargo, ella representaba lo único que lo devolvía al presente en esa morada donde se le obligaba a revolver más la sucia marmita de los recuerdos.

El levita se había levantado y humedecido su frente mojando la punta de una toalla en la jofaina. Aprovechó para purificarse las manos en el agua lustral y murmurar una breve oración. Luego se asomó al jardín.

—No tengo miedo a la muerte. Espero tan sólo vivir lo suficiente para concluir mi parte del libro.

Se volvió y lo miró con dulzura. Agregó:

—Pero si Yahvé me ha conservado la vista y la razón en esta edad tardía será seguramente porque ha dispuesto para mí que cumpla este destino, ¿no crees?

—También Yahvé quiere la lepra para muchos hombres justos —dijo.

Ajitofel volvió a ocupar la silla con una condescendiente sonrisa ante la audacia de Urías.

—Nada malo puede ocurrirle al hombre justo, querido amigo.

—¿No consideráis un mal suficiente la lepra?

—La única felicidad verdadera proviene de saberse amado por Yahvé. El mal es el dolor de no saberlo.

—Si lo amara tanto, no lo haría sufrir.

—¿Acaso el jefe del ejército no escoge a sus soldados mejor preparados, a sus más queridos hombres, para cumplir las misiones más arduas y peligrosas?

—Cierto.

—¿Y no es menos cierto que estos soldados pueden padecer gran penuria e incluso perder su vida en esta empresa?

—Así parece.

—Y el jefe lo sabe. Y sin embargo, les ha enviado a la misión. ¿Hay contradicción en ello?

—No.

—¿Y no es menos cierto que si vuelven malheridos sus soldados predilectos, este general virtuoso se duele en su corazón como si las heridas se las hubieran perpetrado a él? ¿Y que si mueren en el empeño es la peor de las noticias?

Urías lo reconoció de mal grado.

—Pues así es Yahvé misericordioso: sufre con el sufrimiento humano.

Urías se sintió casi molesto de haber llegado a un punto en que con su silencio parecía darle la razón al maestro. Pensó globalmente en la cuestión. Dijo:

—Me parece que habéis puesto un buen ejemplo al comparar a Yahvé con un jefe militar.

—¿Qué te hace pensar de modo tan erróneo?

—He estado muchos años en el ejército, como sabéis, y siempre he tenido que luchar bajo las órdenes de Yahvé. Siempre favorece a uno de los bandos de la contienda. Cada cual piensa que es el suyo. Allí donde estés, es el escogido por Yahvé. Igual que la luna siempre sigue al que la mira.

—Eres un hombre inteligente, Urías, pero la inteligencia es una cualidad limitada y torpe. Cuídate de ella.

—Has eludido responder a mi razonamiento —sonrió.

—Imagina a un Dios personal, que vela por cada uno. Todos los hombres le son importantes por igual. ¿Querría ese Dios la guerra, en el que sus hijos podrían perecer?

—Supongo que no.

—Por tanto, Yahvé no puede ser un Dios de los ejércitos, sino un Dios de la paz.

Si os oyeran, os lapidarían, pensó Urías. Animado por el reto, y admirado de lo que oía decir al levita, dedicó a prepararse una argumentación implacable.

—Si Yahvé es un Dios de la paz, entonces, ¿cómo puede estar de parte de un pueblo que no ha cesado de guerrear desde que salió de Egipto?

La pregunta de Urías causó no poco efecto sobre Ajitofel. Y el levita, según costumbre, se alegró del rumbo que tomaba la conversación.

—Imagina, Urías, que unos intrusos pretenden entrar en tu casa y amenazar tu vida y la de tu familia, ¿dudarías en emplear la violencia para defenderos?

—No —dijo —. Pero no es el caso, porque los israelitas sois los que, en vuestro éxodo, habéis entrado en tierra ajena.

—Has dicho bien. Huidos de la esclavitud y el cautiverio de Egipto, no teníamos tierra, y para llegar hasta aquí hemos tenido que acampar en muchos pueblos donde no fuimos bienvenidos, y nos convertimos en una amenaza. Es lógico que no nos acogieran de brazos abiertos. Para no desintegrarse, el pueblo de Israel ha tenido que luchar contra estos pueblos hostiles.

—No me parece mal que Israel tenga ambiciones de conquista, pues está en la naturaleza del hombre. Yo haría lo mismo si tuviera poder, o si me interesara tenerlo. Sin embargo, sigo sin entender por qué os aferráis a un Dios que a mí me parece que sólo puede inspirar pavor.

—¿Cómo has podido llegar a semejante idea, querido amigo? Bien veo por lo que dices que muy poco conoces de Yahvé.

—Puede —admitió Urías—. Ahora bien, vosotros aseguráis que Dios creó al hombre a su imagen y semejanza, ¿no es cierto? —el buen levita asintió. Urías agregó—: Bien. Si el hombre es semejante a Dios, ¿no es acaso Dios semejante al hombre?

—Ya te veo venir —sonrió Ajitofel.

—Sólo trato de poner un poco de lógica a vuestra fe. Y pues si Dios es semejante al hombre, la sola idea de vivir sojuzgado por tal Dios me parece siniestra.

Capítulo XI

Una vez que David y sus fíeles fueron a la tierra filistea del rey de Gat, inveterado enemigo de Israel, a pedir protección y librarse así de las asechanzas de los de Saúl sobrevino una pequeña tregua. No era la primera vez que el hijo de Isaí corría a protegerse en las murallas de Gat. Antes de que Saúl hiciera pasar por la espada —Doeg fue el ejecutor— a los ochenta y cinco sacerdotes de Nob, David se había presentado ante el rey de Aquis. Entonces, el rey de Gat se había alarmado ante la noticia de que venía a su casa nada menos que aquel de quien se contaban tantas hazañas militares (circulaba un estribillo: «Saúl mató sus mil, pero David sus diez mil»). Consciente de que el héroe israelita sólo podía traerle plagas, rayos y desgracias se llevó las manos a la cabeza y se preparó a lo peor. Sin embargo, David se había adelantado muy precavidamente a disipar tales temores y mostrar cuan inofensivo era poniendo en práctica una idea absolutamente disparatada: hacerse pasar por loco. Se dio a aporrear las puertas y a gritar en medio de las plazas de Gat babeando como un idiota. Al tener noticia del comportamiento de David y sus pretensiones de pedir alojamiento en su casa, el rey Aquis, que no salía de su pasmo, dijo a sus servidores:

154

—¿No veis que este hombre está loco? ¿Para qué me lo habéis traído? ¿Me faltan a mí locos y venís ahora a traer a ése para que vea sus locuras? ¿Voy a tenerlo yo en mi casa?

Ahora David, con sus seiscientos seguidores, volvía al reino de Aquis por la misma razón que entonces. Este no ocultaba su simpatía por un hombre capaz de semejantes extravagancias y de probado ingenio, y como rey estaba dispuesto a aprender de todo aquel que tuviera el talento de engañar con cualquier argucia a su pueblo. Así que recibió a David calurosamente, casi como a un igual. David le dijo:

—Si he hallado gracia a tus ojos, que me designen en una de las ciudades del campo un lugar donde habitar con los míos. Pues, ¿para qué ha de habitar tu siervo en la ciudad real?

A Aquis le pluguieron mucho estas palabras falsamente humildes saliendo de boca de un gran hombre, y le designó Siceleg.

Un año y cuatro meses pasó David al servicio de Aquis. Durante este tiempo David no sólo demostró su lealtad, sino que él y sus hombres se revelaron como el ejército más implacable y sanguinario de cuantos habían pisado aquella tierra. El hijo de Isaí y los suyos asolaron toda la región, desde el Telam hasta Egipto. Entraban al galope en los pueblos guesurianos, pereceos y amalecitas y no dejaban con vida ni a los perros. Aquis no podía estar más satisfecho de sus nuevos reclutas. David volvía de sus incursiones trayendo los carros llenos de cadáveres para que viese el rey por sus propios ojos su fidelidad sin mácula. Un día volvía de un asalto a Judá, otro a Jerameel, otro contra los guineos, y siempre era igual. Aquis los adivinaba mucho antes de que los divisaran sus vigías en lontananza porque los acompañaba en lo alto una numerosa comitiva de buitres. Entonces, inmune al asombro, se decía: «Por mi padre que en verdad este hombre está completamente loco, y que me aspen si no me alegro de tenerlo en mi ejército».

Saúl envejecía mes a mes. No había curandero capaz de devolverle el color a su semblante. Continuamente tenía a su lado un séquito de consejeros atendiéndole con hierbas y ungüentos, preocupados por su pérdida de vigor, que no era física —era aún capaz de partir en dos el asta de una lanza de bronce—, sino de voluntad. Su único confidente era Abner. En él deponía su secreto discurso de desencantos y desesperanzas. Abner le dijo:

—Ahora que David está fuera de nuestra tierra, debéis volver a tomar las riendas del poder de Israel.

—¿Y cómo lo haré, si ni el pueblo ni los profetas me apoyan?

—Demostradles que seguís siendo un rey: combatid al enemigo filisteo, que está acampado en el monte Gélboe, amenazando nuestras líneas. En eso verán quién les gobierna.

—Y así lo hicimos —explicó Urías—. Era invierno, teníamos pocas provisiones, la lluvia y la nieve se metían dentro de nuestras tiendas. Pasamos mucho frío, marchábamos por leña, pero casi siempre estaba mojada y no conseguíamos encender una mala fogata. Los días pasaban y pasaban sin novedad. Mirábamos abajo, a la llanura, y seguíamos las evoluciones del enemigo. Queríamos dar una explicación a sus desplazamientos, pero en realidad no estaban haciendo nada especial, iban y venían en busca de ramas para hacer fuego y salían de caza, como nosotros. En todo caso, su propósito no era otro que tenernos allí más tiempo helados de frío y haciendo conjeturas. Se habían establecido cómodamente, con sus caballos y su ganado, rodeados siempre por guarniciones. Todos estábamos pendientes de una orden de Saúl para atacar de una vez o retirarnos a nuestros pueblos. Pero Saúl no sabía qué hacer. Dudaba entre arriesgarse a hacer una ofensiva en las malas condiciones en que estábamos o quedarnos allí a la espera, un tiempo más, hasta averiguar quizá qué se proponían.

»Nunca lo habíamos visto así, titubeante, yendo de aquí para allá a grandes pasos, como ajeno al mundo, el rostro desencajado por el frío y los remordimientos, alejándose de las tiendas, buscando desesperadamente en la soledad una revelación de Dios, una simple frase, una palabra. Arrodillado en la nieve, escarbando su agonía, las manos crispadas de tierra, esperando, esperando la orden de Yahvé que no llegaba.

Ajitofel de Guilló se había quedado sin tablillas y hubo de salir a otra estancia de la casa a buscar más. Se accedía a ella por una escalera que debía comunicar con un sótano. A ninguno de sus criados le estaba permitido bajar allí. Era un espacio que guardaba celosamente.

Urías aprovechó el intervalo para asomarse al jardín. Medio oculto tras una columna del patio buscó a Betsabé. La localizó en un arriate, arrancando los bulbos de los tulipanes y acohombrando la tierra. Temió que el levita le sorprendiera espiándola y volvió a su puesto. No obstante, Ajitofel tardó más tiempo del previsto.

Recordó Urías aquellos días del mes de Kislev en que despertaban bajo las pesadas mantas de crin de caballo con los miembros ateridos de frío. Las fogatas matinales, el crujido de la escarcha, la luz fuliginosa que parecía, desde el despuntar de la aurora, una mera antesala de la noche. Alrededor del campamento toda la actividad consistía en ir cada vez más lejos para conseguir yesca y frutos silvestres. Las provisiones empezaban a escasear. Escogió Doeg a seis hombres para ir a cazar zorros por la vertiente sur del monte, y Urías fue con ellos. Los zorros, al no ser animales bisulcos ni rumiar, estaban considerados impuros desde Moisés, pero en tiempo de campañas los soldados y sus jefes hacían a Moisés la vista gorda. Así que se internaron en un bosque de robles, bajo la urdimbre de ramas recorridas por esquirlas y púas de hielo, y sin otro arma que un arco y un carcaj lleno de flechas. Doeg iba delante rastreando huellas por entre el barro y la hojarasca húmeda. Dieron con varios nidos abandonados, pero después de dar vueltas durante varias horas sólo pudieron ver un gato montes. Había trepado a una rama alta y desde allí les miraba fijamente, alerta al menor movimiento, en el camuflaje que le confería su pelaje gris con fajas pardas.

—Elhanán, ésta es la tuya —murmuró Doeg.

Los demás se miraron entre sí con una media sonrisa de incredulidad.

Elhanán era un veterano soldado betlemita, flaco y largo como una estaca, de piernas cazcorvas, barbilampiño y con unos ojillos acuosos de vacuno. Llevaba la espada al cinto como si alguna vez alguien se la hubiera colgado sin darse él cuenta y ahora estuviera condenado a cargar con ella escorándose a un lado como quien sobrelleva una incómoda y pesada excrecencia. Quizá por ello era caído de un hombro, incluso cuando iba aliviado de peso. A pesar de su notoria torpeza, de que apenas sabía sostener el arma, no le habían rasguñado en uno solo de sus muchos combates. Decían que la fortuna le acompañaba de tal modo que le dotaba de una cierta y misteriosa invulnerabilidad. Era como si, al meterse en el nudo mismo de la contienda, pasase absolutamente inadvertido mientras las espadas despedían chispas en derredor. Tras la victoria o el repliegue, cuando todos estaban manchados de sangre o por lo menos sudorosos y exhaustos, él aparecía tan fresco como una lechuga y ostensiblemente decepcionado de que no le hubieran prestado atención ni tenido oportunidad de mostrar su valor. Rara vez hablaba, aunque continuamente musitaba sonidos —nadie podía saber a ciencia cierta si eran canciones— que expresaban su estado de ánimo. Se mostraba manso y contento en el frío y en el calor, bajo la lluvia y a resguardo.

Comía lo mismo bayas que langostas. Nunca se preocupaba por nada, pero cuando una pena lograba anidar en su corazón, entonces echaba a andar sin rumbo fijo el tiempo que hiciera falta —horas, días— hasta que el dolor huyera. Nunca tomaba la precaución de andar en círculo para luego no tener que desandar todo el camino recorrido, y a veces desaparecía durante largo tiempo sin despedirse de nadie, y volvía cuando todos lo habían dado por muerto o desaparecido, con un manso y desgarbado balanceo, como si no hubiera pasado nada.

Urías había tenido un extraño encuentro con él hacía pocos días. En esa ocasión, huyendo del frío, había salido a estirar las piernas y tras rodear un arbusto estuvo a punto de tropezar con él. Elhanán estaba en cuclillas, haciendo de vientre. Se limitó a sonreír estúpidamente mirándole con sus ojos mansurrones mientras se metía un poco más adentro del arbusto, como un animal tímido, para continuar la tarea.

Decían que su madre murió al poco de nacer él, y que Jari, su padre, lo abandonó en un campamento de soldados. De ahí que el ejército fuera su familia desde niño. Urías no lo conocía personalmente. Tenía voz gangosa, y una risa descalabrada y tan peculiar que justo cuando alguien contaba un chiste, todas las cabezas se volvían a él buscando la cabra.

Poco a poco, sin embargo, empezó a admirarle y a encontrar en él una profunda sabiduría. Mientras los hombres se dejaban dominar por el paroxismo de la batalla, mientras entraban a galope en los pueblos en llamas, mientras irrumpían en las casas y hundían la espada en el vientre de las mujeres y los niños, y destrozaban los corrales, y destripaban los perros, y derrumbaban los dioses y asartés, mientras todo el mundo corría de aquí para allá, exaltado o furioso, en la mantanza, en el rapiño, en la humareda precipitada, en el husmo de las vísceras desperdigadas, en medio del polvo y los gritos de angustia, pisando cadáveres, alzando la espada caliente, Elhanán era el único que conservaba la cabeza y la serenidad: se retiraba donde no le molestaran y dejaba que los demás saqueasen y humillasen mientras él mordisqueaba en paz un higo blando para sus encías desdentadas que siempre llevaba en su morral de cabra. Elhanán no tenía ambiciones, no anhelaba honores, no odiaba a nadie, le daba igual que se rieran de él, y había encontrado el secreto de la dicha.

Estimulado por la socarrona confianza de Doeg, Elhanán sacó una flecha del carcaj laqueado y la encajó en el centro del arco. Es imposible que acierte desde aquí, pensó Urías. Sin un solo temblor, Elhanán tensó el cordaje y la flecha silbó en el aire frío hasta atravesar el costado de la presa. Cayó a sus pies con un golpe seco.

—¿Qué os creíais, idiotas? —rió la bestia—. Es capaz de acertar a una comadreja a una yugada de distancia.

Rodeó la huesuda espalda del arquero con el brazo y añadió:

—Pero diles cuál fue tu mejor pieza, Elhanán.

—Goliat —farfulló con una sonrisa boba.

—Sí, señor, Goliat, el gigante de Gat.

Todos les miraban perplejos.

—¿No fue David quien lo mató? —inquirió Urías.

—¡Ja! —exclamó Doeg—. ¿Has oído, Elhanán? Preguntan si no fue David quien lo mató.

Le hablaba muy alto y cerca del oído. Elhanán desenrolló su risa de cabra, y Doeg le secundó.

—¡Cuéntales lo que pasó, Elhanán! ¡Cuéntaselo a estos ignorantes!

Halagado por el trato paternal de Doeg (nunca le habían visto dar esas muestras de afecto a nadie), sus ojos infantiles chisporroteaban. Se notaba que hablar le costaba un esfuerzo inaudito. Al fin, tras mover la boca como una vaca que masticara el pasto, dijo:

—Le-le metí una flecha envenenada en el cuello, ¡uf!

Doeg se apoyó en el tronco del árbol y se rascó la espalda como un oso, varias veces, hasta desprender trozos de la corteza. Luego suspiró de placer y examinó los rostros interrogantes.

—Que me lleven los torrentes del averno si lo que os dice es falso. David salió al encuentro del gigante en el valle de Efes Damim, todo cuanto llevaba era una honda y un zurrón lleno de piedras. Hasta ahí es cierto. Goliat echó a correr hacia David, que le tiraba una piedra, retrocedía un poco y volvía a intentarlo. Así se internaron en la arboleda donde yo estaba con Elhanán. Habíamos preparado flechas con veneno de serpiente, y él, Elhanán se deslizó entre los árboles y allí se emboscó hasta que el filisteo estuvo a tiro. Yo vi cómo lo acertaba

162

en el cuello. Dios y yo fuimos los únicos testigos. Sin un sólo gruñido, Goliat se arrancó la flecha y retrocedió hasta campo abierto, donde todos podían ver la escena. David no sabía que Goliat estaba herido de muerte, nadie lo sabía, así que volteó la honda y le alcanzó con un chinarro. Se desplomó cuan pesado era, y todos atribuyeron el milagro a David. Pero yo he visto matar gente a pedradas y os aseguro que su chinarrazo no era de los que le dejan a uno fulminado. Al ir a cortarle la cabeza, debió de ver la herida en el cuello. Seguramente se preguntó qué había ocurrido, quizá se lo pregunte todavía, o ya no recuerde que no fue él quien acabó con Goliat —hizo una pausa para mirar a Elhanán, que se había acercado mucho para oír lo que él decía, y no cesaba de asentir—. Ya lo llevaban a hombros como un héroe cuando Elhanán dijo que él era quien lo había matado. Se lo tomaron a risa.

Cayó un silencio. Todos miraban al viejo soldado tratando de imaginar que él era el que mató al gigante. Nunca se supo que Elhanán hubiera mentido alguna vez.

—¡No podemos permitir que todo el mundo esté engañado respecto a lo que pasó verdaderamente! —saltó Urías—. ¡Tenemos que aclarar la verdad!

—¡Bah! —Doeg hizo un aspaviento—. ¿A quién le importa ya la verdad?

Elhanán oyó el último comentario de Doeg, o quizá sólo fue porque éste volvió a darle una tosca palmada en el hombro, y soltó una vez más su risa descalabrada.

Capítulo XII

Yahvé le había retirado la confianza poniendo en boca del profeta Samuel una acusación venal y pérfida; la de las reses que no debían ser sacrificadas. Después, Samuel traicionaba a su pueblo ungiendo secretamente rey a David, en una confabulación contra él. Yahvé se burlaba de Saúl poniendo ante sus ojos al fugitivo hijo de Isaí como un zorro apetecible ante el cazador hambriento, para que saliera en su busca, una y otra vez, sin posibilidad de darle alcance. Asi los hacía errar por el desierto y desesperar, así lo humillaba. David, divinizado a sí mismo, ebrio de poder y majestad, invulnerable, sin arrojarles el arma, les estaba dando el golpe fatal.

Perdida la única batalla importante, la del amor y la confianza de Dios y de su pueblo, Saúl se había convertido en un estratega sombrío y exasperado a quien aún le queda el consuelo de urdir su caída. Ya no estaba a merced de la clemencia divina, de la esperanza en que su justicia se impusiera sobre la iniquidad de David. Sus planes tenían una desolada exactitud de suicida. En esa complacencia con que programaba la derrota final, se burlaba de Dios, de la fatalidad del destino y de la muerte. Se convertía en dueño y señor de su derrota.

Congregó a sus mejores soldados, les dijo:

—Debéis dejadme si aún teméis a Yahvé.

—Estamos de tu lado —dijo Abner—. No te abandonaremos.

—Yo voy a donde vosotros no podéis entrar.

—Si vas al averno —dijo Urías—, bajaremos contigo.

Una de las entradas del averno estaba en Endor. Allí tenía su morada una pitonisa que había pactado con los espíritus de las tinieblas. Circulaban algunas leyendas tenebrosas y de dudosa credibilidad. Algunos que habían ido a verla no habían regresado.

Precisamente, Urías había recalado unas semanas antes en Endor para traer provisiones al campamento. Era un villorrio áspero y pobre habitado por pastores. Pero sobre todo, para él Endor era el fósil que había encontrado en sus aledaños. Una piedrilla amarillenta y grabada con filamentos de color verde que tenían forma de ramas en miniatura, y que más tarde se la regalaría a Betsabé, cuando trabajaba en la panadería.

Para no ser reconocido, Saúl había tomado la precaución de cubrirse la cabeza con un embozo. Lo acompañaron Urías y Abner.

Vivía la pitonisa en un chamizo en un bancal, en las faldas del monte Tabor. Salieron al amanecer y, aunque Endor no estaba lejos, les llevó ocho horas de marcha por relejes apenas transitables, barrizales donde un carro hubiera quedado varado. Tuvieron que dar un rodeo para no ser vistos por los filisteos que acampaban en los alrededores de Sunam. En Endor preguntaron por el paradero de la evocadora. Al final, dieron con la casucha. No vieron en ella signos nigrománticos, ni cualquier otro símbolo que les diera idea del sitio donde se hallaban.

Había una muchacha dando de comer a las gallinas. Llevaba un sayo corto, hasta poco más abajo de las nalgas. Los tres le miraron las piernas sucias, jóvenes. Los tres pensaron en lo mismo.

—¿Dónde está tu madre?

—Yo no tengo madre —dijo la chica. Tenía una voz ronca y acento extranjero.

—¿No vive aquí una pitonisa?

—Yo soy —sonrió, pasándose la lengua por los labios—. Venid.

Entraron en la casa. Nada había de extraño en ella, salvo la ausencia de luz. Las ventanas estaban clausuradas. Ni cábalas ni signos nigrománticos. Había, eso sí, mucho polvo por todas partes, desorden y un olor característico a piel de cabra mal encurtida.

Urías salió a dar un rodeo mientras los demás entraban. Junto a un negrillo se encontró a la chica. Parecía estar esperándole allí. El heteo quedó pasmado, pues acababa de verla entrar por la puerta. Pensó que podía ser una hermana gemela.

—Ven dentro —le dijo ella.

Ella le precedió. Cuando traspuso el portón de madera, la pitonisa estaba con Saúl y Abner y todo parecía indicar que llevaba allí un rato sin salir. Había una sola vela enorme, de sebo, ardiendo en el centro de la mesa. Tenía forma de falo. Urías sintió repentinos deseos de violar a la muchacha sobre la mesa, arrancándole la saya, lamiéndole la suciedad de su cara rijosa y satisfecha.

Estaban todos en silencio. La tensión crecía y Urías, quizá por primera vez desde su infancia, palpó la materia misma del terror en el aire, mezclada con su deseo, notaba que la sangre le corría caliente por las venas y que quizá acabaría perdiendo el control de sí mismo, simplemente permaneciendo allí, quieto.

—Saúl, quítate el embozo, porque en esta casa todos te conocemos —dijo la muchacha. Los tres miraron en derredor, por ver a quiénes se refería.

—¡Evócame a Samuel! —la zarandeó el rey.

Ella lamió el pene y se tragó la llama. La puerta se cerró de golpe y quedaron absolutamente a oscuras. Urías pensó en irse de allí, cuando una fuerza lo aplastaba hacia abajo. Cayó al suelo al mismo tiempo que Abner.

La sala empezó a girar. Sabían, no obstante, que era su cerebro el que se sumía en un vórtice. Saúl gritó y se agarró a la mesa para no caer.

—Ya está aquí. Ya viene —dijo la niña con voz dulce.

—¿Quién viene? —rugió Saúl.

—El anciano profeta.

Se escucharon unos pasos secos junto a otro ruido que parecía el de un bastón golpeando la tarima. Y de nuevo silencio.

—Samuel —murmuró Saúl, con una voz que delataba la conturbación de su espíritu.

Entonces oyeron la respiración de Samuel, ubicua, como si sonara en el interior de sus cabezas.

—Siento haberte turbado haciéndote subir —dijo Saúl.

No hubo respuesta. Sólo su respiración fatigosa.

—Yahvé me ha abandonado —murmuró Saúl—. Dime cómo son las tinieblas, donde tú habitas.

Saúl se había levantado, caminaba hacia el ruido, pero no lograba tocar el cuerpo.

—Dime cuándo voy a reunirme contigo y con tus ángeles de la muerte.

Desenvainó su espada y gritó:

—¡No te tengo miedo!

Comenzó a golpear todo lo que encontraba a su paso, a ciegas. Urías y Abner se apartaron reptando por el suelo, ensordecidos por el estruendo del mobiliario que caía entre los gritos de Saúl. Urías alcanzó la puerta y la abrió de una patada, y lo primero que vio fue una figura negra y encorvada, que luego resultó ser una ilusión visual: la muchacha, cuya cabeza rodó hasta sus pies.

Abner sujetó a Saúl para que se calmara.

—¡Le he visto! —clamaba, fuera de sí—. ¡He visto a ese profeta del mal!

Entre los dos sacaron al rey de allí, como se saca a un hombre que ha perdido el juicio.

—¡Sois espías de Yahvé! —les decía—. ¡Habéis venido para vigilarme!

Para Urías fue la confirmación de que había ido a caer entre un pueblo de dementes y la locura se le estaba contagiando. No entendía nada de lo que había ocurrido, ni qué relación tenía él con aquello.

Sentía un extrañamiento profundo ante ese siniestro mundo de profetas que se manifiestan después de muertos y maldiciones de Yahvé, un Dios con el que no quería cruzarse jamás, caso de existir.

No volvieron a hablar de lo ocurrido.

De lo que no albergaba duda era de que cuando Saúl se ajustó el casco y el yelmo para el combate era un hombre cerciorado de su inminente muerte. Y peor aún, de la de sus hijos Jonatán, Abidanab, Isbaal y Melquisúa. Iba a una batalla que sabía perdida, como le había ocurrido desde que iniciara su campaña contra David. Pero ahora iba con la cabeza bien alta. Parecía gritar entre dientes: «Me iré, pero me llevaré a muchos conmigo». Había hallado al fin el valor y la furia en su segura desesperación. Y Urías, al saberlo, entrevió la razón definitiva para seguirlo hasta la tumba. Porque la lucha de Saúl era la más imposible y heroica de las imaginables: la del hombre contra la fatalidad.

Lo había dejado ya todo dispuesto. Dijo a Abner que quería ser enterrado en el terebinto de Jabes, junto a sus cuatro hijos. También le hizo prometer a su general que, a su muerte, le tomaría el relevo, se haría cargo de su ejército y no dejaría que David gobernara su pueblo.

Todo esto lo reviviría Urías muchos meses después, cuando estalló la guerra civil entre la casa de David y la de Saúl.

En el día escogido para morir, Saúl y los suyos bajaron del monte Gélboe para combatir a los filisteos. Pronto se hizo noche cerrada y conservaron las antorchas apagadas.

Doeg, Abner, Saúl y sus hijos a la cabeza de la columna que descendía lenta y sigilosamente, describiendo amplias eses, por la empinada ladera norte. Abajo, en la negrura perfecta, los filisteos. En el último tramo de la bajada se internaron en un pequeño robledal. Era difícil avanzar sin hacer ruido. Además, tropezaban constantemente con los arbustos y las ramas de los árboles. Encender una antorcha significaba señalar al enemigo su posición. Así que Saúl, viendo que faltaba ya muy poco para que despuntase la aurora, ordenó emboscarse allí para atacar cuando las tinieblas se disipasen.

Durante esa espera, Saúl explicó a todos sus hombres su plan. Se dividirían en cuatro secciones. La liderarían, respectivamente, Abner, Doeg, Jonatán y la cuarta él mismo. Cada una atacaría por un flanco distinto. De ese modo les cercarían cualquier camino de fuga.

A Urías le tocó integrarse a la sección que encabezaba Abner y atacaría desde el norte, de modo que fueron los primeros en deslizarse a través de la espesura para tomar posiciones justo al amanecer.

—¿Entonces tú no estuviste junto a Saúl? —preguntó Ajitofel.

El heteo negó con la cabeza y le explicó que la sección en la que él se encontraba penetró por la llanura de Yezrael, muy cerca de Endor, y además llegaron tarde: las tropas de Saúl y las de Jonatán ya habían salido al encuentro de los filisteos. Ellos, con las primeras luces, aún no habían alcanzado sus posiciones; estaban lejos del enemigo y tardarían un tiempo precioso en unirse a la lucha.

El grueso de la batalla se fue alejando hacia el sur: las huestes filisteas avanzaban y hacían retroceder a los hombres bajo el mando de Saúl y Jonatán, sobre quienes recayó todo el peso del combate. Urías y toda la guarnición de Abner se topaban con la retaguardia. La intención del enemigo no era otra que arrinconar a los de Saúl contra la estribación del monte Gélboe, cortarles toda salida.

—Nos dimos cuenta de que nos hallábamos cada vez más lejos de donde nos necesitaban, y el tiempo apremiaba. Los que íbamos a pie subimos a la montura de un jinete y salimos tan rápido como pudimos atravesando la pradera. Nos íbamos encontrando, cada vez en número mayor, los cadáveres y heridos de los que caían en la fuga; se retorcían de dolor. Nos veíamos tentados de bajar a auxiliar a los nuestros, pero no había tiempo. Era preciso que llegara nuestro refuerzo. También alcanzábamos a muchos filisteos rezagados, a los que no tenían cabalgadura, y no podíamos detenernos a darles muerte por la misma razón. Abner los iba atravesando a flechazos o les hundía la espada al pasar junto a ellos. Pero pronto nos ordenó que simplemente siguiéramos adelante, sin mirar a otro lugar sino al frente.

Guardó un breve silencio y bebió agua antes de proseguir:

—Cuando llegamos al ramal del monte, los filisteos y los nuestros se batían cuerpo a cuerpo. Era una turbamulta caótica, un fragor de espadas y gritos donde apenas era posible distinguir a unos y otros salvo si se entraba en medio del avispero. No puedo deciros muy bien lo que pasó entonces. Yo me había pegado a Abner e iba rechazando ataques por los flancos. Así me era imposible pelear, estaba mareado, sólo quería salir de allí. Entonces Abner me dijo que había que encontrar a Saúl y a sus hijos. Por fin dimos con Jonatán. Estaba herido de muerte. Lo descubrimos en el mismo momento en que una lanza atravesó el caballo de Abner. Doeg estaba allí, tratando de auxiliar al hijo de Saúl, de detener la riada de sangre que le brotaba del pecho. No pudo hacer nada. Jonatán se fue quedando más y más blanco entre sus brazos. Y cuando expiró, Doeg lo alzó en alto con sus brazos y lanzó un grito cavernario de angustia. Abner se acercó a él, jadeando y apesadumbrado. Habíamos formado en torno a ellos un círculo defensivo para que no pudiese entrar ningún filisteo. Entonces Abner tomó a Doeg por el brazo y le dijo:

—¡Ya está muerto! ¡No se puede hacer nada! ¡Tenemos que encontrar a Saúl!

Abner siguió adelante, hacia el repecho del monte, mientras Doeg, fuera de sí, buscaba a Saúl en una estrategia de barrido en círculos concéntricos. Consistía básicamente en ir arrollando filisteos a su alrededor como quien va limpiando un monte de cojos con una guadaña. Era una bestia furiosa. Acometía con el escudo de bronce, y cuando ya arrastraba a los suficientes enemigos por delante, apartaba el escudo, y entraba con la espada. No podían avanzar sin tropezar con los muertos.

Pronto se dio cuenta Urías de que sería más útil con Abner y fue tras él. Le costó alcanzarlo porque Abner ya no se entretenía en matar filisteos, sino que iba sorteándolos con una agilidad inaudita, a golpe de espada, de tres en tres, y sólo si no le quedaba más remedio mataba. Saltaban sobre los cuerpos, y prácticamente no veían nada en aquel caos salvo la espada fulgurante de Abner.

—Fuimos dejando atrás —explicaba el heteo— esa confusión, y finalmente, cuando comenzamos a subir la ladera encontramos la vía despejada. Tan sólo algunos guerreros moribundos nos marcaban la ruta de la huida de Saúl y sus hijos. Al final, cerca ya de la cima, hallamos a los tres hijos de Saúl acribillados a flechazos. No nos fue difícil suponer que éste había seguido subiendo con su escudero. Seguimos adelante y justo en la cima los encontramos.

Urías hizo en este punto un silencio estratégico. Casi le obligó al escriba a formular la controvertida cuestión:

—¿Se suicidó Saúl?

Urías suspiró. Odiaba revolver los malos recuerdos.

—Yo diría que sí, pero no pondría la mano en el fuego. Veréis, cuando llegamos a lo alto del Gélboe vimos a Saúl atravesado por su propia espada. En eso no hay dudas. La tenía clavada en el abdomen, muy profunda —hizo un vago aspaviento como para espantar esa imagen—. Abner observó, además, una mancha de sangre en el pecho, a la altura del corazón, que yo no vi. Esto podía ser sangre ajena o una herida de muerte perpetrada por un filisteo. Era poco probable que Saúl hubiera muerto tan rápido si su espada le había perforado el vientre; en cambio, la observación de Abner añadía una evidencia del porqué cuando llegamos estaba muerto, cosa que ni siquiera es segura, pues no tuvimos tiempo de comprobarlo, como después os explicaré. Pero vamos al caso. Voy a intentar seguir un orden.

—Te lo ruego —asintió Ajitofel.

—Si Saúl había muerto a manos de los filisteos, ¿cómo se explicaba que no le hubieran arrancado la cabeza para llevarla como trofeo? Eso lo harían después, pero no cuando nosotros llegamos; entonces la cabeza, aunque lívida, estaba aún fija en su cuello. Resulta ingenuo atribuirlo a la ignorancia de quienes le dieron muerte. Todos sabían que ese hombre era Saúl: si hubiera alguna duda en reconocerlo, lo decían su túnica, su faja, su espada y su escudo. Además, ¿por qué si no lo habían perseguido hasta allí tras aniquilar a sus hijos? No parece, pues, muy probable que hubiera ocurrido de este modo. Para mí que Saúl llegó allí con su escudero y, viendo la batalla perdida y la proximidad del enemigo, decidieron quitarse la vida para no sufrir la humillación de perderla en manos de los incircuncisos. Conozco a Saúl y sé que habría obrado así llegado el caso. Tenemos también a los hijos de Saúl que habían caído mientras emprendían el ascenso, probablemente en una emboscada fatal. Sólo ellos dos habían logrado escapar. La situación de Saúl era desesperada: muertos sus hijos, como ya le había anunciado el espíritu del profeta Samuel, sólo quedaba él para concluir el designio. Así que el rey empuña su espada, la apunta al pecho y se deja caer, pero con mala fortuna la espada se mueve y sólo le hace una herida superficial en el tórax, que es lo que Abner vio. En un segundo intento se la clava en el vientre. Y así es como lo encontramos al llegar. No puedo asegurar que estuviera definitivamente muerto porque en ese instante un montón de arqueros emergió desde la ladera opuesta y empezó a asenderearnos a flechazos. Abner vio enseguida que si no huíamos de allí íbamos a correr la misma suerte que Saúl y sus hijos, así que hubimos de dejar los cuerpos donde estaban y bajar a la carrera. Los arqueros no nos siguieron, seguramente quedaron bastante satisfechos de haberse cobrado la presa más codiciada.

—A mí me contaron otra versión —suspiró Ajitofel.

—Claro. Circuló por ahí que a Saúl lo hirieron en esa emboscada en la media ladera, cuando cayeron sus hijos. Y que en esta lucha una lanza le alcanzó el pecho, que sería la herida que vio Abner. Saúl huiría con su escudero de tal manera que al llegar a la cima se sentiría sin fuerzas para seguir adelante y buscaría su muerte entrando en su propia espada. Pero yo dudo que alguno de los nuestros hubiera estado presente en esa emboscada pues, si sobrevivió para contarlo después, es que se trata de un cobarde y no acudió a defender a su rey con su propia vida. Además, el rey, al subir, habría dejado un rastro de sangre tras él. Y nosotros no vimos tal rastro. Muchas son las versiones que circulan sobre esta muerte. También oí de un hombre afirmar que Saúl se suicidó porque vio desde lo alto que la guerra se decidía a favor de los filisteos.

—Sólo Yahvé sabe cuál es la verdadera.

—Quizá ninguna. Si se piensa bien, en ese pequeño espacio y en ese tiempo han podido pasar cosas que jamás podríamos imaginar ni reconstruir. Las posibilidades son casi ilimitadas.

El buen viejo asintió.

—Cuando llegamos de nuevo abajo —prosiguió—, Doeg nos salió al encuentro y le dijo a Abner que habían perdido muchísimos hombres, pero había que continuar hasta el final. Al ver la cara de Abner se dio cuenta de que Saúl estaba muerto y cayó presa de un gran abatimiento. Abner ordenó entonces la retirada.

Sólo después de oír la última parte del relato, Ajitofel comenzó a escribir.

«Finalmente supimos que Isbaal no había tomado parte en la batalla. Estaba vivo.»

Capítulo XIII

Cuando Saúl abrió los ojos comprobó que su espada no había penetrado del todo y lamentó no haber tomado suficiente impulso. A su lado, en cambio, su escudero lo había hecho muy bien. Había tenido la precaución de dirigir la punta de la espada hacia el pecho. Envidió la paz de su rostro sin hálito; él, en cambio, estaría condenado a padecer, durante los instantes eternos en que aguardaba la llegada del enemigo, la monstruosa tortura de desangrarse lentamente por dentro, notando el progresivo sumidero de sus vísceras ardiendo de dolor. «Qué difícil es morir.»

Tanteó la empuñadura de la espada para intentar sacársela y así acelerar la muerte, pero el sufrimiento de moverla tan sólo imperceptiblemente era tal que desistió con un sordo gemido gutural. Estaba allí, en el ventisquero de la cima del monte, sobre la rala vegetación amarillenta, vuelto de medio lado, entre breves sacudidas espasmódicas, mirando la melaza negruzca y caliente que brotaba de su vientre y resbalaba por el filo de la hoja. Pensaba en sus hijos Jonatán, Abidanab y Melquisúa, heridos de muerte en el ascenso a la cima, en una emboscada fatal de la que sólo él y su escudero habían podido escapar. ¿Dónde estaría Isbaal?

Sus perseguidores estaban al caer, ya los oía en los caballos, abriéndose paso por la fusca. Su vista se enturbió de pronto hasta la ceguera. Notó que alguien se le acercaba. Al instante supo que no era un filisteo, porque en vez de llegarse a él para matarlo se había quedado allí, sin saber qué hacer.

Elhanán, el betlemita que diera muerte al gigante Goliat, miraba con estupor la agonía de su rey.

—¿Quién eres? —la voz le salió a duras penas de la garganta.

—Soy uno de los vuestros, ma-majestad.

—Mátame, te lo ruego, pues me siento presa de un espasmo, mientras todavía tengo en mí toda la vida.

Elhanán no oyó nada, pero esta vez no lo necesitó. Se volvió para calcular cuánto tardarían aún en llegar hasta allí los jinetes filisteos. Después, trastabillando, extrajo con dificultad la espada de su vaina y pensó: «Qué desgraciado soy; por una vez que voy a usarla, tiene que ser contra mi rey». Fijó la punta en el pecho de Saúl y se apoderó de él una angustia terrible.

—No-no puedo hacerlo.

—Te lo ordeno.

Elhanán apretaba la empuñadura de su espada luchando por imponer su voluntad sobre la congoja, y todavía no se decidía.

—Pero có-cómo voy a mataros —gimió.

En eso, oyó a lo lejos los cascos de los jinetes. Cerró los ojos exhalando un gemido de angustia y logró hundirle la hoja en el corazón apoyando todo su peso.

Los jinetes se acercaban. Creyendo que se trataba del enemigo —en realidad eran Abner y Urías— y presa del desespero, que sólo le pedía dejarse matar, Elhanán hizo un último esfuerzo de voluntad para poner a salvo su vida y huyó de allí a trompicones entre los arbustos.

Doce días y doce noches erró Elhanán por el desierto de Judá, gimiendo de tribulación, para buscar ese lugar del cansancio o de la geografía donde pudiera dejar atrás su culpa.

Se alejó de la llanura de Yezrael, con su laberinto de cerros y riscos, y sus extensiones de trigo y pequeños villorrios, anduvo por las cañadas entre los pastizales secos y la segunda noche llegó a las ásperas montañas llenas de bosques que se asoman sobre la cuenca de Sarón, desde el norte del gran desfiladero. Allí vio una luna verdosa emerger de entre las ramas raquíticas de una encina seca. Luego descendió por los pedregales hacia Rama, se perdió en las veredas dilatadas por la noche. En las hendiduras de tierra se arañaba la piel en las ortigas, resedas y espliegos, y al amanecer le dolían los tobillos, pero no lo suficiente para acallar su corazón. Ese día se había levantado con el cielo encapotado, y era posible que la lluvia aliviase el bochorno, pero a Elhanán no le importaba si caía o no. A lo lejos una aldea empezó a tomar forma, rodeada de campos de cebada y huertos diseminados, y un soto de cañas. No sintió sobre él las miradas de los labradores como no había sentido antes las de las hienas y chacales, y siguió adelante, la vista puesta en el horizonte derretido por la luz. Al día siguiente se iniciaba un extenuante páramo de tierras cuarteadas y salpicadas de vez en cuando por cactos y tamariscos. La noche le sorprendió en tierra de Efraim, en la que pasó los dos días siguientes de marcha y hubo de descansar en una cueva hasta el día quinto, en que se levantó abrumado por el pesar y dispuesto a proseguir hasta caer del todo. Siempre hacia el sur, sin preocuparse de buscar los pasos fáciles, los cauces de los arroyos o la sombra de los aleros, sin pararse en las aldeas de tejados planos que se erguían al pie de los montes romos, desangrando su memoria a lo largo de gargantas donde el reverbero de la luz se rompía solamente en la negra boca de las grutas. Cerca ya de Ateca, por encima del borde de un precipicio, vio allá abajo un río de un verde luminoso entre paredes de piedra. Bajó arrastrando cientos de guijarros que herían aún más sus doloridos huesos. Se hundió en la corriente y se dejó llevar hasta que la ciudad quedó muy atrás, con sus hatos de ovejas y sus rastrojos humeantes. Entonces dejó el río y pensó que aún debía seguir andando, porque sentía revitalizarse sus músculos de dolor, y así llegó a Rama en una noche cerrada, y nadie le vio darle la espalda y perderse en los olivares y viñedos recién podados. Cruzó la frontera de Dan, y sus pies sintieron la húmeda y blanda hierba, y allí durmió un día entero. Luego se levantó y continuó la marcha por senderos marcados por las huellas de los rebaños, y había huertos en el valle, huertos de granadas, albaricoques y olivos, y campos de maíz, y el aire tenía un olor fragante. Pero Elhanán apenas sentía nada de esto.

El día duodécimo divisó las grandes tiendas de lona negras típicas de los israelitas y se sintió algo reconfortado por la idea de que allí vería a los suyos. Se presentó tambaleándose en el campamento de Siceleg donde —él lo ignoraba— se encontraban David y sus hombres. Traía los vestidos hechos jirones, y la cabeza enharinada de polvo. Los guardianes, al ver su aspecto, pensaron que el sol le habría derretido los sesos. Cuando le preguntaban quién era y qué quería, lo único que acertaba a farfullar era:

—Saúl ha muerto, Saúl ha muerto...

Transmitieron la noticia a David, y éste ordenó que lo trajeran inmediatamente. Elhanán franqueó la entrada trastabillando. Uno de los guardias tuvo que sujetarlo para que no se cayera. Luego lo obligó a postrarse a los pies del monarca.

El hijo de Isaí examinó al forastero un rato en silencio:

—¿De dónde vienes?

Elhanán no respondió. Uno de los guardias lo alzó violentamente del mentón.

—¡Contesta a tu rey!

—¿Qué-que-qué?

El guardia lo abofeteó en ambas mejillas. Brotó una nubecilla de polvo. David dijo:

—Quieto. ¿No ves que el pobre es sordo?

Abandonó, pues, su silla y se puso en cuclillas junto a él. El guardia retrocedió un paso.

—¿De dónde vienes? —le preguntó al oído.

—Vengo huido de-de-del campamento de Israel, ¡uf!

—¿Qué ha sucedido? Cuéntamelo.

Elhanán tragó saliva antes de responder.

—El pueblo huyó de-de la batalla, y gran número de hombres ha caído. Saúl y Jonatán han mu-muerto.

David guardó unos instantes de silencio. Evidentemente, ya estaba informado de la victoria de los filisteos. Observó con curiosidad a ese hombre. Tenía la mirada ida, los labios cuarteados y babeantes. Quizá no estaba loco del todo. Los locos eran, en general, más dichosos que aquel miserable que sólo inspiraba piedad.

—¿Y cómo sabes tú que ha muerto Saúl y su hijo Jonatán?

Hubo de repetir dos veces la pregunta antes de que la mente de Elhanán comenzara a elaborar con ostensible esfuerzo un modo inteligible de expresar lo que sabía.

—Yo estaba en el monte Gélboe y, ¡uf!, vi a Saúl, vi a Saúl atravesado por su espada, y se estaba muriendo, pe-pero aún no había muerto. Él mismo se había clavado la espada para no caer en manos de los filisteos, porque le iban a dar alcance, y la guerra estaba perdida, había caído un montón de gente en la vaguada, unos y-y-y otros, y también sus hijos, hasta Jonatán, lo juro, entonces subí arriba del monte porque había visto huir a Saúl delante de los filisteos. Y en la cima lo vi, ata-ta-travesado...

—Atravesado por su espada —le interrumpió el rey—. Ya me lo has dicho. Continúa.

Elhanán estaba agotado por el esfuerzo de hablar, pero siguió farfullando.

—Y como no estaba muerto, me pidió que lo rematara, allí mismo, que lo hiciera antes de que llegaran los filiste-teos. De entre sus ropas desgarradas extrajo algo envuelto en un trapo. Eran la diadema y el brazalete de Saúl.

David se levantó repentinamente como si acabara de ver una enorme serpiente de cascabel preparada para saltar.

Elhanán estaba ahora a cuatro patas, como un perro babeante tras una carrera. Ante sus guardianes el monarca se rasgó las finas vestiduras de color púrpura. Después alzó a Elhanán por las axilas y le dijo:

—¿Cómo te atreviste, desgraciado, a tender tu mano para dar muerte al ungido de Yahvé?

El betlemita no hizo nada. Se dejó sacudir como un pelele. Cuando el otro lo soltó, cayó al suelo como un saco. No pudo ya oír lo que David le dijo:

—Caiga tu sangre sobre tu cabeza. Tu misma boca ha atestiguado contra ti al decir: «Yo he dado la muerte al ungido de Yahvé».

Uno de sus guardias, a una señal de David, desenvainó la espada y decapitó al hombre que sólo había matado a dos guerreros en su vida.

Toda la noche anduvieron los habitantes de Jabes Galaad hasta Betsán para descolgar el cuerpo decapitado de Saúl y sus tres hijos de lo alto de las cenicientas murallas. Así comenzó la larga ceremonia del Halvayat hamet.

Fue una noche tan triste que todos desearon con todas sus fuerzas olvidarla lo más pronto posible para no tener que vivir con la carga de ese recuerdo.

El viento frío apagaba una y otra vez las antorchas y removía las frazadas con que se cubrían las mujeres. Una luna mal cumplida asomó un instante para iluminarles el camino, pero no tardó en ser engullida por una nube, y así permaneció por el resto de la noche.

Al día siguiente, con el amanecer, emprendieron el retorno a Jabes con los cadáveres. Tuvo lugar entonces un aciago suceso que fue interpretado por el pueblo como manifestación de la ira divina y un castigo por sus pecados: el puente del Jordán se quebró bajo el peso de uno de los carros que portaban los féretros y una rueda quedó atascada entre los listones de madera. Al inclinarse la caja del carro, el catafalco de Saúl cayó al río y comenzó a navegar corriente abajo. Horrorizados, muchos se arrojaron al agua y otros corrieron por la orilla del río hasta tomar la delantera. Fueron estos últimos quienes lograron detenerlo en el remanso de una de las curvas. Doeg y Abner, empapados, lo llevaron de nuevo hasta el tramo del puente donde los otros ya habían liberado el carro.

Urías iba junto a Abner.

—Ha sido sólo la mala suerte —dijo Urías. Abner replicó:

—No creo en la suerte.

184

Todos se hallaban perplejos y acongojados. El agua había penetrado en el cadáver de Saúl, que ya antes hedía por haber permanecido un día y medio expuesto al sol y a los buitres. Ahora el tufo era tal que nadie podía ir detrás del carro con el viento de frente.

Al fin, con las últimas luces azafranadas de la tarde, cansados de murmurar oraciones y plegarias implorando misericordia a Yahvé, arribaron a Jabes y arrojaron los cuerpos a la pira. Una vez que hubieron sido devorados por las llamas vaciaron en ellos vanos sacos de cal. Subió una humazón blancuzca que se pudo ver desde todos los puntos del valle. Las ramas desnudas del terebinto agitadas por el viento parecían manos crispadas de una figura siniestra que esparcía su sombra sobre los sacerdotes y levitas. Doeg y Abner recogieron los huesos de entre las cenizas y los echaron a la fosa. Abner dijo:

—Que Yahvé misericordioso reciba los restos de Saúl y sus hijos Jonatán, Abidanab y Melquisúa, sus fieles siervos, que en su vida no hicieron otra cosa sino buscar su voluntad. Y que nos dé aliento a nosotros para que podamos sobreponernos a tanta pérdida.

Después los cubrieron de tierra.

Urías pensó que la ausencia de David en el funeral de Saúl era una nueva demostración de soberbia.

Abner, desgarradas sus ropas, fue el primero en hablar a la multitud aglomerada en el camposanto.

—No soy yo hombre de discursos, pero en un momento así me parece justo que alguien recuerde quién fue este rey y profeta, aunque muchos pretendan haber perdido la memoria y le vuelvan la espalda. He aquí al hombre que nos sacó de la tiniebla. Vosotros, habitantes de Jabes, sabéis quién fue en vuestro socorro y os liberó de los amonitas. He aquí al hombre que batió a las guarniciones de los filisteos en Gueba en número comparable a las arenas del desierto. Los combatimos después en Mijmas, al oriente de Bet-Awen, y los cercamos en las cavernas, en la maleza y en las peñas, en las torres y en las cisternas, hasta que no quedó uno con vida. Porque a su mando férreo se estremecían los cimientos de los montes. Todos le admirábamos y le queríamos. Y su hijo Jonatán, que yace aquí junto a él, no le siguió de lejos en valentía y en orgullo. ¿Quién si no iba a repetir la proeza de meterse en medio de los peligrosos pasos de Boses y Sene, en pleno campamento filisteo, sólo con su escudero, y sembrar allí la confusión para ponerlos en manos de su padre? He aquí a los dos héroes, unidos en la vida y en la muerte, para dar ejemplo a los que han de venir. ¡Saúl, juro ante Yahvé que no será olvidada tu causa justa!

Después, puso la mano sobre el hombro de Isbaal, hijo de Saúl, y añadió:

—Yo alzaré a Isbaal por rey de Galaad, de Aser, de Yezrael, de Efraím, de Benjamín y de todo Israel. Y nada ni nadie podrá impedírmelo, pues tal fue el último deseo de nuestro rey.

En eso, tres hombres se abrieron paso entre el gentío y se detuvieron ante Abner y Doeg. Ambos los reconocieron al instante: eran del grupo de David. El del centro, el sacerdote Abiatar. A los lados, los hermanos del general Joab: Abisai y Asael. Fue Abiatar quien habló, en voz alta, para que todos lo oyeran:

—Venimos como emisarios de David, y traemos un mensaje de su parte.

Presentarse aquellos dos enemigos en medio del entierro de Saúl parecía a todas luces una provocación y una temeridad. Comenzaron a circular los murmullos. Abner los acalló con un ademán y luego se dirigió a ellos.

—Hablad.

Los tres se volvieron a la concurrencia.

—Esto es lo que dice David —dijo Abiatar—. Benditos seáis de Yahvé por la misericordia que habéis hecho con vuestro señor Saúl dándole sepultura. Que haga Yahvé con vosotros misericordia y verdad. Yo también os pagaré con favores lo que habéis hecho. Fortaleced vuestras manos y tened valor, pues que, muerto Saúl, los hombres de Judá me han ungido por rey suyo.

Durante unos momentos reinó un silencio de desconcierto. Sencillamente no parecía posible aquella muestra de cinismo y soberbia.

—¿Si David se ha proclamado rey, por qué no viene él mismo al entierro de Saúl? ¿Acaso no le importa ya su muerte? ¿O es que teme que no le hagamos un buen recibimiento? —inquirió Abner.

—David será generoso con vosotros si os entregáis —se adelantó Abisai.

Abner le hizo un gesto a Doeg para que se tranquilizara, pues ya empezaba a correrle un hormigueo por las manos.

—Veo que David ya no respeta ni a los muertos —dijo Abner—. Nos manda sus esbirros en pleno funeral para provocarnos.

Doeg, iracundo, desenvainó el arma. Ninguno de los tres se movió. Todos sentían que sería una gran catástrofe para el pueblo que hubiera una matanza en lugar tan sagrado. Sin embargo, la bestia se limitó a avanzar tres pasos de paquidermo hasta el pie de la tumba y a clavar con ímpetu descomunal su espada de bronce en el montón de tierra. Y bramó:

—¡Aquí comienza una larga sucesión de entierros!

Capítulo XIV

Después de una sesión de trabajo, Urías salió de la casa del levita por la puerta que daba al jardín. Betsabé estaba preparando la tierra en varias tinajas de barro, tras una hilera de arriates con begonias y salvias rojas. Había una salida del jardín que pasaba justo por donde ella estaba, aunque no era, desde luego, la más común, ya que luego habría que dar un rodeo por el cercado de hormazo para subir al camino principal. Betsabé se daría cuenta, lo cual podía ser una ventaja.

La joven, al sentirlo llegar, siguió con su trabajo, si bien era bastante patente que ya no hacía otra cosa que remover la misma tierra una y otra vez, nerviosa y expectante.

El heteo se detuvo junto a ella, muy serio.

—¿Qué estás haciendo?

Ella no se atrevió a volverse. La voz le temblaba.

—Voy a plantar.

—¿Estás segura de que es la época apropiada para plantar las petunias y los geranios?

No respondió. Urías se puso ante ella para que no hubiera forma de que le apartara la vista sin ponerse en evidencia.

—El otro día vi cómo podabas los rosales. Te sugiero que empieces por las ramas más antiguas, y que las nuevas las cortes a tres yemas, para que no se sequen los tallos. ¿Sabes distinguir las nuevas de las viejas?

—Creo que sí.

—Ven.

Betsabé no dudó en seguirlo hasta la verja de los rosales. Urías no cesaba de mirar a los lados. Afortunadamente, no rondaba el levita por allí. Si lo pensaba fríamente, no iba a ocurrir nada si los sorprendía juntos. Era incluso probable que ya sospechara algo, pero albergaba un injustificado e hiperbólico sentimiento de bochorno sólo al considerar esta posibilidad. Como si temiera que al viejo fuera a asaltarle de pronto un ataque de celo protector por su sierva y lo fuera a echar a él de su casa con una humillante escena. Es una idea irracional, se decía; Ajitofel le tenía estima y jamás actuaría así. No obstante, el hecho de saberlo no le servía de nada para aplacar su temor.

Tampoco quería que Betsabé notase algo raro. Otro escrúpulo absurdo.

—Presta atención a esto —le dijo Urías ya en el rosal—. Señálame las ramas viejas.

Betsabé tocó algunas.

—Muy bien. Esas son las viejas. Las que hay que podar primero.

Ella asintió. Le habían caído unas hebras de pelo por la cara. El heteo se sintió tentado de adelantar la mano y pasarlas suavemente tras su oreja. Imaginó que lo hacía y también su reacción. No se vio capaz. Betsabé sostenía como podía la mirada.

—¿Cuánto hay que podar las más jóvenes? —preguntó nuevamente el heteo.

Pensativa, ella posó un dedo en la comisura de los labios.

—Tres yemas.

—Correcto.

—Estoy aprendiendo aún.

—Espero que aprendas pronto, por el bien de las plantas.

Ella asintió con una inclinación de cabeza que al heteo se le antojó una reverencia.

Hubo un silencio que a Urías le pareció hermoso, aunque no sabía por qué. Acaso porque ambos parecían instalarse en él sin fricciones. Betsabé se apoyó contra el muro y la sombra de la albardilla le cubrió los ojos negros.

—Sentí que te fueras de la panadería.

Ella bajó la cabeza. Se sentía algo violenta. Urías deseó que ella le preguntara el porqué. Al fin, se decidió a responderse a sí mismo:

—Hacías que comprar el pan fuese algo más que comprar el pan.

Betsabé le miró ahora inquisitivamente, como si no estuviera segura de haber entendido bien.

—Ya nos veremos —dijo Urías alzando una mano a modo de despedida antes de alejarse dándole la espalda.

Para ejercitar lo aprendido en las últimas clases con el levita, Urías intentó descifrar la inscripción de una de las columnas de cedro que flanqueaban la puerta corredera que daba al jardín. Le costó un tiempo, pero al fin leyó *simjá*, alegría.

—¿Por qué alegría?

—Alegría es lo que debe presidir esta casa.

—¿Y quien no la sienta?

—Al que no sea alegre no se le deja entrar —bromeó.

Urías dedicó unos instantes a meditar.

—Pero la alegría es siempre transitoria —objetó el heteo—. A menudo las cosas van mal, todo son problemas. ¿Quién puede afirmar «soy alegre» en lugar de «estoy alegre»?

—La verdadera alegría es un estado de serenidad permanente, una vez que nos deshacemos del ansia de posesión y de placer.

—¿Y cómo se puede alcanzar esa alegría permanente?

—En la virtud, que es confianza en Yahvé, y en vivir de acuerdo con la propia naturaleza.

—Pero, ¿acaso no están también el mal y la necedad en nuestra naturaleza?

Ajitofel dirigió a su discípulo una sonrisa preñada de afecto.

—Estás aprendiendo demasiado deprisa, amigo mío.

Volvió a sus tablillas y releyó lo último que había escrito moviendo los labios de modo casi imperceptible. Luego se frotó la cara con las manos y parpadeó varias veces en actitud reflexiva.

—Me han contado muchas veces lo que aconteció en el Campo de los Costados, y siempre fueron versiones ligeramente diferentes.

—La guerra estaba declarada desde que David, ungido secretamente por Samuel, se había proclamado rey de Judá.

—¿Estás seguro de que Samuel lo ungió rey a escondidas?

—Yo no fui testigo de esa ceremonia. Pero es algo sabido por todos.

—Bien, continúa.

—Abner, por su parte, había cumplido la promesa que hizo durante el sepelio de Saúl de llevarse consigo y con su ejército al único hijo sobreviviente del rey, a Isbaal, para que continuara la dinastía. Y así fue como lo hizo rey de todo el territorio al este del Jordán. Se decía que no podía haber dos reyes, puesto que la desunión del reino nos hacía fácil presa de los filisteos, que ya estaban buscando el mejor momento para entrar con todo su ejército y aniquilarnos. Pero sobre todo subsistía un odio feroz entre los seguidores de David y los nuestros. Había sed de sangre. Sólo pensábamos en afilar bien las espadas y escoger el lugar y el día. Fue allí, en Gabaón. Bajaron los hombres de David, al mando de Joab, hasta la gran alberca de Gabaón. Nosotros bajamos por la vertiente opuesta. Así que estábamos unos a un lado y otros a otro, calculando el número de ambos bandos, que era aproximadamente el mismo.

—¿Cuántos?

—Difícil de precisar, quizá unos tres mil.

»Entonces nos dimos cuenta de que aquello iba a ser una matanza terrible y definitiva, y muchos sentimos vacilar en nuestro corazón.

»Abner avanzó desarmado al encuentro de Joab en un lugar neutral y le propuso que libraran combate cuerpo a cuerpo doce guerreros jóvenes de cada parte. Así se decidiría quién era el vencedor. Joab consultó a sus hombres y hubo acuerdo. Entonces Abner pidió voluntarios de entre los nuestros. Salimos tantos de las filas que hubo de escoger él mismo. Yo fui descartado. Los doce luchadores seleccionados avanzaron al encuentro de los otros. Nosotros permanecimos expectantes junto a la boca del pozo. Las reglas eran las siguientes: cada guerrero disponía de una espada y un escudo. Ninguno atacaría por la espalda y a más de un hombre en el primer asalto. Joab trazó con un palo una línea divisoria en la tierra, allí donde debían encontrarse. Y dio la salida alzando el arma. Unos y otros corrieron a su encuentro. Entonces ocurrió algo que nadie cabal hubiera imaginado posible. En la acometida se hirieron entre sí en el costado y todos cayeron a tierra. Allí se retorcieron de dolor hasta morir, ante nuestro silencio atónito. Se había producido todo tan rápido que no parecía real.

Hizo una pausa para que el viejo pudiera anotar. Luego siguió.

—Durante unos instantes nadie se movió, y de pronto, todos abandonamos los puestos y corrimos a verlo de cerca, para comprobar lo que nos resistíamos a creer. Se formó un círculo de multitudes, los nuestros mezclados con los de David, abriéndonos paso a codazos para ser testigos del prodigio. Los rumores eran ensordecedores. Los acalló finalmente Doeg, que tenía una voz como de veinte juntos. Izó su espada y bramó: «¡Alabado sea Yahvé, que de este modo pide que se haga justicia!»

Nadie quería una guerra fratricida. Después del duelo infructuoso en el Campo de los Costados —así se le llamó por el modo en que los veinticuatro guerreros habían caído— Abner se llevó a Joab a un aparte y le dijo:

—Mejor que el pueblo siga reinando dividido a que se mate entre sí.

Joab era un poco más alto y ligero que Abner. Se le hacía el mejor luchador a espada de todo Israel, pero jamás se había medido con éste. Por eso, estaba en el deseo de todos verlos algún día batirse juntos. Ahora que se hallaban frente a frente por primera vez se creó una expectación inusitada. Esto le hacía a Joab engallarse aún más. Urías lo recordaba bien, altivo y jaque, con una coraza ligera que compensaba su vulnerabilidad con una mayor libertad de movimientos. La cabeza descubierta dejaba ver una fina barba, demasiado cuidada quizá para un guerrero, con la sotabarba rasurada. Sus ojos pequeños, astutos.

—No tiene sentido que haya un regidor al otro lado del Jordán, benjamita de nacimiento, cuando tenemos a David, nuestro héroe de Judá —replicó Joab.

—Separaremos el territorio, entonces.

—¿Para que los filisteos se froten las manos y digan: «Ahora que están divididos los tenemos a nuestra merced»?

—No menciones a los filisteos, porque el mismo David es su vasallo.

Joab echó la mano a la empuñadura de la espada y esta alarma creó un repentino movimiento en las guarniciones, un entrechocar de bronces a uno y otro lado. Todos estaban pendientes de la menor señal. Joab se había acercado aún más a su rival, como si midiera con él su estatura.

—¿Qué insinúas?

—Lo sabemos todos —dijo Abner, impertérrito—. David se ofreció cobardemente como vasallo a Aquis, rey de Gat, para ponerse a salvo de Saúl. Por tanto, es un traidor.

Joab desenvainó el arma y le siguió el fragor de cientos de hojas haciendo lo mismo. Abner se volvió e hizo un ademán a los suyos para que se contuvieran. Doeg hizo caso omiso y se plantó ante Joab.

—Estás perdiendo el tiempo, Abner. ¡Este necio miente como respira!

Frío como el hielo, Joab puso la punta de su espada en el pecho de la bestia. Era lo que esperaba. Con un bramido, Doeg la golpeó con la suya con tal furia que logró desprendérsela. Desarmado, Joab se preparó a esquivar el segundo golpe de Doeg que, ciego de cólera, olvidó cuan rápido de reflejos era el jefe del ejército de David. Doeg se tambaleó a punto de caer con el impulso de su acometida, que sólo segó el aire con un agudo silbido.

—¡Quietos! —clamó Abner cuando vio que las tropas rompían su inmovilidad y empezaban a buscarse.

De nada sirvió. La sed de sangre subía por la garganta de los soldados.

El heteo guardaba silencio y reflexionaba sobre la manera de poner en palabras una vivencia que ni él mismo acertaba a formularse. Mientras tanto, oía cómo el fino punzón iba inscribiendo sobre la superficie de barro la letra miniada del viejo levita.

Allí estaba otra vez ella, desnuda, vieja, zorra, obscena, la muerte retorciéndose con su carcajada rijosa. La muerte, única certeza.

—Produce placer —musitó.

—¿Matar?

El heteo asintió.

—En el momento en que hundes el bronce en la piel, y la sangre te salpica, y corres a hacerlo de nuevo, ya no piensas en lo que estás haciendo, porque ya no eres un ser que piensa, eres un ser que mata.

—¿Y después?

No necesitó meditar la respuesta.

—Sequedad de corazón. Hastío, de la vida y la muerte.

El escriba asintió.

—Lo importante, lo que viene al caso —prosiguió— es que aquella fue una contienda funesta para nosotros. Luchamos muy fuerte durante toda la mañana y al atardecer reparamos en que habíamos perdido muchísimos hombres en el campo de batalla. Ellos, en cambio, en una táctica de ataques y repliegues, habían conservado la mayoría. Así que Abner ordenó la retirada. Doeg protestó, pero cumplimos las órdenes de buen grado. Todos queríamos salir de ese avispero. Huimos hacia la colina de Amma. Entonces uno de los arqueros acertó al caballo de Abner. Quedó rezagado. Los que nos dimos cuenta frenamos y fuimos a su encuentro para tratar de recogerlo. Pero Abner ya había salido corriendo hacia la arboleda de la colina; Asael, hermano de Joab, fue en su busca. Tenía fama de ser el corredor más veloz de todo Israel, y no sé si por pura presunción desmontó del caballo y se puso a perseguirlo en sus mismas condiciones. De cualquier modo, Abner le llevaba mucha ventaja y no creímos que pudiera darle alcance.

Lo recordaba bien. Asael saltando del caballo en plena marcha y echándose a la carrera con una velocidad casi sobrehumana.

—Cuando me dirigí hacia allí, ya habían penetrado en la arboleda. En mi vida he visto hombre más ligero de pies. Se había despojado de la funda de la espada y saltaba sobre los arbustos como un corzo. Pensé que pronto se cansaría a ese ritmo, pero nada de eso. Había acortado la distancia que les separaba y le seguía ya a un tiro de lanza. Abner, que hasta entonces había ido ahorrando fuerzas, vio que Asael iba a arrojarse sobre él como un felino. Aceleró aún más y comenzó a quiebros bruscos entre los árboles cuando ya estaba en un tris de ser alcanzado. Abner le dijo, sin detenerse: «Apártate de en pos de mí o te derribo en tierra, y ¿cómo podría yo levantar mis ojos delante de Joab, tu hermano?»

Asael no se dejó arredrar por esto y siguió pegado a sus talones. Entonces Abner empuñó la espada, dio un frenazo en seco y se giró. El otro se hundió en ella por el vientre hasta el punto donde la asía.

Se miraron fijamente, acezantes, rostro con rostro, los ojos de Asael desorbitados.

—Te lo he avisado, insensato —jadeó Abner.

—Mis hermanos te matarán —replicó él con un hilo de voz antes de expirar.

—No tardaron en llegar al lugar Joab y Abisai en sus caballos —prosiguió Urías—. Todos oímos el grito de dolor de Joab, un rugido que se duplicó en derredor. Abner corría ahora monte arriba. Allí pude recogerle y subirlo a mi cabalgadura. Llegamos a lo alto de la colina de Amma. El sol se desangraba en el horizonte. Vimos centenares de muertos dispersos en la llanura, los unos encima de los otros, o retorciéndose en la agonía, reptando hacia ninguna parte mientras se vaciaban de sangre, gimiendo su dolor y su desolación. Abner, atribulado pero todavía dueño de su lucidez, quizá el único que no la perdió a lo largo de aquella matanza de pesadilla, se apeó del caballo, se asomó abajo, por donde subían Joab y su hermano y clamó:

—¡Joab! ¡Detente y escucha!

El general tiró de las riendas y frenó en seco el caballo, que durante un instante se irguió sobre las patas traseras, echando espuma por la boca.

—¿Hasta cuándo no dejará de devorar la espada? —gritó Abner—. ¿No sabes que al fin viene la desesperación? —el eco hizo rodar varias veces la palabra «desesperación»—. ¿Hasta cuándo esperas para decir a los tuyos que dejen de perseguir a sus hermanos?

Capítulo XV

Una mañana, al presentarse en la morada del levita, Urías fue avisado por un criado de que Ajitofel se encontraba indispuesto y pasaría el día guardando cama. Urías le oyó toser varias veces desde el umbral.

—Transmítele mis deseos de que mejore —le dijo al criado.

Después salió al jardín. Hacía una mañana tibia y asoleada. Tras varios días de lluvia —quizá se debía a eso que el escriba había recaído— el aire parecía más limpio y oloroso, y lleno de buenos presagios. Anduvo por entre las pérgolas y parras con ese ostensible aire de distraimiento del que tiene un objetivo demasiado claro como para que nada pueda distraerle. Después de dar varias vueltas comenzó a desalentarse; miraba a un lado, a otro, y ni sombra de Betsabé. Ya se disponía a marcharse cuando reparó, de pronto, que ella estaba sentada al pie de un olivo. Al sorprenderla tan cerca se le cortó el aliento. Giró sobre sus talones, pero en el último momento le extrañó su inmovilidad. Se acercó un poco más y comprobó que dormía.

La contempló un rato. El sol le daba de frente. Tenía el rostro vuelto de medio lado y no se le veía bien, porque lo tapaba el pelo. Las muñecas, lánguidas, apoyadas sobre las rodillas, descolgaban las manos y de tanto en tanto los dedos se contraían casi imperceptiblemente. Entre los pies yacía el almocafre de palo, que se le habría desprendido. Se le contagió algo de la placidez del dormir y bostezó.

—Duerme, duerme, Bestsabé —musitó.

A veces había pensado que a una mujer no se la conoce de verdad hasta que no se la veía dormida. Uno podía asomarse a su mundo interior examinando su semblante. Decidió sentarse junto a ella. Con el ruido Betsabé se removió un poco en sus sueños. Arrugó un poco la nariz, y desplazó un tanto la cabeza, dejando visible una parte de su perfil: la mejilla algo hinchada junto a la boca por la suave presión del tronco contra el que la apoyaba, la suave curva del mentón, la comisura de los labios entreabiertos, donde habían quedado atrapados unos cabellos y se combaban rítmicamente a impulsos de su aliento. Urías se sintió impelido a acercar su boca a la boca dormida, para aspirar el aire caliente que salía del interior de ese cuerpecillo (y lo hubiera hecho si no temiese que ella despertase en ese momento). Examinó el nacimiento del pelo en la frente, cómo se replegaba hacia atrás y hacia los lados y se ondulaba en volutas hasta encontrar apoyo en los hombros. Una hilera de hormigas le subía por la saya.

Al acomodarse el heteo un poco mejor —y fue inevitable que su cuerpo produjera un pequeño chasquido— el sueño de la mujer se vio turbado. No despertó de una vez, sino como por etapas.

Primero suspiró hondo, luego movió el rostro a un lado y a otro, con los ojos aún cerrados, pero ya con un aleteo leve de los párpados, después se apartó las hebras de la cara, volvió a suspirar dejando escapar el hilillo de un gemido, movió los pies, se pasó la lengua por los labios resecos, se llevó la mano al entrecejo, abrió los ojos, vio a su lado a Urías, pestañeó varias veces seguidas, como si no lo creyera, y posó instintivamente la palma de su mano en el pecho.

—Le gustas a las hormigas —sonrió Urías.

Ella tardó unos segundos en comprender lo que el heteo le señalaba. Entonces se sacudió las vestiduras con tal cuidado que delataba su empeño en preservar la vida de los insectos.

—No me explico cómo puedes dormir con el sol en la cara.

—Me gusta sentir una mancha roja dentro de los párpados. Es muy relajante.

Urías cerró los ojos para probar. En efecto, a través de la fina veladura de ambos párpados se fue alumbrando un disco en el fondo de sus pupilas.

—Son amarillas.

—Espera un poco y se harán rojas.

No supo si hubo en ello la sugestión de su antojo, inducida por Betsabé, pero al momento los discos viraron a rojo.

—¿Ya las tienes? —oyó. Él asintió—. ¿Se mueven?

—Hacia arriba.

—Eso es que estás nervioso. Respira hondo y se pararán.

Las manchas se contraían al ritmo de sus latidos, parecían pequeños organismos expansionándose para colonizar un nuevo territorio. Lentamente, sin embargo, encontraron una forma y un lugar fijo. Pero ahora eran moradas.

—Así es como tienen que ser —repuso ella—, rojas como las cerezas maduras.

—¿Puedo abrir ya los ojos?

—Claro.

Los abrió ante Betsabé, para que fuera ella lo primero que encontraran sus sentidos después del descanso.

—Los colores son la música de la luz —dijo ella—. Por eso elige las flores para sus melodías más bonitas.

Se quedaron mirándose un rato en silencio; Betsabé dijo:

—Las flores beben el agua y la luz. Por el tallo pasa primero la luz y luego el agua. Llegan a la raíz y la nutren. Luego suben y se encuentran al final del tallo. Allí se besan, y del beso nace la flor, que es el matrimonio del agua y la luz. Entonces la flor, que es bella, atrae más luz, y la luz desciende con su música que sólo oyen las flores, y le pone a las flores el color: blanco si viene de la luna, violeta si lo trae el atardecer, naranja si nace al alba, amarillo si al mediodía, y rojo cuando más cantan las cigarras. Dime una flor.

—La zinnia.

—Es roja y amarilla, necesita poca agua, porque la nutre sobre todo la luz que nació en el mediodía y en la siesta, que es la más abundante, y tiene una música poderosa como la de las cigarras, y ellas también beben poco. Las cigarras intentan reproducir la música de la luz, por eso buscan las flores, que la contienen en estado puro, para que ellas les enseñen su secreto, pero las flores lo tienen bien guardado, y las cigarras nunca se lo pudieron arrebatar. Así que hacen un mal remedo, tan malo que con él intentan poner nerviosas a las flores para que, queriendo librarse del chirrido, les den el secreto de la esencia del color que hace la música.

A estas alturas, Urías ya no quería otra cosa en el mundo sino seguir escuchando a Betsabé.

—El lirio blanco.

—Recibe la caricia lunar, que es una música suave, plateada. Por eso los lirios son tan sensibles, y despiden un aroma nocturno. Los lirios hay que plantarlos justo después de que pierdan la flor, porque es cuando la luna se compadece de ellos y suelta una lágrima. De ese modo el agua entra por los hilos del lirio al mismo tiempo que la luz, y así se forma la flor.

—La amapola.

—Nace del fuego solar, en la estación seca, en medio del trigal, para que el viento que mueve las cabezas espigadas lleve su música por los campos y alegre la vista al hombre que trabaja.

—La salvia.

—Las hay rojas, blancas y moradas, porque la salvia nunca crece sola, sino que el jugo del sol las hace brotar en familia, y hay hermanas, y primas, y, como en las familias, unas nacen en una época del año u otra, y como el color de los ojos varía entre la descendencia, pues así con las salvias: a unas las escoge la luna, a otras el crepúsculo, y la música de la luz, que nunca se está quieta, como el sol, sino que fluye, trae diferentes tonalidades que forman melodías cambiantes. Las abejas que Yahvé creó para que se nutrieran de las flores bellas tienen predilección por la salvia, y de su néctar obtienen la miel dorada y dulce. Precisamente, una abeja, como si oyera que hablaban de ella, se interpuso entre ambos y quedó suspendida en el aire.

—¿Hablas tú con Yahvé? —inquirió Urías.

Betsabé asintió.

—¿Y qué te cuenta?

—Adiós, abeja.

El insecto acababa de desaparecer en zigzag.

—¿No te responde? —insistió él.

—Ama a la abeja y tu corazón será poroso y dulce como una colmena.

—Dime, si Yahvé creó el rayo destructor, y el rayo mata hombres, ¿no es Yahvé quien los mata?

—Todo viene de Yahvé. La hermana vida y la hermana muerte. El rayo es la escala que tiende un puente entre el cielo y la tierra. Dios despliega esa escalera luminosa que hiende la lluvia, atraviesa el aire y llena la tierra de energía para que sea fecunda.

—Prefiero no tocar esa escalera. Cuanto más lejos de mí, mejor.

Betsabé lo miró con afecto. Dijo:

—¿Cuál es tu planta?

Se asomó, aturdido aún por las palabras de Betsabé, a sí mismo.

—El cactus.

—Esa es mi planta favorita —sonrió ella—, porque a pesar de sus espinas, de que nace de la soledad y la sequía, brota de ella una flor preciosa, roja y amarilla, la palia cactus. Incluso a ella llega la música. Y en eso se manifiesta la sabiduría infinita de Yahvé.

Betsabé se volvió hacia la casa, de donde salía un criado portando un cubo en cada mano.

—Tengo que volver al trabajo —se disculpó.

Esperó a ver si Urías reaccionaba o la acompañaba, y al ver que se quedaba ahí, como perplejo, se encogió de hombros y desapareció por entre la hilera de parterres.

Urías tardó en levantarse por miedo de que, al moverse, el íntimo regocijo espiritual que le había dejado Betsabé, y que nunca había experimentado como ahora, se espantara y levantase el vuelo.

A lo largo de los meses que siguieron, Betsabé aprendió pronto el arte de binar la tierra. Ahora, después de regar, rompía la corteza superficial del suelo para que el agua no se evaporase demasiado pronto si estaba al sol. Iba y venía de un lado a otro con el cubo lleno de agua, la horquilla y el rastrillo. Todo tenía su pequeño secreto. Deshacía la tierra con sus propias manos porque le agradaba su frescor, y cuando encontraba una mala hierba la arrancaba de cuajo. Se había informado también de que los tulipanes se plantaban desde el mes de Av al de Tavet en los arriates expuestos al sol, así las heladas invernales los encontrarían germinados. Y sus bulbos debían cortarse en verano para evitar que degenerasen. En Adar se secaban las hojas de los narcisos. Las begonias eran muy delicadas y era preferible sembrarlas en tarrinas de barro.

En cierta ocasión, habiendo terminado Urías su sesión diaria con el levita, observó que Betsabé había dejado caer el cubo de agua para recoger con cuidado algo negro que palpitaba en el suelo. Se acercó y distinguió un vencejo en el cuenco de sus manos. Ella alzó la mirada hacia el alero de la casa, desde donde habría caído.

—Pobrecito —murmuró ella.

Aleteaba torpemente sin poder alzar el vuelo. Lo examinó con toda la delicadeza que pudo, para no herirlo: no observó desperfecto alguno en sus alas largas y puntiagudas ni en su cola ahorquilla-da. Tampoco por abajo, en la mancha blanca del vientre.

—Es muy joven aún —dijo.

—¿Está herido?

—No lo sé.

Las alas combadas por encima del cuerpo le daban un aspecto extraño, como si la espalda le venciera bajo el peso del nacimiento de las alas.

—Necesita mucha altura para volar —dijo ella—. Sujétalo un momento.

Urías cogió el ave con cuidado.

—¿Puedes subir a la copa del árbol? —le rogó ella.

—¿Para qué?

—Para soltarlo desde arriba.

El heteo se quedó atónito ante la seguridad con que le hablaba. Había en su voz el tono dulce de una petición, pero de algún modo sintió que el juego de poderes en que se basaba su relación sufría un quiebro, se invertía. Porque Betsabé había dejado de temerle.

—¡Necesitas una escalera! —dijo ella.

Urías se preguntó si con ello insinuaba que no era lo suficiente ágil para trepar, pero no tardó en darse cuenta de que era imposible hacerlo, sobre todo con un avecilla en una mano.

Ella no tardó en volver con una escalera de palo. La sujetó desde el pie y el heteo fue escalando los peldaños como pudo, empleando la mano libre. No era demasiado alta y hubo de colgarse a pulso de una rama gruesa para encaramarse. Una vez que pudo sentarse en ella a horcajadas, estaba jadeando por el esfuerzo.

—Muy bien —sonrió ella—. Ahora sube hasta la copa.

—¿Hasta la copa? —se asustó.

—Claro, no querrás que se choque contra una rama. Tiene que tener espacio libre para remontar el vuelo.

Urías cerró un poco la mano para asir el pájaro sin estrujarlo (lo cual no era precisamente fácil) y reptó por la rama hasta alcanzar otra más alta. Allí se puso de pie, miró otra vez a la joven, que asentía, más pendiente de la vida del pájaro que de la suya.

—¿Está bien?

—Sí.

—Pues sigue subiendo.

—¡Necesito emplear las dos manos!

—¡Espera!

El heteo comprobó, atónito, cómo ella volvía a irse dejándolo allí arriba, sudando como un imbécil. Ya estaba a punto de arrojar el vencejo a su suerte y descender cuando Betsabé volvió con un largo palo y un paño atado a la punta. Alzó el extremo hasta su altura.

—Coge el pañuelo y envuelve el vencejo con cuidado.

Urías hizo lo que le decía. Formó una especie de bolsa atando las cuatro puntas, con el ave dentro, y sujetó el nudo entre los dientes. Ahora tenía las manos libres y pudo subir hasta no tener otro techo que el cielo abierto. Ya no podía ver a Betsabé.

—¿Dónde estás?

—Aquí. ¿Tienes el vencejo?

—Sí

—¡Lánzalo arriba, pero no demasiado fuerte!

Urías se secó el sudor de la frente, desató el pañuelo, que bullía por dentro, afianzó su posición agarrándose a una rama que aún parecía sólida, tomó con cuidado el vencejo y lo arrojó al aire. El ave agitó las alas, hizo un pequeño torbellino y se perdió de vista. En ese momento, la rama sobre la que descansaba se quebró bajo su peso; se agarró a otra, que también cedió y finalmente se dio de bruces contra el tronco. Desde allí resbaló hacia abajo muy deprisa, desgarrándose la piel de las piernas y los brazos, hasta caer en el suelo sobre las nalgas.

Quedó tendido de espaldas en la hierba al pie del árbol, esperando a que pasara el susto y el trancazo.

Para colmo, Betsabé había vuelto a desaparecer.

—Maldita sea.

Al cabo, oyó de nuevo sus pasos. Sin mudar la postura, se volvió a ella.

—Pobrecito —decía.

No se refería a él, sino al vencejo, que traía otra vez en el hueco de sus manos.

—¿Qué haces ahí? —se había detenido ante él, y Urías podía verle los pequeños pies oscuros embutidos en los zuecos.

—Te estaba esperando.

—Lo has lanzado mal. Demasiado flojo. Hay que volver a empezar.

Establecido en Hebrón, la capital de su reino, al sureste de Gat, David consideró fríamente las consecuencias de aquella primera victoria sobre los seguidores de Saúl y su hijo Isbaal. Ahora era el momento de aprovechar el debilitamiento de sus enemigos para lanzar el último ataque frontal que exterminara los restos de ese estado nacido de la pertinacia de Abner. Joab no cesaba de recomendarle que ordenara el ataque, ahora que aún estaban contando las bajas y reagrupando de nuevo unas tropas cada vez más desalentadas y exhaustas. David, sin embargo, tenía en mente a los filisteos, que seguían de cerca estas escaramuzas con la cínica complacencia de quien se sienta a contemplar la irracional y necia agonía de un enemigo que se autofagocita por odios intestinos, esperando el momento más propicio para echarse sobre los despojos.

Hasta ahora las relaciones con ellos se basaban en una aparente armonía merced a la diplomacia interesada que se había instaurado desde que él, David, había pedido la protección del rey filisteo de Gat y aceptado luchar a su servicio mientras le pusiera a salvo del furor de Saúl. Muerto Saúl, estas buenas relaciones habían continuado, y aunque ambos sabían que en cualquier momento el otro podía asestarle un golpe por la espalda, confiaban en conocer en todo momento las intenciones del contrario para saber hasta cuándo podían considerarse a salvo.

Al rey de Gat le convenía mantener su apoyo a David en una suerte de tácito armisticio para que éste dedicara todos sus esfuerzos a combatir a los enemigos de su propio pueblo, y descuidara así cualquier estrategia defensiva u ofensiva contra los filisteos. A David, por su parte, le era imprescindible seguir jugando un poco más a su papel de dócil marioneta de los filisteos para mantenerlos tranquilos al menos hasta poder solucionar sus propios problemas. Mas ahora veía que el fin de esta precaria concordia se avecinaba en tanto ellos advirtieran que los israelitas estaban mermados por los estragos de su propia guerra civil. No convenía, por tanto, poner rápido fin a esta batalla. Necesitaba más tiempo. Para hacerse fuerte era menester unificar de nuevo su reino sin levantar las sospechas de los filisteos. Se haría rey de toda Judá y se establecería en una capital fortificada desde la cual poder enfrentarse a ellos. Pero ¿cómo lograrlo sin ser apercibido? Debía actuar de modo cauteloso y sutil. Acabar con el reino de Isbaal parecía un paso inevitable, aunque la guerra era una mala solución, dado que significaba allanarles el camino a las tribus de Gat.

Analizó despacio la situación de los seguidores de Abner. Isbaal, el hijo de Saúl convertido en rey, no le molestaba. Él lo conocía bien. Era un hombre de carácter débil, vacilante y plegadizo. Carecía de ambición, astucia y autoridad para gobernar. No hacía falta más que ver su frágil figura, su palidez enfermiza, sus gestos inseguros y endebles. Un advenedizo. La corona se le caía de la cabeza. De entre todos sus hijos, era el único que a Saúl le había salido falto de vigor y gracia. Se avergonzaba de él secretamente y hacía lo posible por apartarlo de su presencia en cualquier aparición pública. Todos sabían que existía, pero nadie a fin de cuentas conocía mucho de él. Su padre no le había permitido ingresar en sus ejércitos, alegando haber proyectado para él los estudios de levita. Isbaal no había empuñado un arma en toda su vida. Y ahora seguramente estaba perplejo ante aquel cargo que le había llovido de pronto del cielo. No sabía hacer nada sin los consejos de Abner, que, en la sombra, era quien disponía y mandaba.

El descendiente de Saúl no era sino un hombre de paja, puesto allí para mantener una unidad ficticia. No le cabía duda a David de que el trono de Isbaal representaba una hábil artimaña de Abner para hacerse con el poder. Porque él, Abner, era el verdadero rival, el único de quien debía ocuparse para desarbolar la última resistencia.

A horas avanzadas de la noche, cansado de meditar sobre el mismo asunto dando vueltas sobre el lecho, David vislumbró con claridad la pieza idónea para desplegar su juego: Resfa, hija de Aya y antigua concubina de Saúl.

A la mañana siguiente mandó llamar a Resfa. Le ofreció vestidos de seda y púrpura, hizo que su servidumbre la perfumará con brea, diera lustre a los rizos de su larga melena y le adornara los brazos y tobillos con ajorcas de oro. Entonces la mujer, cubierta de alhajas y resplandeciente volvió a su presencia y se arrodilló a sus pies, conmovida, creyendo que el rey hacía todo eso para tomarla como esposa. David se limitó a observarla críticamente sin decir nada, como se admira una obra de arte.

—Eres aún joven y hermosa, Resfa —sonrió—. ¿No crees que ya es hora de que rompas el luto por Saúl?

—Sí, mi señor.

—¿Qué te parecería desposarte con Isbaal?

Resfa alzó un rostro repentinamente demudado. La decepción y el temor emergieron en sus ojos suplicantes.

—No lo quiera mi señor —dijo con voz ahogada por la vergüenza.

David estalló en una carcajada tan festiva que los guardianes, que jamás le habían oído reír de aquel modo, se miraron entre sí. Con lágrimas aún en los ojos, David fue un poco más lejos.

—¿Por qué? ¿Acaso no lo encuentras varonil?

Conturbada, ella se limitó a cabecear una negación, y David volvió a reír.

—¿No te has fijado en el porte de su figura, en la altivez de su mirada, en la sabiduría de sus gestos y el timbre grave de su voz?

Ahora Resfa comprendía que su rey se estaba burlando de ella y sintió un infinito alivio, pues se abría la posibilidad de que no hubiera concertado para ella semejante matrimonio.

—Sin embargo —agregó David—, él siempre te ha echado requiebros, ¿no es cierto?

Resfa asintió humildemente.

—Bien, me siento generoso y te ofrezco una segunda opción —esperó un instante para ver la impaciencia en el rostro turbado de la mujer, y luego pronunció el nombre del general Abner. Ella tuvo un estremecimiento—. ¿No me dirás que Abner, primo de Saúl, no te parece un hombre hermoso e inteligente?

—Su majestad es muy generoso queriendo para mí una unión tan deseable, pero me temo que Abner no me querrá por esposa.

—¿Por qué? No le conozco mujer alguna.

—Quizá no le guste.

—¿Cómo lo sabes?

Ella no supo qué contestar.

—Las mujeres tenéis un gran poder que ignoráis. El día que sepáis utilizarlo seréis las dueñas del mundo —sonrió y añadió—; pero espero que ese día quede lejos.

Y el rey volvió a reír ante la incomprensión de Resfa.

—Te voy a dar una oportunidad. Seduce a Abner y serás su esposa. Si fracasas te obligaré a casarte con el hijo de Saúl.

—¿Y cómo quiere mi rey que su sierva haga eso?

David volvió a reír. Ella se quedó allí un rato esperando y escuchando, y como al fin sospechara que no le iba a venir una respuesta inmediata, se retiró dócilmente.

Capítulo XVI

Joab emprendió de muy mala gana —se quejaba de que su rey lo estaba implicando en desagradables asuntos de mujeres, y para colmo con un insidioso tono de mofa— el adiestramiento de Resfa en las artes de la seducción, y para ello se sirvió de la ayuda de una cananea llamada Rahab que había sido prostituta en los tiempos de mocedad, allá en los campamentos de los soldados filisteos. Así se desentendió del asunto y cada cierto tiempo, para guardar las apariencias, se daba un paseo por la casa de la antigua prostituta para ver cómo iban los progresos de la joven.

Uno de estos días el general recaló por la casa como en otras ocasiones. La puerta estaba abierta, pero no se oía a nadie. Se quitó las botas en el vestíbulo, tomó una rodaja de melón y se dispuso a morderla a la sombra mientras esperaba la llegada de las dos mujeres. En eso reparó en que Resfa estaba en la alcoba, mirándole a través de la puerta entreabierta.

—Vaya —dijo Joab masticando la fruta—. No te había oído.

—Rahab me ha despedido.

El general se levantó y entró en el cuarto con pasos desganados y lentos.

—¿Despedido?

—Dice que soy una perfecta inútil para estas artes.

El general escuchó un rato su débil llanto sin saber qué hacer hasta que al final se cansó de estar allí mirándola, de pie, con expresión estúpida, y se sentó a su lado, en el borde del jergón. Ella apoyó su mejilla en su hombro y continuó gimoteando. Impelido a hacer algo, no se le ocurrió otra cosa que darle unos golpecitos en la cabeza y decirle:

—Tranquila, ya buscaré yo a otra instructora.

Su pelo le hacía cosquillas en la mejilla.

—No, no quiero otra.

—¿Qué quieres, entonces?

—Quiero ser libre para amar al hombre que yo amo.

El general meditó un rato estas palabras mientras sentía las lágrimas de la mujer deslizarse por su cuello. Qué mujer tan extraña, pensó.

—Eso es mucho pedir —dijo.

Ahora los brazos de la mujer se le enroscaban al torso dulcemente. Y sentía hincharse y deshincharse los senos de la mujer apretados contra él.

—Vamos, no te pongas así, no es para tanto.

Y el aliento cálido en su nuca, intermitente, oloroso.

—Todo se arreglará, ya lo verás.

Y las manos estaban vivas, se movían, lo estrechaban, lo asían por los músculos de los costados.

—Yo me encargaré de ello, te lo prometo.

Y sus labios cálidos buscándolo.

Y la pulpa carnosa de su lengua.

Y la mano aliviando la piel tirante entre sus muslos.

Esa misma tarde se presentó ante el rey visiblemente descompuesto, como si lo acabara de voltear un vendaval por un campo de piedras.

—¿Qué se te ofrece, querido Joab? —inquirió David.

—Resfa.

David se frotó las manos: ya estaba lista.

Disfrutó David preparando la llegada de Resfa al territorio de Isbaal y cada detalle de su representación ante los jefes militares con el mismo entusiasmo que si planificara una batalla que el oráculo de Yahvé hubiera predicho victoriosa. Investida de una rijosa vitalidad, la mujer había aprendido su papel de fugitiva del reino de David que acude a buscar la clemencia y protección de Abner y lo desempeñaba con tal elocuencia y convicción que hasta el mismo David quedaba profundamente conmovido ante la honestidad y nobleza de sus intenciones cada vez que asistía a uno de los ensayos, como si por un momento olvidara que esa obra la había escrito él mismo.

—Si no fuera porque tengo designado para ti un papel decisivo en el futuro de Israel, te haría mi esposa principal —solía decirle—. Por Yahvé que tu talento y el mío juntos harían un dúo irrepetible.

Así pues, Resfa penetró en las líneas enemigas con los vestidos desgarrados y el cabello uncido de polvo, y cumplió su papel tal como se le había enseñado, y supo cómo improvisar en todas las situaciones nuevas a las que hubo de enfrentarse. Abner quedó muy impresionado por ella e hizo lo posible por acogerla y ofrecerle su hospitalidad. Ella fue lentamente conquistando su confianza y abriéndole su corazón, y él no supo resistirse a su hechizo.

—Fijaron la ceremonia de desposorios muy deprisa —explicó Urías el heteo— con la intención de que el acontecimiento sirviera para alentar la moral de las tropas y unir de nuevo la esperanza en el futuro. Y es que después de la derrota en la colina de Amma, donde Abner mató al veloz hermano de Joab, nos encontrábamos en un momento crítico. No sabíamos qué hacer. Yo mismo empezaba a pensar que todo aquello era una gran necedad. Me refiero al hecho de estar luchando contra nuestro pueblo. El exterminio de la colma de Amma, y aquella extraña vivencia. Durante aquellos días hablé mucho con Doeg. No sé si él me consideraba un verdadero amigo, pero para mí él lo era, a pesar de su rusticidad. Quiero decir que con Doeg no se podía hablar mucho de sentimientos; en cuanto lo sacabas del mundo de objetos visibles empezaba a perderse. Esto le daba cierto encanto y a ratos también resultaba algo crispante, depende. Además, siempre manifestaba sus sentimientos de un modo franco y visceral. El se reía un poco de mí diciéndome que yo tenía que haber sido sacerdote, porque era de los que hablaban «con metáforas y recovecos» (así decía él) para que nadie me entendiese. Un día le repliqué que no creía en Dios y supuso que se trataba de una broma. Me acuerdo muy bien de esa conversación.

«—¿Cómo es posible que no creas en Yahvé, si tú eres medio sacerdote?

Yo lo reté a que me diera una sola prueba de su existencia.

—¿Pues no te parece suficiente todo esto que nos está pasando? ¿Tú crees que íbamos a estar luchando aquí si no hubiera empezado Samuel a revolver las aguas?

—¿Qué tiene que ver Samuel con Dios?

—¡Que me aspen! ¿Pues no hablaba Dios con Samuel?

Resignado, asentí.

—Bien. Si Samuel no fuera profeta, no habría podido condenar a Saúl, y tampoco hubiera podido ungir rey a David, y si David no hubiera sido ungido...

—Todo eso ya me lo sé —le interrumpí—. No soy tan idiota.

—Es un alivio —sonrió Doeg—, porque ya empezaba a dudarlo.»

Ajitofel sonreía visiblemente divertido.

—Me sentí como si estuviera discutiendo con una pared. Doeg era incapaz de darse cuenta que su razonamiento para explicar la existencia de Dios partía nada menos que de la premisa de que Dios existía. Y Dios existía porque la gente lo creía: no podía ser posible que tanta gente estuviera equivocada.

Rió el viejo con tan buena gana que hasta las lágrimas asomaron en sus ojos. Urías, contagiado, se puso a reír también. Hasta el siervo que trabajaba en la cocina se asomó a ver qué pasaba y no pudo evitar unirse a la carcajada. Cuando se hartaron de reír, el viejo se restregó los ojos y dijo a Urías:

—La prueba de la existencia de Yahvé es que me ha enviado a un hombre como tú para que me alegre los últimos años de mi vida.

—¿Dónde nos quedamos?

—Me hablabas de Doeg el edomita.

—En aquellos días andaba de muy mal ánimo porque no veía con buenos ojos el inminente enlace de Abner con Resfa. Supongo que a Doeg todo lo que oliera a mujeres ya le producía un natural recelo, pero allí se juntaban muchas cosas. Esa mujer, Resfa. Siempre estaba con su prometido, halagándolo con zalamerías y caricias. Era como si los demás no existiésemos. Estaba ciego. No veía en ella más que virtudes. Así que Doeg iba poniéndose cada vez más furioso. El general no tardó en darse cuenta porque su amigo era de carácter demasiado llano como para andarse con sonrisas cuando la rabia comenzaba a roerle por dentro. De modo que Abner, viendo la tormenta avecinarse, no se hacía precisamente el encontradizo con él. Harto ya de andarle a la zaga, Doeg lo abordó a quemarropa a la vuelta de una esquina, como si se tratara de una emboscada.

—Vaya, qué sorpresa encontrarte por aquí —sonrió Doeg.

—Lo mismo digo.

—¿Qué ocurre? ¿Tengo la peste? ¿Por eso me rehuyes?

Abner suspiró.

—Estoy muy ocupado últimamente.

—Claro, preparando los festejos. Estamos todos impacientes para la gran fiesta. Espero que haya una gran fogata con corderos, y muchos bailes. No te olvides de traer músicos que toquen flautas y salterios para que nos oigan hasta en el valle de al lado.

—No pretendo hacer una fiesta semejante.

—¿Por qué no? —sonrió entre dientes—. Así será mejor. Todos queremos diversión. No hay muchas mujeres por aquí, pero da igual, nos apañaremos con lo que haya, y si nos las tenemos que repartir, seremos generosos los unos con los otros.

—Nunca me habías hablado así. Estás desconocido.

—¿De verdad? Qué emocionante. Tú en cambio sigues siendo el mismo de siempre, quiero decir, con ese sentido común que te caracteriza, de saber en cada momento lo que hay que hacer.

—No va a durar mucho. Será una tarde y una noche, eso es todo. Después volveremos a la normalidad.

—¡No hay normalidad, maldita sea! —Bramó—. ¡Sólo hay un puñado de enemigos allá, en lo alto del monte, espiándonos como lobos, esperando el momento oportuno para echarse sobre nosotros!

Abner no supo qué contestar. Doeg, la cara enrojecida de cólera, prosiguió:

—¡Y mientras tanto tú pensando en asuntos de amoríos! No puedo creerlo.

—Quizá tengas razón, amigo mío —admitió—, pero déjame disfrutar tranquilo de estos momentos de felicidad que se tienen una vez en la vida.

—Tu felicidad me aterra.

—¿Qué esperas que haga?

—Despídela y vamos a prepararnos para la única ceremonia posible: la de la batalla.

—He tomado esta decisión y no tengo fuerza moral ni ilusión para cambiar de parecer.

Doeg asestó una patada al muro y desencajó un montón de ladrillos. Luego le dio la espalda y se fue con su paso bamboleante, adunco, cargando el peso en las piernas separadas.

Y llegó el día esperado y temido. Todo el pueblo estaba preparado para el gran banquete que ya se dejaba oler en la era, y sólo aguardaba el final de la ceremonia del Nissuín. Pero nunca llegó a consumarse. Ante la perplejidad de los asistentes, Isbaal se levantó de su trono para interrumpir la unión. Había alzado la mano y muchos sospecharon que se disponía a realizar un discurso, algo que tenía poco de halagüeño, pues los exordios del rey solían ser tan largos como ininteligibles, y Abner le había recomendado una y mil veces que no volviera a darlos para no perder lo poco de credibilidad que aún tenía ante el pueblo. Sin embargo, Isbaal hizo algo mucho peor que largar un discurso. En el silencio expectante, con el rostro enrojecido de cólera, preparado para desahogar algo que había estado guardando a lo largo de todo el mes de preparativos, se paró ante la pareja. Luego de rasgarse las vestiduras, pateó el polvo lanzando gruñidos y se dirigió al general en términos tan desatinados que parecía haber perdido definitivamente los cabales:

—Dime, traidor, ¿por qué has entrado a la concubina de mi padre?

Abner no se enfureció menos al ver que aquel patán había tenido la osadía de venirle con aquello en semejante situación, poniéndose en ridículo ante todo su pueblo y de paso humillándolo también a él. A duras penas podía contenerse.

—¿Soy yo acaso una cabeza de perro que puedes pisotear a tu antojo? Hasta hoy he favorecido yo a la casa de Saúl, tu padre, y a sus hermanos y amigos, y no te he puesto en las manos de David; ¿y tú me recriminas hoy por causa de esta mujer?

—¿Cómo te atreves a hacerte con la concubina de mi padre? ¿Cómo..., cómo te atreves? ¿Es que estás de parte de David?

—Así haga Dios a Abner y así le añada si no hago yo con David conforme a lo que le ha jurado Yahvé, que quitaría el reino a la casa de Saúl y confirmaría el trono de David sobre Israel y sobre Judá, desde Dan hasta Berseba.

—¡Demuestra que eres mi único servidor! —alzó el grito al cielo.

Abner se volvió al gentío inquieto y desconcertado, que intercambiaba miradas y rumores. Vio a Doeg junto a Urías, muy serios. Pensó que debía actuar pensando en el bien del rey, por más que no comprendiera ni remotamente la explicación de aquella repentina reacción suya.

—¿Cómo puedo demostrártelo más todavía?

—¡Mátala! ¡Mata a esa mujerzuela!

A Abner se le heló el aliento. Miró a Resfa, pálida de miedo. El pueblo se había quedado en silencio. Doeg salió de filas y se adelantó hasta ellos. Dijo:

—Haz lo que te dice el rey.

Al sentirse respaldado por un hombre como Doeg, Isbaal recuperó la confianza y el dominio de sí mismo. Con voz más firme y autoritaria agregó:

—Si no la matas tú, lo haré yo.

Abner fue incapaz de desenvainar su espada. Entonces, Isbaal tomó la de Doeg, anduvo hacia ella tratando de no tambalearse por el peso del bronce y segó la cabeza de la mujer, que rodó hasta los pies de Doeg antes de vaciarse de sangre, y el cuerpo decapitado de Resfa cayó como un carnaje informe sobre su propio charco oleoso a la par que se dejaba oír un alarido unánime de horror entre el pueblo. Abner sintió que el peso infinito del firmamento se desplomaba sobre él.

Veinte días pasó el general confinado en su casa sin recibir a nadie, alimentando un acerbo odio contra Isbaal y, de modo indirecto, contra Doeg, pues le había prestado su espada para cometer el crimen. Ya no albergaba otro deseo en su corazón que el de perjudicarlos vendiéndolos al enemigo. Tan grande era su tribulación que en nada le importaba ya la vida. En las horas vacías de silencio acariciaba la idea de un suicidio digno. ¿Pero cómo hacer un suicidio digno sobre una causa tan ominosa como un duelo por una mujer?

Al cabo de un tiempo, Doeg llamó a su puerta. Como viera que Abner no le abría, la desfondó de una formidable patada y luego, antes de entrar, se sacudió el polvo de sus botazas enterizas.

—Disculpa que me presente así —dijo rascándose la barba— pero es que, como no abrías, temí que la puerta se hubiera atrancado por dentro —sonrió.

—Vete —rugió el otro, replegado en la penumbra polvorienta.

—No pienso irme. He venido a hablar contigo y eso es lo que pienso hacer, te guste o no.

—Vete o te mato.

—En verdad que esa mujer te ha debido desordenar bien los sesos para que digas semejantes necedades.

Abatido, el general se derrumbó sobre una silla. Doeg se desprendió de la espada, la arrojó a un lado y avanzó unos pasos. Sus pupilas ya habían tenido tiempo de acostumbrarse a la escasez de luz y paseó la mirada tranquila por el desorden de la casa, los restos de comida de los últimos días que ya hedían entre el vuelo zigzagueante de las moscas, entre un revoltillo de ropa sucia.

—Nunca digo que conozco bien a alguien hasta que no le he visto comportarse con una mujer.

—Dime qué quieres y lárgate.

Doeg hizo crujir los huesos de su cuello echando la cabeza a un lado, deslizó un dedo por la superficie de la mesa y se miró el polvo negro en la yema.

—Venía a decirte que no tienes que lamentar la muerte de Resfa, pues no era más que una espía al servicio de David, y vino a sembrar la discordia entre nosotros. El otro tomó la empuñadura de su espada y avanzó hacia él hinchando los músculos de sus mandíbulas, pero el grandullón, desarmado, no mudó su postura soñolienta, estribado contra la pared de adobe, los pulgares colgados de su cinto y su sonrisa plácida, obscena. Examinó el filo desportillado de la espada junto a su gaznate y comentó:

—Después de cortar tantas cabezas hay que afilar el arma.

Abner, desconcertado, miró el filo de su espada y escuchó resignado la risa de grajo. Luego dijo:

—No quiero hacerte mal, pero no te creo, ni confío ya en ti ni en ninguno de vosotros.

Doeg se encogió de hombros, frunció la nariz ante el mal olor y se retiró:

—Espero que se te pase pronto la rabieta —dijo antes de encajar sin éxito la puerta entre las jambas y desaparecer.

—Isbaal fue un fracaso como rey desde el momento en que Abner cesó de aconsejarle. En cada decisión precipitada ponía en evidencia su absoluta torpeza de advenedizo. Aprovechando esta situación, Abner envió mensajeros a David ofreciéndole el reino de Isbaal a cambio de una alianza —explicó Urías.

—¿Cómo justificó Abner este giro ante su pueblo?

—Nos hizo un bonito discurso en la plaza mayor. Empezó hablando de la superioridad aplastante del ejército de David sobre el nuestro. Y lo argumentó con hechos tan evidentes que era muy difícil no darles crédito, porque todos ellos eran sólidos como piedras, y nadie lo ignoraba. Luego dijo que íbamos a ser víctimas de un ataque filisteo, y que entre pasar a formar parte del reino de David y ser aniquilados por el enemigo, era preferible lo primero. Por fin se dirigió a los ancianos de Israel y les dijo: «¿No es vuestro el deseo de que David reine sobre vosotros? Cumplidlo, pues, ahora que Yahvé ha hablado a David diciendo: «Por mano de mi siervo David libraré yo a mi pueblo Israel de la mano de los filisteos y de todos sus enemigos».

Ajitofel de Guilló anotó todo esto, literalmente, en su tablilla. Urías esperó a que terminara y añadió:

—Abner habló también a los hijos de Benjamín y partió a Hebrón con algunos de nosotros entre los que estaba yo para expresarle a David la buena disposición de todo su pueblo para reunirse con ellos. David, contento de que al fin sus proyectos se vieran realizados, ofreció un banquete a Abner y a los que con él habían venido. Y Abner, alzando la copa de vino, dijo a David: «Voy a levantarme y partiré para reunir a todo Israel y traerlo a mi señor el rey. Ellos harán alianza contigo y tú reinarás como deseas».

—¿Fuiste con él por deseo propio o porque te lo ordenaron?

Era una pregunta de curiosidad personal: había dejado a un lado la escritura, seguramente a causa de la fatiga, y no pensaba reanudarla más tarde.

—La verdad es que al principio, cuando el discurso de Abner, lo tomé como una traición miserable, pero más tarde me di cuenta de que, por muy malos que hubieran sido los sentimientos que le arrastraron a ello, Abner obró con sabiduría y tomó nuevamente la elección más correcta. Permanecer separados era prolongar la agonía. Había que aceptar la derrota y unirnos de nuevo. Así que el episodio de Resfa tuvo su parte buena en todo esto. Eso sólo lo vimos después, claro.

—Las mujeres son las que mueven los hilos invisibles de la historia —observó el viejo levita.

—¿Por qué no escribes la crónica de nuestro pueblo a partir de las mujeres?

—Nadie nos creería en el futuro —suspiró.

El heteo reflexionó un rato echándose hacia atrás en el respaldo de la silla y apoyando los pies en la cenchas.

—Quizá nadie nos crea de todas formas.

—Es un riesgo que corremos —sonrió el viejo.

—Quiero decir, imagina, por ejemplo, cuando el que venga después de ti comience a escribir todas esas historias que se cuentan de Israel en los tiempos pasados, todos esos... mitos.

—¿Qué mitos?

Se preguntó si el levita realmente no sabía a qué se refería o lo que quería era que se explicase mejor.

—Todo eso de Moisés, por ejemplo, cuando cruzó el mar Rojo.

Ajitofel de Guilló se levantó, tomó un racimo de uvas de una mesa apartada y lo trajo allí tras apartar a un lado las tablillas. Antes de comer bendijo el alimento diciendo simplemente: «Gracias, Dios mío».

El heteo se fijó en que el viejo tenía la fea costumbre de arrancar el hollejo de la uva y dejarlo en el plato.

—¿Gustas?

Urías cogió unas cuantas.

—Moisés —dijo Ajitofel— hendió el mar Rojo con un golpe de su báculo.

—¡Eso es imposible! ¿Cómo va alguien a separar el mar sólo con un golpe de bastón?

—Ningún hombre lo puede hacer, es cierto. Lo hizo Yahvé por mediación de Moisés.

—Tampoco eso añade mucha verosimilitud al caso.

—Yahvé abrió las aguas del mar para que nuestro pueblo pudiera continuar su éxodo, y las cerró cuando llegó el ejército egipcio.

—Cuando llegó el ejército egipcio —repitió sin convicción—. ¿Eso quiere decir mientras atravesaba el mar, en mitad del trayecto?

—Posiblemente.

—Entonces deben quedar sus armas de bronce y sus escudos en el mismo fondo del mar Rojo. ¿Y cómo comprobarlo si nadie puede bucear tan profundo?

El levita rió llevándose el dorso de la mano a los labios, como cuando tosía.

—Qué importancia tiene eso, querido Urías. El caso es que Dios dispuso que así fuera, y tú eres libre para creerlo o no.

—¿Pero por qué Yahvé siempre está de parte de los israelitas? ¿No es un Dios de todos los hombres? ¿Qué justifica que siempre esté de vuestro lado y no del lado de los otros pueblos?

—Yahvé no es sólo un Dios de Israel. Es el soberano de todos los pueblos de la tierra. Te aseguro que él vela por todos los hombres.

—Excepto por los filisteos, según veo.

—En absoluto. Él hizo subir a los filisteos de Caftor y también les liberó de la servidumbre egipcia. Y a los arameos los sacó de Quir.

—Pero no me irás a negar que vosotros sois su pueblo escogido.

—No lo niego.

—¿Por qué vosotros?

—Simplificando las cosas, te diré que Yahvé, viendo que el mal dominaba el mundo y queriendo para el hombre un destino mejor, decidió escoger a un pueblo para guiarlo hacia la sabiduría, tal como un padre guía a su hijo de la mano, para que la virtud de este pueblo pudiera expandirse como la luz del sol y así sacar a otros pueblos de la tiniebla. Y llevado de su amor a Israel, lo señaló de entre todos los pueblos de la tierra cuando era una nación pobre y la menos numerosa. Los israelitas eran como un simple grano de arena en medio del desierto. Por eso Yahvé se apiadó de ellos.

—¿Quieres decir que escogió un pueblo para que enseñara a los demás?

—Puedes decirlo así.

Urías se levantó y se acercó a la puerta corrediza que daba al jardín. El sol le cegó unos segundos. Luego, sin volverse, dijo:

—A veces me parece que debería creer como vosotros para no tener que vivir con esta carga.

El levita se acercó a él por detrás y le puso su mano huesuda en el hombro.

—¿La carga de una existencia sin Dios?

—No. La carga de vivir sin Dios en un pueblo como el vuestro, donde me hacéis recordar sin quererlo que soy diferente.

—Me apena que no creas, aunque te comprendo. Algún día se te iluminará el corazón, pues a todo hombre le es dado sentir de cerca a Dios al menos una vez en su vida. También esa revelación te llegará, y sólo dependerá de ti escucharla o no.

—¿Tú también eres profeta? —sonrió Urías.

—Cualquier hombre que tenga suficiente fe puede ser profeta.

Urías miró a Ajitofel como si tuviera delante a un hombre inspirado por Dios, y le pareció que su rostro irradiaba un aura de bondad y clarividencia divinas. Claro, pensó, uno ve siempre lo que está deseando ver.

Capítulo XVII

Ella le había hablado muchas veces de la hembra del gavilán, de sus plumas en forma de punta de flecha, sus ojos oscuros y sus garras afiladas. Por fin se decidió a ir a su casa.

Ahora era una joven de quince años, se le había ensanchado la cadera y las líneas de su cuerpo habían encontrado al fin una proporción armónica, después de muchos intentos infructuosos en que parecía estirarse sólo por algunos lados. Ahora andaba, algo delante de Urías, como una verdadera mujer que no es consciente de que lo es, que aún tiene un poco de miedo de dar un paso en falso, con la coleta que solía llevar cuando muchacha, como cola de caballo, los pasos algo más largos de lo que pedían sus piernas, como si quisiera estirarse un poco más, perder esa sujeción de la tierra que trababa su natural impulso a elevarse. Sus brazos se habían torneado aunque aún se conservaban muy delgados, y se balanceaban mucho a los lados al andar, casi como si desfilara muy laxa con una ligera cadencia de baile. El sol jugaba con ella en las idas y venidas, siembre emboscado en su dura cabellera negra, y su rostro ovalado había perdido la timidez, aunque no el candor.

Siempre cantaba algo, musitando, al trabajar. Y cuando andaba, como ahora, parecía seguir esa música que anidaba en su interior (la que dotaba de color a las flores) un oculto y secreto rumor que tenía algo que ver con el balanceo arbóreo de los días de viento.

Era tan inquieta que no podía dejar de moverse ni sentada. A Urías le ponía con frecuencia nervioso. A veces, almorzaban juntos sobre una piedra a la sombra de un ciprés.

—O te estás quieta o te vas.

Seguirla había sido perder una vez más la partida, resignarse a la falta de albedrío, entregarse a la plácida inconsciencia de ir a la deriva de los sentidos, adormecido por el sol del mediodía y por el cimbrearse de la mujer.

—Oh, sí, el gavilán hembra.

—Algunos gavilanes bajan a hacerle compañía y de paso compartir su comida.

Pero sobre todo gustaba de escucharle hablar de las cosas que veía y tocaba, de su idea del mundo y las criaturas que por él pululaban. Nunca supo si ella se las creía, pero preguntárselo equivalía a matar un hechizo.

—Es bueno que tenga otros amigos. La soltaré al final del verano, pero aún tengo que decidir dónde.

Seguían el lecho de estiaje del riachuelo, cuarteado bajo los cantos rodados, y sus pisadas crujían sobre los arbustos bajos.

—¿Tú sueñas por la noche? —le preguntó.

—Supongo que sí, ¿por qué?

—Yo sé interpretar los sueños.

—¿Estás segura?

—Lo he hecho muchas veces y siempre acierto.

—¿Te los revela tu Dios?

—No. Pero todos los sueños son divinos. Porque en ellos se manifiesta lo más profundo de nosotros, que es donde habita Yahvé.

Allí, en la vaguada pardusca, junto a la acequia, estaba la casa de Betsabé y sus dos hermanos Simei y Naán. La rodeaba una pequeña albitana de palos que limitaba el huerto y el bardal. Antes siquiera de franquear la verja oyeron el vuiug-vuiug alto y grave del gavilán.

Simei y Naán salieron a darle la bienvenida. El primero estaba sucio de tierra porque venía de trabajarla y en nada se parecía a su hermano, pues cuanto tenía él de locuaz lo tenía el otro de reservado. Betsabé debía ser el punto de equilibrio.

La hembra del gavilán les estuvo observando inmóvil, camuflada en la sombra del muro, erguida y altiva. Urías distinguió el vendaje en el ala herida y el cordel que lo amarraba por una de las patas a una estaca clavada en el suelo.

—Nos la trajo un amigo que vive en Moab. Parece que se enganchó en un tendido de la ropa y se quebró el ala —explicó Simei.

Urías se acercó despacio y el gavilán retrocedió y aleteó un poco, asustado.

—Hace unos meses tuvimos una mangosta, ¿verdad, Betsabé? Le había picado una serpiente y tenía la cabeza el doble de grande. Era preciosa, toda amarilla, con las escamas relucientes. Precisamente uno de los bocados favoritos de los gavilanes —agregó Simei.

—Urías va a pensar que estamos locos por tener tantos animales.

—No menos que cualquier granjero —repuso él.

Naán les anunció que la comida estaba preparada con un cacerolazo desde la ventana.

Durante el almuerzo, Simei habló sin cesar sobre algunas aves que sobrevolaban la zona. Su preferida, a juzgar por el tiempo que le dedicó y la prolijidad de sus descripciones, era el milano negro. Incluso llegó a imitar su grito silbante, momento en que Urías rió con ironía. Explicó el batir suave y profundo de su vuelo remero, la configuración de sus alas extendidas horizontalmente para facilitar el planeo y la forma de la cola larga y escotada que lo diferenciaba del ratonero. Urías se aburría soberanamente y degustaba su ensalada mirando de reojo a Betsabé, que escuchaba absorta a su hermano (era claro que había heredado la misma chifladura por los bichos) sin apenas intervenir, salvo en una ocasión, para contradecirle, cuando Simei dijo que el milano cazaba en terrenos frondosos; ella afirmó que lo hacía en terreno abierto. Simei no se lo discutió y volvió al asunto del gavilán y su sentido paternal, y cómo el macho le traía la comida a la hembra mientras ella empollaba los huevos, y cómo daba de comer a las crías y otras cosas de este jaez. Urías hacía rato que había dejado de escuchar, perturbado por la forma insistente y fija con que Naán, al otro extremo de la mesa, lo miraba sin decir nada.

Después de la comida, Simei agradeció a Yahvé los alimeneos en voz alta, y todos lo acompañaron, incluido Urías (ya se había acostumbrado con Rubén y Noa a rezar sin pensar, murmurar sin decir nada, bajar la cabeza mecánicamente para no agraviar a nadie con su increencia). Después, el hermano de Betsabé retiró los platos y permaneció un rato en la cocina haciendo infusiones de hierbabuena, y ella salió a ver cómo estaba el gavilán. Urías no se movió durante un buen rato de allí aunque lo hubiera querido. Estaba exhausto. En un principio supuso que se debía a la faramalla de su anfitrión, pero ahora estaba seguro: era el insidioso modo de escrutarlo del otro lo que le estaba royendo los nervios y consumiéndolo despacio.

—¿Qué? ¿Hace buena tarde, eh? —dijo, a ver si lo despabilaba de su exasperante mutismo.

—Sí —murmuró Naán.

Urías no aguantó más y salió afuera sin importarle lo más mínimo la descortesía de dar la espalda a Naán con tanto descaro. Vio a Betsabé examinando la herida del ave con mucho cuidado, arrodillada en el suelo. Qué estoy haciendo aquí, pensó. Estaba de mal humor. Había venido a estar con ella y se habían interpuesto sus hermanos, el uno con la verborrea y el otro con un silencio receloso y espía. Y también el gavilán, con su pico corvo y su expresión de perpetua desconfianza. Curioso que no se moviera mientras ella le acariciaba las plumas. Seguramente acabaría gustándole.

No era bueno que un gavilán encontrara placer en que alguien le acariciase las alas.

—Las infusiones están preparadas —dijo alegremente Simei sacando la cabeza por la ventana de la cocina.

«Como vuelva a hablarme del gavilán o del milano me largo sin decir nada.» Betsabé venía hacia él, sonriente. Durante un instante se miraron, él preguntándose por qué sonreía, y ella por qué la miraba así.

—Vamos —dijo entrando en la cocina con su cadencia irresistible.

Esta vez escogió un asiento desde el que no tuviera que sufrir la presencia de Naán y se concentró en degustar la infusión. Simei calló de repente y al instante pareció como si llevase siglos callado, porque su desacostumbrado silencio rompió en pedazos la precaria armonía del lugar. Sólo Betsabé paladeando la infusión con expresión infantil y sumida en sus propias cavilaciones o fantasías parecía inmune a aquella confabulación de los hermanos. Urías, que amaba el silencio por encima de todo, deseó con toda su alma que Simei volviese a hablar, de los milanos, de lo que fuera.

—Ha sido una estupenda sobremesa —dijo al fin Urías, buscando la mirada aprobadora de Betsabé, quien regresó de un distante planeta para recoger la petición y otorgarla cumplidamente.

—Espero no haberos aburrido con mis pláticas —dijo Simei.

—Oh, no, en absoluto.

Ahora estaba más crispado que nunca. Odiaba el heteo estas ceremonias que siempre hacen a la vez de bálsamo y de despedida. Betsabé bostezó posándose la yema de los dedos en el labio, entornó los ojos y dejó escapar un gemido soñoliento y sensual que le puso al heteo la carne de gallina.

Su última esperanza fue que Betsabé lo acompañara un trecho en el camino de regreso, pero fue Simei quien se adelantó, siempre obsequioso, gentil, risueño.

Anduvieron a buen paso un trecho en silencio y finalmente, Simei le dio una palmada de camaradería en el hombro al tiempo que le decía:

—Es bonita mi hermana, ¿eh?

El comentario le dejó tan turbado y confuso que fue incapaz de pensar una respuesta inteligente, y simplemente farfulló:

—¿Tu hermana? ¿Por qué lo dices?

—He observado cómo la mirabas.

—No la miro de ninguna manera.

Simei percibió la expresión asustada de Urías y prefirió no decir nada más.

—Ya voy solo desde aquí. Gracias por todo —dijo finalmente el heteo. Y aceleró el paso como si así quisiera espantar la zozobra que le desordenaba la sangre.

Fue aquella la primera noche que oyó el estrépito de caballos pasando junto a su alcoba. Al principio como un débil fragor lejano, y poco después con un retumbar de la tierra bajo sus cascos. Retenía el aliento para comprobar si se desviaban o iban directos hacia él, y todo parecía indicar que iban a pasar muy cerca, y eran cientos, quizá miles, porque de pronto el galope se tornaba ensordecedor, como un trueno que no cesara. Y el heteo se incorporaba en el lecho, acezante, abría los ojos en la negrura y oía cómo el galope se alejaba deprisa hacia el este.

La segunda noche que oyó los caballos tuvo el reflejo de echarse a un lado de la cama temiendo que lo arrollaran de un momento a otro. Pero los caballos tan sólo pasaban cerca y en seguida se perdían, invisibles, en la negrura, siempre hacia el este. Y Urías recordaba que por allí no podían pasar caballos, al menos tantos como aquéllos y a semejante velocidad.

Durante el desayuno, antes de que Rubén fuera a preparar el adobe le preguntó, en tono puramente anecdótico, si era posible que alguien llevase un rebaño de caballos por las cercanías.

—Imposible —dijo—. Hay demasiadas parcelas de cultivo. ¿Quién iba a querer llevarlos por aquí habiendo caminos para eso?

—¿No los has oído tú pasar esta noche?

—Yo tengo el sueño cerrado como una tumba, hijo mío. Aunque llovieran piedras como cabezas no me enteraría.

Pensó en preguntarle también a Noa, pero se echó atrás por temor a que luego se lo contara a Rubén y llegasen a la conclusión —plausible para él mismo— de que empezaba a perder el juicio.

Esa noche apenas durmió por temor a volver a escuchar el fragor de las bestias, y la siguiente tuvo un sueño limpio y benefactor donde no hubo caballos ni nada que se le pareciera. Así que confió en que los caballos hubiesen emigrado al fin a tierras más propicias. Pero al cabo de una semana volvió a sentir avecinarse ese tumulto que quería partir la tierra en dos, y esta vez se levantó de la cama y salió a la noche perfumada para verlos pasar. Y allí estaban, envueltos en una nube de polvo, casi indistinguibles de la negrura. Apenas unos instantes hasta que se perdieron en la lejanía.

Ese día fue a ver a Betsabé.

—¿Cuántas veces lo has soñado?

—No sé, cuatro o cinco.

—¿Qué tipo de caballos eran?

—¿Cómo voy a saberlo? ¿No eres tú la que descifras los sueños?

—Sí, pero necesito saber qué tipo de caballos. Lo mismo ni te diste cuenta y eran burros.

—No, burros no. Estos iban como rayos. Juro que nunca vi caballos tan veloces.

—Entonces eran egipcios. Ésos son los más veloces.

—Puede que lo fueran.

—Bien. ¿Viste si iban jinetes en ellos?

—No sabría decirte. No pude verlos bien. No había luna aquella noche.

—Tienes que soñarlos con luna y fijarte bien. No es lo mismo un caballo libre que uno con jinete.

Urías esperó varias noches a la llegada de los corceles con la esperanza de poder olvidarlos definitivamente, desterrarlos de su vida y de sus sueños para siempre. Y al fin ellos regresaron en el relente con su galope terrible y numeroso, y Urías se aprestó a salir a la noche fría, y vio que había una luna grande y roja como una sandía abierta, y comprobó que se distinguían perfectamente las siluetas retintas de los caballos, y que sobre ellos había, en efecto, jinetes: guerreros egipcios armados de yelmos y corazas, con los cabellos largos como crines, aferrados a sus lanzas y cubiertos por todo el cuerpo de líquenes, algas, esporas y fragmentos marinos, como si acabaran de salir del fondo del mar. Y sus rostros tenían la imperturbabilidad de los muertos. Y supo quiénes eran al momento, por eso no hubo necesidad de consultar de nuevo a Betsabé.

Con íntimo agrado recibió David la oferta de Abner de hacer alianza con él y su reinado, pues con ello se acercaba más a su sueño de erigirse no sólo en rey de Judá, sino de todo Israel y heredar así el imperio de Saúl. Sin embargo, antes de acceder puso como condición que se le devolviera a su mujer, Micol, hija de Saúl. Ganada a su padre a costa de cien prepucios de filisteos, Micol le había sido arrebatada más tarde, cuando las circunstancias adversas le obligaron a la fuga y la defección. David ya no amaba a esa mujer; podía tener esposas mucho más jóvenes y hermosas, mas no estaba dispuesto a perdonar las injurias del pasado ni a permitir que nadie se saliera con la suya. Por otro lado, existía una poderosa razón para recuperar su derecho a ella: en tanto fuera su esposa, sería el yerno del difunto Saúl, condición indispensable para reclamar por derecho propio el trono de Israel.

Por tanto, forzó a Isbaal a arrebatarle Micol a su nuevo marido, Paltiel, hijo de Lais. Paltiel era un hombre humilde que nada tenía salvo una pequeña parcela de tierras en Belén y el amor devoto de esta mujer. Sintió desgarrarse sus entrañas el día en que, sin previo aviso ni explicación alguna, unos soldados de Abner entraron en su casa y se llevaron a su esposa. Sin tiempo para ponerse un calzado y una ropa adecuada, echó a andar tras los carros y la escolta. Era la estación húmeda y no cesaron las lluvias en el largo trayecto a través de caminos convertidos en barrizales. Hacía mucho tiempo que los carruajes se habían perdido en la distancia, evaporados en la neblina evanescente, y él seguía la débil huella de las ruedas en el molde de la tierra, friolento e insensible, entre enormes charcos. Lloraba cuando dejó su casa y seguía llorando cuando, tres días más tarde, llegó a Bajurim, en cuyos aledaños habían acampado los que llevaban consigo a Micol, a la espera de que escampara un poco para reanudar la marcha. Los soldados, al verlo entrar así en la posada, rezumando lluvia y con una palidez de fantasma, estallaron en carcajadas. Abner, en cambio, se apiadó de él, porque él mismo había experimentado un dolor semejante.

Lo llevó a un aparte, le proporcionó algo de comer y beber, y luego le dijo:

—Paltiel, yo sé que eres un hombre justo y que amas a Micol más que a ti mismo, pero has de imaginarla muerta en adelante. Nunca se le permitirá regresar a tu morada. Desde ahora vivirá en la corte de David. Anda, pues, y vuélvete.

Y Paltiel emprendió el retorno al día siguiente. Se ahorcó de la rama más baja de una higuera, frente a su casa, muy de madrugada, antes de que cantara el primer gallo, desnudo, con una soga de cerdas y una piedra atada a los pies.

Abner entregó a Micol y declinó la invitación de David de quedarse un día en el palacio, atendido por sus siervos. No era sólo una elemental cuestión de orgullo: necesitaba estar solo, lejos de la corte y del ejército, para meditar los próximos pasos a seguir. Tendría que convencer a sus tropas de las ventajas de una adhesión a David de tal forma que sintieran que tal cambio no era producto de una derrota o la única vía de sobrevivir en una situación desesperada, privados de libertad y capacidad de elección, sino un destino más honroso para ellos, el privilegio de poder defender el reino de un hombre muy poderoso y justo. Buscaba en su corazón las palabras adecuadas, aderezaba el discurso con adjetivos que avivaran el ánimo de sus soldados, escogía las frases que halagaran sus oídos y les predispusieran a cambiar de actitud ante David sin dejar de exaltar el valor demostrado hasta el momento, y subrayaría que él nunca les abandonaría, que siempre estaría allí con ellos para salvaguardar sus derechos ante el nuevo rey. Sin embargo, todas las palabras de este discurso imaginario surgían envenenadas por la ponzoña de la mentira, y deseaba no tener que pronunciar él un discurso tal. ¿Cómo iba a poder defender ante ellos la causa de David, otrora enemigo, alabar su figura, reconocer implícitamente que hasta entonces habían vivido y luchado en el error? ¿Cómo haría para esquivar la mirada inquisitiva e implacable de Doeg y de todos aquellos que conocían el alcance de su impostura?

En medio del camino de regreso, al llegar a la cisterna de Sira, decidió que debía quedarse allí unos días para hallar respuesta en la oración. Dijo a sus guardias que siguieran adelante, que él se reuniría con ellos en Mahanaim.

Precisamente por entonces regresaba el general Joab de una expedición militar contra los filisteos y llevó a la corte de David un gran botín. No tardó en enterarse de que no había pasado ni un día desde que Abner estuviera allí, hablando con el monarca. Joab se llenó de cólera y le dijo al rey:

—¿Cómo es posible que hayas dejado irse a Abner de aquí impunemente? ¿No sabes que ha venido a engañarte y a espiarte en tus entradas y salidas y a sorprender tus planes?

—Cálmate y haz lo posible por olvidar tus viejos rencores, porque muy pronto lo tendrás en el ejército bajo tu mando.

—¡Antes muerto!

David sonrió ante aquella demostración en exceso impetuosa para un general de tal temple.

—Piensa en las ventajas de semejante aumento en los efectivos de nuestro ejército y verás que mi decisión es la más inteligente.

—¡Pero Abner mató a mi hermano Asael! ¿No lo recuerdas?

—Claro que lo recuerdo. Y, si no me equivoco, también puedo recordar que si no lo llega a matar hubiera sido tu hermano el que hubiera acabado con él después de extenuarlo en la carrera.

—¡Por Yahvé que no dejaré una sola ocasión de vengar su muerte!

—Guárdate esos accesos de cólera y piensa más bien en lo que nos conviene. ¿No te das cuenta de que si actuáramos siempre según nos ordenan las pasiones no habría modo de gobernar un pueblo?

—Me pides demasiado, David.

—Apelo a tu razón, Joab, no a tu valor.

—La razón está conmigo y me exige su cabeza.

—Está bien, está bien. Vete ya. Hablaremos más adelante.

Joab salió del palacio a paso marcial, con un revuelo de su capa terrosa, la vista clavada en el frente y una voluntad indeclinable. A la salida reunió a los mejores soldados de su tropa. David lo observó todo desde la entrada. A una orden suya, ni uno solo de aquellos soldados se movería de su puesto. Sin embargo, el rey permaneció allí, inmóvil, presenciando cómo ensillaban sus monturas y emprendían la marcha por el mismo camino que había tomado Abner. Para darle caza.

Capítulo XVIII

Oró Abner día y noche, pero Yahvé no estaba allí. Todo a su alrededor estaba teñido de la materia de la desolación: la albuhera cenicienta que el viento rizaba en su superficie, los abrojos húmedos en el barro reciente, la hojarasca podrida que se arremolinaba en los recodos del camino. Si miraba a lo lejos no veía a nadie. El cielo permanecía hinchado, plomizo, inmóvil. El tiempo se había estancado allí, en ese paraje de nadie, entre las piedras apelmazadas y los cardos. Los pájaros habían huido de las copas y a veces los veía atravesar el cielo, muy lejos, en disposición de flecha. También Dios había huido.

Se sentó en el tronco caído de un abedul poblado de musgo y miró las montañas bajas y parduscas. Ya no le importaba que lloviera o dejase de hacerlo, ni siquiera sentía las gruesas gotas que derramaban sobre él las hojas del árbol. Se quedaría allí, aunque deseaba marcharse, para averiguar qué había más allá de la desesperanza. Quizá Dios estuviese poniéndolo a prueba para someterlo a aquella otra más dura de enfrentarse a sus hombres, a sus miradas de temor y esperanza, para prometerles un futuro mejor. Y si Yahvé lo abandonaba en aquel momento, si su precaria seguridad en sí mismo se derrumbaba y se desenmascaraba su íntimo desasosiego, entonces por primera vez sus hombres verían que habían tenido por general a un hombre pusilánime, titubeante, que ni siquiera creía en lo que les ordenaba, o que se había rendido a su enemigo y ahora estaba allí para engañarles con vana retórica.

Pensó en Resfa y lo inundó una profunda vergüenza de sí mismo. ¡Qué necio había sido! Probablemente, Doeg tuviera razón cuando le dijo que ella no era más que el instrumento de que se servía David para sembrar entre ellos la cizaña. Repasó mentalmente lo acaecido desde que ella entrara al campamento como fugitiva y vio claro. Todo resultaba demasiado explícito, evidente en la actuación de la mujer. Y él había caído en la trampa y se había puesto así en evidencia ante su pueblo. De algún modo, los suyos relacionarían este súbito cambio de actitud y la retirada del apoyo a Isbaal como la consecuencia de ese estúpido percance. Para la memoria de su pueblo quedaría como el traidor que vendió a los suyos por una mujer.

Sentía deseos de llorar pero tenía los ojos secos. Y el grito estaba enquistado en sus entrañas. Recordó a Saúl y supo que él también había atravesado un momento semejante, cuando, cercana ya su muerte, vio que toda su obra había quedado en nada, en puras ruinas. Este pensamiento le dio fuerzas para sobreponerse a su dolor, pues si el hombre a quien había servido con la máxima lealtad había vivido aquella experiencia no podía ser sino una muestra más de que él había seguido sus pasos.

Con estos pensamientos le sorprendió el sonido lejano de unos caballos que venían trotando. Se asomó al camino y contó diez jinetes bien armados, y en seguida distinguió el bayo que cabalgaba Joab a la delantera.

Entonces experimentó a Dios en su corazón, claro y torrencial como el agua de una alfaguara, y que Él le insuflaba fuerzas. Desenfundó su espada con un renovado vigor, casi jubiloso.

Los jinetes frenaron en seco ante la visión turbadora del guerrero detenido en medio del camino con la espada en alto. Durante unos instantes quedaron contemplándolo sobrecogidos. Joab dijo:

—Matadlo.

Dos guerreros arrojaron contra él sus lanzas. Pasaron silbando muy cerca de Abner, una por cada flanco, y quedaron clavadas en la tierra, con un breve temblor de bronce. Y Abner ni siquiera pestañeó. La tercera lanza fue a hincarse a unos palmos de sus pies. Tampoco esta vez se movió.

Joab, entonces, saltó del caballo y los nueve restantes hicieron lo mismo, esgrimiendo sus espadas.

—¿Es David quien os envía? —inquirió Abner.

—Es Asael, mi hermano, a quien tú mataste —dijo Joab.

Los soldados lo rodearon. Abner se arrojó a la derecha y de un solo tajo hizo rodar el casco de uno de ellos, esquivó la acometida de otro y desarboló el cerco. Se situó junto al abedul. Cubriéndose la espalda con el tronco, bajó el arma y adoptó una postura relajada que era una invitación a que vinieran por él. Pero no esperó a que volvieran a rodearlo. Saltó de nuevo con rapidez de felino y hundió su espada en el costado de otro soldado, justo en el hueco entre el peto y el espaldar. Y usó el empuje del pie para extraer el arma con suficiente rapidez como para repeler el ataque de otros dos. Retrocedió de nuevo hasta el abedul, jadeante, sintiendo la sangre caliente bullirle dentro, latirle con fuerza el instinto depredador, un ardor fiero y sanguinario. Esta vez se hizo a un lado para esquivar la lanza de Joab, que abrió una profunda grieta en el árbol. Calculó Abner el tiempo que le costaría arrancarla y hacerse con ella, pero no le dio tiempo a decidirse, porque cuatro soldados iban hacia él al mismo tiempo con la espada en alto. Pasó bajo la lanza y les salió al encuentro de frente con suficiente rapidez como para que no tuvieran tiempo de girar el vuelo de la espada. En el cruce, antes de pasar de largo, golpeó en la coraza de uno de ellos, que cayó al suelo sin herida, y antes que los otros pudieran frenar y volverse o aquél incorporarse le separó la cabeza de los hombros. Quedaban siete.

Hubo un movimiento de repliegue. Los soldados se agruparon en torno a Joab y por primera vez se adivinó en sus ojos un destello de duda, que no de miedo. Joab estaba tranquilo: seguramente confiaba en perder algunos hombres para cansarlo, antes de ocuparse él mismo de sus huesos. De modo que avanzó hacia él resueltamente y mantuvo a sus hombres a varios pasos de distancia, para intervenir sólo en caso necesario. Abner, sin prisa, lo dejó acercarse. Recibió el atronador golpe de su espada contra la suya y retrocedió un pie para conservar el equilibrio, y luego hizo batir su bronce contra el escudo del adversario. Uno de los soldados cometió el error de acercarse demasiado, creyendo que lo tenía más fácil ahora y Abner, viéndolo de sesgo, se echó a un lado y lo traspasó sin esfuerzo. Joab embistió de nuevo, pero Abner había vuelto al abedul para recuperar el aliento y se protegió en el tronco con la fallida esperanza de que, en un error, el otro clavase su espada en la madera. No fue así.

Los seis soldados se apiñaron de nuevo en derredor de su jefe. Comenzó a caer un chaparrón. Instintivamente, Abner paseó su mirada por el terreno para tener presente dónde no debía poner el pie por peligro de un resbalón.

Joab atacó de nuevo, totalmente solo. Su rival lo repelió con la espada. Las manos le ardieron por efecto de la vibración. El mismo Abner tomó la iniciativa de los siguientes movimientos. Hendió el aire con un ímpetu salvaje y le hizo retroceder dos veces; a la tercera amortiguó Joab el golpe con su arma. Los soldados volvían a arrimarse.

—¡Atrás! —clamó Joab antes de saltar de nuevo hacia él. Abner agachó la cabeza y el zumbido del bronce le desordenó los cabellos. Estamos derrochando energía, pensó.

Regresó al árbol, arrancó la lanza y esperó a tener un soldado detrás de Joab en la línea de tiro. Entonces la envió a Joab; éste se apartó de un salto y atravesó el peto del soldado.

—Morirás como un perro, y los buitres comerán los despojos de tu cabeza —espetó a Joab.

El general de David no perdió su sangre fría y avanzó de nuevo con la precaución de un lobo que se desliza hacia el ganado cara al viento. De nuevo retumbaron los metales varias veces, y finalmente, la espada de Abner acarició el brazo izquierdo de Joab. Éste no se molestó en mirarse la herida, que sabía profunda, pero no peligrosa. No necesitaba utilizar ese brazo, y el dolor le era por completo indiferente. Abner acababa de ver entre ambos un paso donde el otro podía resbalar o, al menos, perder el equilibrio, y puso en marcha su ingenio para atraerlo hacia allí.

—Vas a cometer el mismo error que tu hermano, que creía que yo era una presa fácil —sonrió.

La mención de Asael logró avivar su cólera y ya venía hacia allí, antecedido por lo que quedaba de su guarnición. Abner miraba sin mirar el punto donde Joab debía poner el pie para lanzarse sobre él, y cuando llegó el momento no esperó a que rectificara su paso: el impulso de su espada buscando su cabeza lo arrancó del suelo con una determinación ciega. Joab apenas pudo esquivar el golpe y rodó en tierra herido en el hombro. Abner se aprestó a rematarlo con tal frenesí que perdió de vista a los demás soldados y cuando ya estaba a punto de hundirle definitivamente su espada se sintió atravesado desde la espalda por otra. Se volvió y en ese instante, antes de que el dolor tuviera tiempo de anegarlo del todo, empleó su último impulso de vigor para hendir mortalmente el rostro de su verdugo. Fue lo último que hizo. Joab se había incorporado con la espada y se la clavó por detrás entre los dos hombros, a la altura del corazón.

Entonces la visión se le borró a Abner y su vida huyó de él por el sumidero de sus entrañas abiertas.

Las manos aferradas a sus cabellos, la cabeza echada para atrás, la barba apuntando hacia Dios, erguido en el centro de la plaza con su manto escarlata.

—¡Inocente soy yo para siempre, yo y mi reino, delante de Yahvé, de la sangre de Abner, hijo de Ner!

Entraba la primavera con el mes de Abib, pero hasta el clima parecía renuente a mudar, como si Yahvé, desde lo alto, manifestara de ese modo su ánimo. El cielo estaba turbio; aún una luz opaca, adensada y sin sombras persistía en filtrarse a través del tapiz grisáceo.

David había hincado las rodillas en el polvo. Humilló la cabeza, se golpeó el pecho con fuerza.

—¡Caiga su sangre sobre la cabeza de Joab y sobre toda la casa de su padre! ¡Haya siempre en la casa de Joab quien padezca el flujo, leproso, quién ande con báculo, quien muera a cuchillo, quien carezca de pan!

En la plaza de Hebrón el pueblo aglomerado se rasgaba las vestiduras a la par que David cuando entró el carruaje: un birlocho con cuatro ruedas de madera y aros de cobre, el catafalco abierto —para que a todos les fuera dado ver el rostro del héroe caído, para que la desgracia circulara libremente y se hiciera presente y sensible— en la caja sin cubierta y tirado por dos caballos negros. La guardia real detrás. Viento y hojarasca.

—¡Ceñíos de saco y haced duelo por Abner, hijo de Ner, uno de los hombres más valientes y justos que esta tierra ha visto pasar!

Iniciaron la lenta marcha fúnebre hacia el camposanto. El gentío se dispuso a los flancos para el paso del ataúd cubierto de guirnaldas de flores. Estaba allí todo el ejército, con excepción de Joab, para rendir tributo al gran general. Levitas, sacerdotes, ancianos del tabernáculo de la congregación portando una vela apagada, todo el séquito palaciego, campesinos, aguadores, obreros del metal y la construcción, pastores, tejedores, ganaderos, joyeros, curtidores, viñadores, poceros, carpinteros, comerciantes, mensajeros, matarifes, herreros, alfareros, jardineros, esclavos. Lloraban las plañideras y las trompetas tocaban a duelo.

El sepulcro estaba encajado en un recinto de marfil con piedras preciosas, al que se llegaba por un trecho de baldosas de cuarzo rosa pulido. Ni un solo pie de los vivos podía posarse en ellas.

Bajaron el féretro con sogas de esparto y todos guardaron unánime silencio para que David pudiera entonar su elegía. Detenido junto al ataúd, David observó el rostro blanco de su otrora enemigo y declamó:

¿Ha muerto Abner la muerte del criminal?
No estaban atadas tus manos

Ni encadenados tus pies.
¡Has caído como quien cae ante los malvados!

Conmovido, el pueblo se secaba las lágrimas de los ojos.

—Juro ante Yahvé —dijo David— que no probaré bocado hasta la puesta de sol, porque hoy es un día aciago y ha caído un gran capitán de Israel.

Ajitofel anotó la frase al pie de la letra. Urías añadió:

—Ahora Joab sigue estando a su servicio y nunca llegó a sufrir castigo alguno.

—Que Dios le perdone.

Capítulo XIX

De Aquior, el curandero, pensó Urías, guardaría ese recuerdo del hombre que había alcanzado un estado inalterable de indiferencia rayana en la abulia, a quien nadie jamás conoció lo más mínimo como para afirmar así era él, por estas razones actuaba, con estos secretos propósitos, en la inexpresividad pétrea de su cara hinchada y enrojecida por el exceso de vino, la barba montaraz, los ojos saltones y desorbitados que parecían acumular todo el fuego interior que el resto de sus facciones atemperaba, la inteligencia reconcentrada hacia dentro, confinada en un silencio obcecado y rencoroso; el hombre grandullón, panzudo y seco como un cardo extirpado de la tierra, que luego era capaz de buscar entre los tegumentos de un cuerpo que muere el último aliento de vida y hacerlo crecer de tal manera que volviese a repoblar el terreno perdido, ése era Aquior, un enigma sin solución que había sido olvidado cuando el tiempo extinguió las últimas esperanzas de averiguar algo de él, de vida irreprochable por más que nadie pudiera presumir de haber recibido una de sus sonrisas, una palmadita de felicitación por haber salido del hoyo a tiempo, el interrogante reverenciado que despreciaba cualquier forma de reverencia, el hosco ermitaño de la medicina y la alquimia natural, el único hombre que parecía poder vivir al margen del resto de los hombres sanos de este mundo, encerrado en su morada, tan sociable como las piedras, distante sin presunción, probablemente atormentado sin remedio, viviendo sólo para sí mientras dedicaba su trabajo y su tiempo a los demás.

La última vez que lo vio antes de que lo acanteara un pueblo despiadado fue precisamente unas pocas semanas atrás. Rubén le había avisado que Betsabé había enfermado y estaba en su morada. Recibió la noticia Urías sin poder ocultar su alarma y corrió al dispensario pensando que muy grave había de ser su enfermedad si era Aquior quien le atendía, pues no acostumbraba éste a recibir casos leves (seguramente debido a simple orgullo profesional). Llamó a la puerta, esperó unos instantes y como viera que no abrían, se temió que hubiera muerto. Presa del pánico, comenzó a aporrearla. Aquior asomó finalmente con su flema inescrutable.

—¿Te has vuelto loco?

—Betsabé. ¿Dónde está? ¿Qué le pasa?

El heteo jadeaba y no podía contener su nerviosismo. Aquior esperó, inmóvil, a que recuperase el aliento.

—Tranquilízate.

—¿Qué le pasa? ¿qué tiene?

—Tenía. Inflamación de las amígdalas.

—¿Por qué *tenía*? ¿Es que ha muerto? —estaba pálido.

Aquior dedicó una mirada sarcástica a su antiguo paciente.

—¡Contéstame si ha muerto! —se abalanzó sobre él y lo agarró por la túnica. Aquior se zafó de él con un brazo.

—Estás idiota tú.

Entró dejando la puerta abierta. Urías no sabía qué hacer. Pronto apareció Betsabé. Sonrió al verle.

—Hola.

Urías se sintió ridículo allí, sin saber por qué. Probablemente, ella hubiera oído todo cuanto había dicho.

—Me..., me había llevado un pequeño susto.

—Gracias por venir. Eres muy amable.

Adelantó el heteo la mano para tocarle la frente y en cuanto sintió el contacto tibio de su piel olvidó que era para buscarle la fiebre.

—Estoy bien —dijo ella—. Me ha dado infusiones de menta y ortiga blanca y ya tengo limpia la sangre.

Aquior asomó de nuevo y empujó a la joven.

—Hale, largo de aquí los dos.

Por el camino de regreso, Betsabé le explicó que su difunto padre era primo directo de Aquior, y que por eso tenían en su familia el privilegio especial de ser atendidos hasta en casos menos graves.

Bajaban con paso ágil por la calle Zor, en el barrio de los pelteos. Ella se mostraba más risueña de lo habitual. Halagada por el modo en que Urías se había preocupado por ella, se sonreía ahora cada vez que él mismo intentaba borrar toda pista, aduciendo torpes razones para haberse presentado allí con tanta urgencia.

Urías tuvo un repentino pensamiento dichoso, dedicado al futuro, junto a ella, en una morada alejada del resto de los hombres donde jamás hubiera entrado una espada. La estaba viendo ya, a lo lejos, en un recodo en la ladera de un cerro y resguardada del viento, de piedra gris, casi oculta entre las hojas, delatada por el humo de la chimenea. La única trocha que accedía a ella la habían ido haciendo sus propias pisadas. Él volvía y ella estaba allí. Esa casa no existe en ninguna parte, pensó.

—Betsabé, tengo que decirte algo muy importante.

—Te escucho.

—Betsabé...

Se detuvo y la miró a los ojos, serio, paciente, sintiendo que se perdía a sí mismo inevitablemente, que nunca era él ante alguien, menos aún ante ella, casi avergonzado de que Betsabé aguardase sus palabras con aquella serenidad de su dicha inverosímil.

—Yo no creo, no puedo creer en tu Dios.

—Ah, es eso —sonrió—. Ya lo sabía.

Urías se sintió momentáneamente aliviado.

—Me lo dijo Ajitofel.

—¿Y no te molesta?

—Tú no estás con Dios, pero Dios está contigo.

—Te equivocas. Dios no puede estar conmigo. Primero porque no existe, y segundo porque, aunque existiera, que no es el caso, no soy israelita.

—Lo importante es que eres un hombre virtuoso.

El heteo se limitó a sonreír tristemente la ingenuidad de Betsabé y dio el asunto por terminado.

En eso, vio venir a Jael por el fondo de la calle. Sintió que las piernas le flaqueaban. No, no puede ser ella, pensó.

Iba asida del brazo de su marido. Parecía dichosa. Se detuvo a saludar a Urías. Estaba más alta, más dócil, más bonita si cabe. Había mudado su delgadez huesuda por una complexión más suave de mujer. Ahora se cuidaba el peinado del pelo y su mirada había perdido parte de su brillo malicioso y silvestre. Ya nunca más sería la pequeña salvaje que se zambullía desnuda al río y se llenaba la cara de zumo de moras, y saltaba por la almajara y gateaba tras un saltamontes, la muchacha soñolienta en medio del crujido incesante de las cigarras; ya nunca más le cogería de la mano para tirar de él mientras corrían por la ribera, persiguiendo libélulas de alas esmeraldas, ni se tendería junto a él sobre la superficie caliente de las rocas. Los establos vaporosos de invierno, los pajares al final de la huida bajo la lluvia. Días de tránsito: jamás volverían a ser suyos. Una ingenua ilusión de vivir que ella le enseñó a paladear como un vino que brotara libremente de cada manantial, al mismo tiempo que le enseñó la comunicación y la infinita incomunicación de los seres humanos.

Urías notó que la garganta se le cerraba.

Por la forma en que Jael miraba a Urías, Betsabé sospechó en seguida que compartían una común y vieja historia.

—Urías, viejo amigo —dijo ella. Luego solicitó

permiso con la mirada a su marido para intercambiar unas palabras con el heteo. El otro asintió.

—Cómo has cambiado —musitó Urías.

La ofuscación oscurecía su inteligencia y le hacía hablar como un perfecto idiota. Y un dolor inexpresable de verla ahora cogida del brazo de ese hombre que en nada se parecía a él.

—Te sigo la pista. Ya supe de tus hazañas en el ejército —sonrió ella con picardía.

—¡Ah!

—Y que ahora estás bajo la protección de Ajitofel de Guilló. Y que le estás contando muchas cosas que él escribe.

—Bueno...

Para que su marido no se incomodase, en vista de la familiaridad con que le trataba, Jael lo metió en la conversación como pudo.

—Yo he estado fuera todos estos años, en Moab, donde conocí a Jatus —señaló a su marido, quien hizo un saludo con la cabeza—. Hemos venido a vivir a Jerusalén. Es carpintero y dorador.

—Me alegro —«Ya le odio.»

—Tenemos una casa muy bonita, y un pequeño horno.

—Qué bien —deseó con todas sus fuerzas que no le invitara a verla.

Jatus adoptó una sonrisa de circunstancias y posó su mano en el hombro de su mujer. Urías vio un cazador que hincha el pecho para ufanarse ante sus amigos del venado que acaba de cobrarse. Lamentó infinitamente haberla encontrado, verla ahora convertida en una mujer de bien, sumisa,

261

dócil, discreta. Ahora Jael miraba a Betsabé con simpatía. Urías no decía nada.

—Ya no soy filistea.

—¿Ah no?

—Soy israelita.

Urías se preguntó si él era israelita o sólo un heteo circunciso. Recordaba con amargura que una de las cosas que más les había unido en el pasado era precisamente el hecho de ser ambos apátridas. Ahora ella había perdido esta cualidad. Estaba solo. Deseó con todas sus fuerzas no haberla encontrado nunca, para poder seguir recordándola tal como era antes, cuando nadie le hablaba sino él, y él sólo le hablaba a ella, porque compartía la misma encrucijada del extravío y eran extraños en un mundo de extraños.

—Entonces se acabaron tus problemas —comentó él.

Ella se echó a reír.

—Se van unos y vienen otros.

«Amar es cuando sabes que quieres estar *siempre* con la otra persona», le había dicho Jael una vez. Lo recordaba como si fuera ayer mismo. Y él, Urías, había tenido razón: ni siquiera ella sabía el verdadero alcance de la palabra *siempre*. Y abstrayéndose aún más, imaginó que, entonces, en el pajar, él le hubiera demostrado el poco valor, la falacia de esa palabra, haciéndole ver, por algún prodigio, que en el futuro amaría a otro hombre. Entonces, quizá, hubieran seguido juntos en el presente, y la continuidad de tal presente se tornaría futuro, y el futuro en siempre.

—¿Qué, has vuelto a la mudez? —agregó, en vista de su repentino silencio.

El heteo no pudo por menos que sonreír el guiño. El marido de Jael le apretó el brazo en un gesto de que debían seguir. Urías mudó la postura rígida, en un gesto de despedida.

—En fin, nosotros vamos ahora a casa de los tíos de Jatus —dijo Jael, y dirigió una mirada más que curiosa a Betsabé—. Hasta luego.

Urías se quedó viendo cómo se alejaban calle abajo. Durante unos instantes olvidó que Betsabé estaba a su lado. Al reparar en ella sintió una oleada de bochorno.

Una nueva idea se sumó a la amalgama que ya enturbiaba su cabeza: la posibilidad de que Betsabé pensara que era de Jael de quien él estaba enamorado. Pero de pronto le dio igual que fuera así o de cualquier otro modo. Sólo tenía ganas de estar solo. Betsabé lo adivinó en seguida, y demostró una discreción exquisita alegando que justo tenía que volver a casa para preparar la comida a sus hermanos. Urías quiso encontrar en sus palabras un resquicio de resentimiento o decepción. Pero no estuvo seguro de percibirlo.

Dos semanas después corría por toda la ciudad la noticia de que habían sorprendido a Aquior tratando de abusar sexualmente de un huérfano de once años. En Jerusalén no se habló de otra cosa durante los días que precedieron a la ejecución y mucho tiempo después. David ordenó que fuera en la plaza del Sheol, para público escarnio. Urías se negó a asistir, pero le contaron que lo ataron a una estaca y Aquior jamás dio muestras de miedo ni de dolor. Parecía tan tranquilo como siempre. Se dejó amarrar a una gruesa estaca sin oponer resistencia después de admitir todos los cargos contra él con simples asentimientos de cabeza, y sólo habló cuando vio a la multitud reunida para practicar su ejecución. Lo hizo con su voz grave y estentórea.

—Me gustan todos los niños desde que pueden tenerse en pie sobre sus piernas hasta que les empieza a cambiar la voz. Me da igual que sean circuncisos, filisteos o egipcios. Mi profesión, a lo largo de mi vida, me ha dado oportunidad de consolarme muchas veces con los muchachos, pensad en vuestros hijos, en los que han pasado por mi consulta, esas criaturas puras, su piel sedosa. Y tened por seguro que seguiría haciéndolo mientras me quedasen fuerzas. ¡Adelante, carroñeros, que os amparáis en la Ley sólo de puertas para afuera, lapidadme para sepultar sobre mí vuestra vergüenza ante vuestras inconfesables perversiones!

Y acto seguido cayó sobre él una lluvia de piedras.

Llegó un invierno sin muchos chubascos, aunque con un cielo acelajado que parecía ser siempre el mismo. Los campos dormían a la espera de que se ahuyentaran las heladas. Ahora los ganados habían vuelto al calor de los apriscos, y las montañas circundantes, engullidas por la neblina, aparecían más desoladas que nunca. Uno tras otro, anodinos y tranquilos, se sucedían los días. Urías tenía ya su propia morada en la vieja barriada de los jebuseos, callejas de tierra sembradas de bostas, entre casas bajas y cuadradas donde correteaban los niños descalzos, que los olivares de Cedrón y las hazas de los huertos limitaban al sur. Iba a visitar a menudo a Rubén y su mujer para asegurarse de que disponían de leña y fajina seca suficiente; paraba atención a todo lo que escaseaba en la casa y como el viejo ya no estaba en condiciones de seguir trabajando en el adobe, les llevaba él mismo lo que fuera menester, hacía algunos recados para subvenir sus necesidades, como ir a la fuente de Gihón a carretar el agua en un tonel o traerles harina y aceite haciendo algunos trueques en el mercado, para lo cual no hacía falta preguntarles, pues conocía de memoria sus gustos y costumbres. Algunos se habían acentuado con la edad, así la pasión por los dátiles y otros dulces como la torta de requesón y miel. Esto le proporcionaba una suerte de tranquilidad interior que hacía más llevadera la monotonía y atemperaba el deseo, nunca exterminado del todo, de salir de aquel país y recorrer el desierto hasta perderse en tierras extrañas. Quizá lo único que lo retenía allí era saber que había contraído una deduda con sus padres adoptivos y que aquel era el momento de pagarla. Y también, la responsabilidad —aunque nunca llegó a creérsela él mismo del todo, pese a lo mucho que insistía el levita en la trascendencia de este hecho y en el honor que le reportaba— de estar escribiendo la historia de aquel pueblo por mediación de Ajitofel de Guilló.

No era dichoso, pero ya empezaba a olvidarse de la vieja idea de la dicha posible: la casita en la ladera de la montaña, humeando, lejos de la necedad de los hombres y donde nunca entrara una espada había amanecido un día aprisionada por una niebla fría, y él había vuelto por la angosta vereda de tierra y descubierto que, en verdad, no había nadie esperándole allí.

La imagen de Betsabé seguía rondándole de cuando en cuando, y él la dejaba acercarse sin temor, como si se tratara de un viejo perro vagabundo que viniera a mendigar periódicamente su ración de comida. Urías le daba un trozo de lo que tuviera, para callarlo, y luego esperaba a que se marchase por donde había venido. Se había dicho a sí mismo: amé a Sara porque la tomé por mi madre, y ahora amo a Betsabé porque también me cuenta historias fabulosas, como Sara, es decir, yo estoy buscando en Betsabé una madre, no es más que eso.

No ignoraba que su situación, a fin de cuentas, era la de un privilegiado: en tanto permaneciese al servicio del levita seguiría disfrutando de una prórroga militar. Ya se había librado de las últimas expediciones militares contra los filisteos, capitaneadas por un David que aglutinaba bajo su mando un ejército numeroso y nuevamente unido. Mientras pudiese seguir tirando de la madeja de su memoria tenía asegurado el descanso. A fin de cuentas, era un alivio para él no tener que luchar bajo las órdenes de un general —Joab— a quien miraba como un burdo asesino, y de un rey que había ido ganándose el favor y la admiración de su pueblo merced a astutas maquinaciones y al arte de la apariencia, que él dominaba con verdadero talento.

Un día, Simei, el hermano mayor de Betsabé, se presentó en su casa sin previo aviso y de algún modo se invitó a sí mismo a pasar adentro con su aire casi ofensivo de familiaridad, saludándole muy efusivamente, como a un amigo de toda la vida e ignorando voluntaria y sagazmente las miradas de perplejidad del heteo, mientras comentaba lo bonita que tenía Urías su huerta y lo bien cuidado del pequeño jardín, pura formalidad para entrar en calor, por más que fuese cierto. Así que Urías, que no tenía pensado hacer nada esa mañana —y lo último que hubiera deseado era ponerse a pegar la hebra con ese campeón de la verborrea—, se encogió de hombros, aceptó con resignación lo que se le venía encima solamente por la curiosidad de averiguar qué se traía entre manos el hermano de Betsabé para hacer semejante aparición, cuando él mismo sólo había pisado su casa una vez y había declinado gentilmente todas las invitaciones de volver a hacerlo —y en los últimos meses habían llovido con especial, sospechosa insistencia—, pues de seguro que no había venido sencillamente para alabarle lo bonitas que estaban las lechugas de su huerta. De modo que le ofreció un poco de vino y una torta de trigo y consiguió que se sentara junto al brasero de cobre e hiciera una pequeña tregua verbal, visto que ya le había dado muestras de hospitalidad y no lo iba a echar de allí con cajas destempladas. Simei agradeció el detalle sin dejar de sonreír y observó la postura cómicamente expectante de Urías, muy rígido, con los brazos cruzados frente a él, como si tratara de ponerle un poco nervioso.

Para ahorrar tiempo —era increíble, pero sabía hacerlo—, Simei entró directamente en materia:

—Jisbaj, ya sabes, el vendedor de cerámica que tiene su puesto en una esquina de la plaza y ya tiene varios aprendices que le ayudan en el oficio.

—Sí, sí, le conozco —zanjó Urías.

—Annub, este no lo conocerás, aunque es uno de los mayores propietarios de ganado de Jerusalén, y se dedica a administrar su hacienda mientras contrata pastores que apacientan sus rebaños en las montañas entre Tecua y Belén.

—He oído hablar de él.

—Lahad, que también tiene muchas cabezas de ganado, especialmente vacas, todas heredadas de su padre y él mismo se hace cargo de ellas.

—Nada sé de él.

—Pues es un hombre lo que se dice impecable, sencillo, muy dado a las cosas chicas de su tierra. Y no te digo nada de Joaquim, que además de ser rico, tiene una magnífica presencia.

—Un perfecto cretino.

—¿Lo conoces?

—Me cruzo a veces con él por la calle. Siempre con su aire altanero, mirando a ver quién le mira.

—¿Has oído hablar de Joas? Este es amigo mío. No es ni rico ni hermoso, pero su riqueza proviene del valor de sus prendas morales. Aún es joven, discreto y jamás ha alardeado de nada. Desciende de una apreciable familia de tenderos por juro de heredad.

Urías se resignó a esperar un poco más. «Que no siga, que no siga enumerando.»

—Lejem, de éste ya ni te cuento, porque habrás oído hablar de él hasta hartarte. El que trazó el nuevo tejido urbano de Jerusalén e hizo bajar el agua hasta allí canalizándola desde los vados de Betaraba.

Urías se levantó a meter más leña en el brasero. Ya empezaba a verle las orejas al lobo. Gruñó:

—Vaya, y yo creyendo que tú no sabías más que de pajarracos.

—Lejem podría tener las mujeres que quisiera —agregó Simei—, igual que Joaquim. Ah, me olvidaba de Asir, hijo de Saraf, el carpintero. Otro que tiene que agilizar el paso para desprenderse de las pretendientes que le revolotean.

Urías, a medida que comprendía, se iba sintiendo peor, como si la cabeza le pesara sobre los hombros. Un impulso de tumbarse o meterse dentro de una manta.

—Y luego está Irú, el propietario de la era de Auraná, donde se almacena la mitad de la paja y la alfalfa de la ciudad. Ese también. ¿Me sigues?

—Acaba de una vez, te lo ruego.

—Hamuel el jeveo, el de la fragua. De ese no estoy del todo seguro, pero ya empieza a merodear como los otros.

Urías asintió y suspiró profundamente.

—Es gracioso. Llegan, se quedan a ver nuestros animalitos heridos, que les importan una higa. O se hacen los despistados, como si se hubieran perdido o se acabaran de caer de un árbol. «Oh, buenos días, pasaba por aquí.» Todos los días tenemos visitas. Naán está harto. Hasta yo estoy harto, y eso que tengo mucho aguante. Al principio nos venían bien los regalos, que si una gallina, que si una cesta de mimbre, que si unos quesos. Ahora ya no sabemos dónde guardarlos. Tenemos la despensa llena. No te imaginas el número de amigos que nos están saliendo en los últimos meses. Es increíble.

«Que se calle, no lo soporto más.»

Simei se golpeó las rodillas.

—Esta es una ciudad grande, pero lo poco bueno se cotiza por muchos.

—No hables de ese modo, no me gusta —protestó Urías.

—Tienes toda la razón —concedió— y me agrada que digas eso.

Ahora Simei adoptaba esa postura relajada de quien espera una respuesta que puede tardar. Acabó de mordisquear pacientemente su torta. Urías, por hacer algo, le volvió a llenar el cuenco de vino. Preso de una encerrona y sin escapatoria. Se lo merecía. Tenía que ocurrirle algún día. Simei no se iría de allí sin una resolución suya, ya fuera afirmativa o negativa: bastaba con mirar aquella disposición a la espera, sin prisas, mas taxativa. Imaginó a Betsabé sentada en una silla, también a la espera de su regreso. Se reprochaba a sí mismo, una vez más, su actitud pueril, su flagrante cobardía, el modo en que había ido engañándose postergando el momento un día y otro, un mes tras otro, un año y otro. Si el amor de Betsabé era proporcional a su paciencia, jamás encontraría una mujer que lo amara más y más inmerecidamente.

—Está bien, admito mi culpa —dijo Urías.

—Eso no me sirve de nada —sonrió—. Todos sabemos que eres culpable. Pero seguimos igual, y ya estamos hartos. No había mudado su actitud reposada, no había en su tono algo que pudiera ser un reproche, sino más bien una soñolienta ironía. Que se vaya, que se vaya con Joaquim, o con Asir, o con cualquiera de ellos, pensó.

—Escucha —dijo Simei—. No sé qué idea tienes tú de estas cosas, pero quisiera que no te lo complicaras más aún. Es un hecho averiguado que la gente normal, hasta los más toscos, los tipos que en su vida no han hablado más que con las vacas, los feos de nacimiento, los que no tienen nada que ofrecer, balbucean, babean, andan con muletas, se caen de viejos, roncan como cerdos, tienen taras o se mean por la noche a los treinta años, todos ellos algún día se acercan a una mujer, le echan requiebros, le dicen un par de tonterías y le ofrecen lo que son y lo que tienen, y ellas aceptan y con el tiempo les dan hijos, es ley de vida. ¿Qué te has pensado?

—Nada que no supiera —suspiró Urías.

—No tienes necesidad de hacer piruetas, colgarte de los árboles, improvisar discursos o cortarte una mano por ella. Las mujeres son muy fá-

271

ciles de conmover. Basta con que las mires un poco en su lado mejor. Lo están esperando desde que sus madres las destetan, por Dios.

Urías sonrió.

—¡Ánimo, amigo mío! ¡Que la vida pasa sin darnos cuenta, y dentro de muy poco nos veremos un poco más viejos de lo que somos!

—Es cierto.

—Te diré más. ¿No ves lo fácil que lo tienes? Creo que hasta el ciego que vende alubias en el puestecillo que tiene junto a la fuente de Gihón lo sabe ya.

Qué ominoso tener que decírselo por mediación de su hermano, en lugar de hacerlo yo directamente, pensó.

—Dímelo ya, dime sí o no. No te pido más. ¿Es tanto lo que te cuesta? Y por Yahvé, hazlo antes de que se acabe de desesperar.

—¿Desesperar?

—¡Está desesperada por ti!

Urías se conmovió en lo hondo de su corazón y, por fin, una lágrima exigua, casi miserable, acudió a sus ojos.

Simei suspiró como si acabara de dar a luz trillizos.

Capítulo XX

Fueron los cuervos entrando y saliendo los que dieron la señal al primer buitre. Éste permaneció girando en círculos hasta que estuvo seguro de ser visto desde la distancia por los suyos. Entonces se descolgó del cielo por la carnaza. Y vinieron más buitres, echaron de allí a los cuervos porque no había espacio para todos y, además, la cuerda que sujetaba el cuerpo en posición vertical, sobre las piedras grises de la muralla de Betsán, les impedía encontrar un espacio para hacerse con él. Se veían obligados a comer de uno en uno, turnándose. Mientras los otros esperaban abajo, impacientes, uno se posaba sobre los hombros y desgarraba con el pico lo que podía. Si tardaba más de lo conveniente en dejar su puesto, otro lo echaba de allí.

Poco después, el cuerpo de Saúl era sólo una trabazón de huesos sosteniendo los últimos retazos de piel que contenían las vísceras. Y allí estaba él, David, en el lado sur de la muralla, bajo la canícula implacable, espantando el aletazo de las carroñeras. No sabía de dónde había venido o cómo era posible que siguiera allí, en el mismo lugar que en el sueño anterior y en todos los que le precedieron. Quizá hasta eran los mismos buitres los que bajaban del cielo en sueños sucesivos para devorar los últimos restos de Saúl, y el mismo sol calcinado el que lo cegaba en el punto en que oía la terrible voz de Saúl viniendo del reino de los muertos:

—¡Mientras el hijo de Isaí viva sobre la tierra no habrá seguridad para ti, Jonatán, ni para tu reino!

La visión del cadáver de Saúl lo trastornaba aún en el lecho. Lo más absurdo de todo era que ni siquiera él lo había llegado a ver cuando ocurrió, dado que se lo relataron más tarde, días después de que los habitantes de Jabes lo hubieran descolgado de las murallas de Betsán para llevarlo al terebinto de su ciudad y darle allí sepultura.

Tras las oraciones y la ablución bajó al comedor. Estaba de muy mal humor y rehusó el desayuno consistente en higos, requesones y un racimo de uvas que su siervo cananeo le trajo en una bandeja de plata, mas no desechó el vino. Su esposa Abigail fue la primera en levantarse, y al ver la fuente intacta, comentó:

—Algo raro debe pasaros, mi señor, para que llevéis tanto tiempo sin probar desayuno, siendo que antes era vuestra comida favorita.

Como viera que no obtenía respuesta, se retiró a que la vistieran sus sirvientas. Podía oler David un resto de perfume de almizcle en el lugar donde había estado hacía un momento, como una horma invisible en el aire que ocupó. Qué coquetería la suya para que lo primero que hagan al levantarse sea rociarse, pensó con ironía. La única que no gastaba muchos perfumes era Micol, y ello se debía seguramente a que se sabía demasiado vieja para gustarle. O quizá porque de tanto llorar por Paltiel, su último marido, no le quedaban muchas energías para dedicarlas a menesteres más propios de su condición. Entonces, cuando la ganó a costa de cien prepucios de filisteos, era una joven virgen. Ahora ni se molestaba en mirarla cuando la encontraba desnuda. Era sólo una carga. También para sus demás esposas, que, aunque no veían en ella una rival, tenían que estar siempre tratando de consolarla con amables palabras, ya que nadie más parecía dispuesto a hacerlo.

Pronto se aburrió de pensar en sus mujeres y se concentró, mientras llenaba por segunda vez su copa de vino, en sus planes sobre Jerusalén. Había derrotado a los sirios que salieron en auxilio de los amonitas y hecho vasallos a los reyes de Maca, de Tob y a Hadadezer. Unificado su reino en la capital fortificada que habían arrebatado a los jebuseos, y habiendo doblegado con mano férrea a los filisteos que otrora le impusiesen sus condiciones, se le brindaba la ocasión de apoderarse de sus ciudades. ¿Y qué ganaría con ello? Los asentamientos bajo su dominación, desde Dan hasta Berseba, eran suficientes para su pueblo y no merecía la pena el coste militar que le supondría hacerse con ellas, principalmente con Gat. Convenía dejarles esa ilusoria sensación de independencia, una vez que habían reconocido su soberanía sobre ellos, y que siguiesen pagando sus tributos.

Tenía para Jerusalén un destino glorioso. Sería la capital de sus descendientes en los siglos venideros. Y el arca permanecería en ella de modo definitivo.

Todo esto iba meditando mientras se dirigía a la terraza por las escaleras de mármol. Desde la balaustrada semicircular divisó los trillos herrados brillando con el primer sol, los bacelares del este y los hatos de ganado que regresaban del monte. Aspirando el olor de las mieses se dijo que nunca encontraría una ciudad más bella. Una ciudad para el culto. Desde que el arca descansaba en el Tabernáculo de la congregación se habían acabado los peregrinajes de un lugar a otro para hacer las ofrendas a Yahvé. Pero el Tabernáculo no era suficiente. Se erigiría, en unos años, un santuario magnífico en el centro de Jerusalén para que todas las tribus de Israel pudieran decir: «Aquí habita Yahvé y aquí venimos a orarle». Y él sería investido rey-sacerdote.

Dejó a sus siervos que le pusieran el manto escarlata y los despidió con un ademán impaciente. Necesitaba estar solo.

Sus soldados estaban ahora acampados en los aledaños de Raba, esperando un momento propicio para asaltar sus murallas. No ignoraba que su sitio debía estar allí, junto a sus tropas, pero por el momento no se decidía a partir, consciente de que el ataque definitivo no se iba a producir en los días venideros. Era mejor evitarse aquella incómoda espera. Raba, la ciudad de las aguas, se le había resistido hasta el momento merced a su muralla casi impenetrable y la soberbia de su rey Janún, y él no estaba dispuesto a permitir a los amonitas que se rieran de Israel. Exterminaría a los hijos de Amón y a su dios Milcon. Todo era cuestión de tiempo.

Se dirigió a la parte trasera del palacio subiendo por una escalinata exterior, adosada al muro, que se internaba bajo la sombra de las chumberas. Allí llegó a otra terraza, más pequeña, que daba a su jardín privado. Estaba orgulloso de él. Había logrado, mediante una conducción de arcaduces desde la cisterna principal, agua suficiente para hacer una fuente y mantener verde aquel vergel de granados, sicómoros y chumberas. Crecía una hierba abundante bajo la sombra fresca y las aves gorjeaban en las copas de los árboles.

Acababa de percibir una voz muy suave. Se inclinó en la baranda de cedro para escudriñar a través de las hojas y descubrió, en un pequeño claro, a una joven. Inclinada junto a la fuente de piedra se lavaba el torso desnudo mientras entonaba un salmo a Yahvé con un susurro. No había acabado de mojarse entera cuando acercó la cabeza al chorro principal y dejó que la lluvia inundara su cuerpo echando el mentón hacia atrás y cerrando los ojos de placer. David sintió que se le helaba el aliento ante la belleza total de ese cuerpo por donde el agua corría en estrías sobre una piel morena y afrutada, las guedejas mojadas de su cabello negro envolviendo un rostro ovalado como una almendra; los pechos jóvenes y erguidos, la mirada clara, sumergida con placer en el salmo que entonaba.

Al cabo, la mujer comenzó a escurrirse el cabello dejándolo caer a un lado. Estaba apoyada en el rebosadero y durante un instante David creyó ver una estatua viva, esculpida por Dios en un momento de gloria creadora, para recreo personal. Desde arriba contemplaba extasiado el arco ondulado que recorría su espalda desde el cuello hasta las nalgas. Al terminar de escurrirlo, ella se pasó las manos por la cara y abrió los ojos. Por un momento le pareció a David que le había descubierto, pero la calma que toda ella emanaba se lo desmintió. La mujer se secó las largas piernas con un paño, doblada sobre la que adelantaba. Se envolvió en una túnica, se calzó las sandalias y desapareció en la espesura.

Quedó aún un rato allí sin poder moverse, eclipsado y sin memoria, con la vista clavada en el pilón de la fuente de piedra donde ella, no se sabía ya cuanto tiempo hacía, había estado bañándose y justo en su lugar caía un rayo de luz que parecía querer formar la columna de su cuerpo.

El rey regresó a la hora de comer y no dijo nada en todo el día. Anduvo paseándose por las dependencias del palacio como un fantasma. La servidumbre le atendió como siempre, despojándole de las ropas, acercándole el aljibe para lavarse las manos, sirviéndole la comida y la bebida, y él actuaba como si no los viera ni sintiera que estuvieran allí, ausente y como enfermo.

Al caer la noche pareció despertar de su extraño estupor, cuando el sirviente de Agit vino a preguntarle de su parte si esa noche iba a yacer con alguna de las esposas de su harén. El dijo «Sí, sí». Entonces, el criado preguntó «¿Con cuál, mi señor?». David levantó la cabeza, le miró con extrañeza y preguntó:

—¿Cómo?

El criado mantenía la cabeza humillada.

—¿Desea mi señor acostarse con Agit?

—Bien, bien —dijo para que se fuera de allí.

Después, en su alcoba, cuando trataba de poner orden en sus pensamientos, llamaron a la puerta. Era Agit. David la había olvidado por completo y preguntó qué quería.

—Quizá mi señor quiera dormir conmigo esta noche.

Consciente de que no debía contradecirse la dejó pasar. Agit era muy joven y hermosa, y le había dado un hijo llamado Adonías. En el poco tiempo que llevaba como esposa del rey había aprendido muy rápido el arte de complacerle. La escuela privada era el harén, donde las esposas más veteranas, conocedoras de los pequeños vicios y particularidades de su marido, hacían valer su estatus revelando de cuando en cuando a alguna de las más jóvenes la preciada información a cambio de favores de toda laya. Pero ninguna de estas triquiñuelas le valió a Agit para captar la atención de David; ni el velo por el que se le transparentaba el pubis, ni el modo de sujetarse los cabellos en lo alto de la cabeza para acercarle distraídamente la nuca despejada ni, más tarde y ya en el lecho, pegarse a su espalda y entrarle una rodilla entre las piernas, y rozarle con los pezones, y pasarle la punta de la lengua por la oreja...

Al fin, viendo que nada conseguía, abandonó todos estos trucos aprendidos y probó con algo nuevo, más directo, como intentar estimularle ella misma el sexo. David la apartó con brusquedad. Ella se tendió boca arriba a un extremo de la cama, contrariada. Tanto esperar para esto, pensó.

Pero aún no se daba por vencida. Entonces comenzó a excitarse ella misma con la esperanza que David se volviera. Empezó acariciándose los pezones muy suavemente, luego se subió el camisón de seda hasta el ombligo, abrió las piernas y se tocó alrededor de los labios vaginales. Aún no había conseguido excitarse y ya empezó a gemir un poco, muy suave, suficiente para que él lo oyera. David volvió un poco la cabeza, pero aún no llegó a mirarla, y aunque su gesto podía deberse a cualquier razón o simplemente fuera involuntario, se animó a sí misma diciéndose que iba bien así, y muy pronto ya sintió la pequeña protuberancia en el extremo de la vagina. Usó la fina piel de los labios para estimularse y antes de que pudiera darse cuenta ya estaba gimiendo de verdad: cabeceaba de placer, con los dedos en la boca, y su marido comenzaba a ser menos importante.

«Pero qué es lo que está haciendo esta ramera, aquí, ante mí, sin ninguna vergüenza.» Colérico, sin fuerzas para montarle una escena, hizo por olvidarse de ella y de sus voluptuosos gemidos. Poco después, cuando éstos se hicieron más densos y agitados, se estremeció ante su repentina anafrodisia. «Qué extraña vivencia estoy sufriendo para que haya perdido hasta el apetito sexual.»

Cuando despertó por la mañana a la hora prima Agit ya no estaba en su lecho. Había tenido, al menos, el último pudor de irse a tiempo. Pero Agit no le importaba lo más mínimo, ni Abital, ni Egla, ni Maaca, ni Ajinoam, ni Abigail. Cómo era posible que hasta ahora no se hubiera dado cuenta de que no había amado a una sola de ellas. Se palpó la frente con la vista clavada en la lucerna del techo y no halló síntomas de fiebre. Entonces una idea le sacó repentinamente del lecho. Meció los pies en las sandalias al tiempo que se cubría con un manto y salió de allí deprisa. No esperó a que los criados le abrieran la gran puerta corrediza: él mismo accedió a las escaleras subiendo los peldaños de dos en dos hasta llegar a la terraza. Desde allí, con los ojos apelmazados aún de sueño, casi cegado por la luz reciente, escudriñó en la espesura del jardín, pero no estaba. No supo cuánto tiempo permaneció allí, doblado sobre la balaustrada, con la cara enterrada en el hueco de los brazos. Al fin, unos pasos se detuvieron junto a él. Alzó la cabeza y vio a su curandero personal, Isí.

—¿Os encontráis bien, mi señor?

—Sí. Sólo necesito estar solo.

—Como deseéis.

Se retiró con una inclinación de cabeza. David salió poco después de allí, avergonzado, como si todo Jerusalén supiera ya que una vulgar mujer le estaba mortificando a él, el rey.

La evocadora apenas hubo de esperar en el vestíbulo. No bien fue el rey informado de su presencia por un guardia de palacio la hizo pasar a su salón. La mujer se prosternó en el suelo de alabastro. Iba vestida con una tosca saya de lana hasta los tobillos descalzos. Nada en su indumentaria atestiguaba lo que todos sabían: que era una mujer rica por haber servido a muchos reyes.

David le ordenó levantarse y vio, mientras ella se acercaba a él, unos ojos extrañamente oscuros, perforados por una opacidad tenebrosa y abismal.

—Puedo apreciar en el rostro de mi rey la sombra de un mal sueño.

Él se volvió hacia la cortina donde se enredaba la luz malva del crepúsculo. Desde allí se dio cuenta que la zahorí tenía la vista puesta en los medallones de oro, los vasos y fuentes con incrustaciones preciosas y otros botines de sus conquistas que decoraban la sala.

—Si me dices mi mal podrás llevarte el objeto que prefieras.

Tomó ella una bolsa de piel de cabra que llevaba atada a la faltriquera y extrajo un puñado de arena blanca. Arrodillada, lo dejó caer en el mármol, donde formó un vago dibujo. La luz había huido de las cortinas.

Se acercó más David y vio que el dibujo de la arena era la espada suya que arrebatara a Goliat, y que estaba rota. Ella cerró los ojos y extendió sus manos sarmentosas sobre el dibujo, sin tocarlo. Invocaba a los muertos en una lengua que jamás había oído por ninguno de los pueblos donde había pasado, y no creía desconocer ninguno, al menos lo suficiente para reconocerlo.

—¿Qué ves? —se adelantó.

La voz que le respondió ya no era la de la mujer que hacía un rato estaba con él.

—Veo la casa de Saúl inundada de sangre.

David comprendió que estaba viendo su pasado, el que ya conocía.

—¿Qué más?

—Veo a un *goyim* deseando tu muerte.

Esto ya era el futuro.

—¿Qué más?

—Al profeta Natán abominando de ti.

—¿Por qué?

—Habla Natán, desde Yahvé: Yo haré surgir el mal contra ti de tu misma casa, y tomaré ante tus mismos ojos tus mujeres, y se las daré a otro, que yacerá con ellas a la cara misma de este sol; porque tú has obrado ocultamente, pero yo haré esto a la presencia de todo Israel y a la cara del sol.

—¿Qué más ves?

—Terribles iniquidades se cernirán sobre tu descendencia.

David retrocedió, aterrado.

—¿Mis hijos?

—Veo a uno de ellos colgado por la cabeza en una encina del bosque de Efraim.

—¡Basta! —clamó.

—... Una peste que se extiende sobre todo tu reino, desde Dan a Berseba.

David se arrojó sobre el dibujo de arena y lo desleyó con la mano. Temblaba, muy pálido. La mujer salió bruscamente de su trance. Al ver al rey allí tendido, ante ella, dio un respingo.

—¿Qué sucede?

Su voz era nuevamente la suya. David se levantó y se recompuso las vestiduras. Se tomó unos instantes para recuperar la calma. Decidió que todo era una estafa de la evocadora, lo creyó sin esfuerzo.

—Es muy peligroso engañar a un rey —le dio la espalda para apoyarse contra una columna—. ¿No sabes que Saúl condenó a muerte a todos los evocadores y adivinos? Esa ley aún no ha sido abolida.

Ella adoptó una postura humillada.

—No soy yo dueña de mis palabras. Ni siquiera sé lo que he predicho a mi rey. Por tanto, si hay engaño en ellas, no es mío, sino de los muertos que han hablado por mi boca. Tenga clemencia mi señor de su sierva.

Pensativo, dio unos pasos largos hasta la chimenea. Luego tomó de una repisa un alabarte de oro batido de diez siclos y se lo entregó. Ella se arrodilló y le besó los pies una y otra vez hasta que el rey sintió repugnancia de ella y de sí mismo.

Había ido a Jabes por la ruta del Arabá —la margen del río que unía el lago Genesare con el mar Muerto— para hablar con el único pariente vivo de Rubén, un primo lejano, sobre la enfermedad de su padre adoptivo y ciertas cuestiones relacionadas con su inminente entierro. Jered era muy pobre; andaba ya demasiado viejo para recorrer el largo trayecto hasta Jerusalén y visitar al enfermo, aunque estaba dispuesto a ir al funeral si se le avisaba con dos días de antelación y se ponía a su disposición un carro. El heteo observó que las condiciones de Jered eran lógicas y como se veía en el deber de reunir a los últimos reductos de la familia para cumplir los deseos de su padre adoptivo prometió enviarle un mensajero y el vehículo.

Mientras dejaba atrás el exiguo chamizo del viejo iba pensando aún en funerales cuando se le ocurrió aprovechar la ocasión de estar en Jabes para visitar la tumba de Saúl. Por la inclinación de los rayos del sol calculó que iba bien de tiempo, y antes de dos días estaría de nuevo en Jerusalén. Así que, después de abrevarlo, ató el asno a un algarrobo y tomó la trocha que salía a las afueras del pueblo. Curiosamente, ni él mismo sabía muy bien qué sentido tenía llegarse a la tumba. Visitar a los muertos era tarea perfectamente inútil, puesto que no creía que habitaran ningún mundo desde el que pudieran observarle. Tampoco confiaba en el valor de las plegarias, ni se sabía ninguna de memoria. Visitar a un muerto era visitar la losa de piedra bajo la que yacía e imaginar que alguien estaba sepultado debajo, y esta idea no era precisamente agradable. No obstante, uno olvidaba en seguida que ese hombre bajo la losa yacía muerto de verdad, esto es, le daba igual cuántas losas lo cubrieran y si estaba alguien a visitarle. Es difícil pensar que los muertos estén muertos, y nada sientan, porque la idea de la muerte nos sigue siendo extraña a pesar de que la tenemos siempre delante, desde que tenemos uso de razón, pensaba mientras iba levantando el polvillo del camino flanqueado de abrojos. Le dolía el lumbago a causa del trote de la bestia y caminaba balanceándose un poco por ver si por fin sus vértebras crujían y volvían a su lugar. Pero nada. Entonces, para qué diantre iba al sepulcro, si de veras estaba cerciorado de que era una pérdida de tiempo. Quizá soy yo también un supersticioso, en menor grado, pensó. Y sonrió a esta idea. «Ese asno, no lo monto más.» Honrar la memoria de los muertos. No aceptar que se van para siempre, con sus honores o sus fracasos. Y Saúl se fue a la tumba con su obra convertida en cenizas. Pero ¿qué es irse habiendo hecho algo? ¿Es que hay alguna diferencia?

Puede que Betsabé no se equivoque, pensó, cuando me dice que soy infeliz porque no creo en Dios. Debería tener esa mísera esperanza, esa falsa ilusión en que después entramos en otro reino mejor. O la creencia de poseer un origen glorioso, como el de los israelitas, que se sienten el pueblo elegido, el singular, destinado a dirigir algún día el mundo con su Dios y su poderío militar.

A lo lejos, junto al terebinto, avistó la mancha escarlata de una túnica. Al principio no quiso dar fe a sus ojos, pero conforme se fue acercando se resignó a la evidencia: era él, David en persona. Mucho más lejos, allí donde sólo eran puntos, divisó los caballos y la guardia. Todo parecía indicar que el rey les había ordenado que le dejasen solo ante la tumba de Saúl.

Entre irse o acercarse más optó por lo segundo. A la distancia de un tiro de piedra, seguro aún de no haber sido oído, se detuvo. David estaba hincado de hinojos ante la tumba, encorvado bajo la sombra raquítica del terebinto, que el sol calcinado estiraba sobre la arena. Aguzó el oído intentando averiguar si lloraba. Más bien parecían los murmullos de una oración, o una lamentación. No podía creerlo. ¡David arrepintiéndose de sus iniquidades pasadas! ¿Sería la edad que le estaba ablandando el corazón? No había testigos alrededor, los guardias esperaban demasiado lejos. No podía estar representando, como en otras ocasiones. Entonces, ¿qué mal sufría para un cambio tan repentino?

Impresionado por el descubrimiento, retrocedió con sigilo y asentó de nuevo sus doloridas nalgas sobre el áspero lomo del asno.

—A casa.

Capítulo XXI

Betsabé escuchó el relato sin mudar la postura, el pelo negro emborronándole la cara. Tendida de medio lado sobre la esterilla, descolgaba una de las manos de la curva de la cadera y apoyaba la mejilla en la otra. Las luces y sombras del candil bailoteaban a su alrededor y creaban fugaces danzas en la cal de la pared, tras ella. Era como si siempre posase para un escultor. Premeditadamente. Había algo fascinante en su abandono, en la compleja maquinaria de armonía de cada gesto de pereza. Si dejaba caer un brazo, en ese abandono había una misteriosa perfección. Si lo recogía en el regazo, teníamos un nuevo cuadro sin fisuras. Daba igual el ángulo escogido: era siempre Betsabé, no tenía remedio. Perseguirla por la casa para atrapar el instante de uno solo de sus pasos. Tras un año de casados, su pasión por ella no había hecho sino crecer. A pesar de convivir en aparente armonía, sabía el heteo que tal armonía subsistía sólo en lo referente a cuanto se manifestaba en sus conductas, en el reparto de las tareas, en las conversaciones, confidencias, demostraciones de afecto y todo lo que podía observarse en él; muy lejos, en cambio, estaba él de la armonía del espíritu, de la paz, tal como la entendía Ajitofel, «un estado de conformidad con uno mismo y con el mundo». Tampoco en Betsabé, cuyo modo de amarle era mucho más remansado, puesto que aquella felicidad de tenerse el uno al otro encontraba siempre un hueco para el miedo, y, por parte de Urías, este miedo a perderla aumentaba en razón de su amor por ella. Se veía a sí mismo apurando el día hasta las heces para acercarse más a Betsabé, no como aquel que quiere conocer un fenómeno, sino como el que pretende impregnarse de él, incorporarlo a sí mismo. Betsabé le había hecho cambiar un poco, pero en esencia, Urías seguía siendo el mismo, metido siempre en sí, receloso, descontentadizo. Era cosa resuelta, a lo que parecía, que el buen marido debía vigilar estrechamente a su mujer y limitar sus libertades; sin embargo, a él no le importaba romper estas normas, e incluso fomentaba la transgresión haciéndole ver que él también podía ocuparse de tareas atribuidas a mujeres, lo cual no cesaba de desconcertarla e incomodarla. Complacía a Betsabé siempre que podía, le traía algún que otro regalo cuando ella no se lo esperaba (unos lienzos de lino para sus jubones, unas tallas para decorar la casa, unos pasadores para el pelo, un poco de perfume de sándalo...), y como sospechara ella que podría traerle algo, en alguno de sus viajes, volvía con las manos vacías, pues quería hacerse valer, avivar la incertidumbre, empezar de cero para que la seducción no fuese cosa dada por hecha. Nunca dejaba de escucharla, de atender cada nimia necesidad si era cabal. Pero nada de eso le suponía mucho esfuerzo, ya que existía en cada caso una recompensa detrás y perfectamente identificable: la gratitud de Betsabé. Una simple mirada de afecto bastaba para dar por bien empleadas todas sus atenciones. Sin embargo, lo que Urías hubiera querido iba más allá de esos detalles que hacían más dichosa la vida en común. Quería —y no lo lograba del todo, pese a sus esfuerzos— vincularse a ella, encontrar una ligazón profunda a su mundo de creencias. En una ocasión ella le había dicho:

—Eres lo que más quiero.

Urías le preguntó entonces si no amaba más a Yahvé. Ella asintió.

—Amo a Yahvé por encima de todo, y luego a ti.

—¿Cómo puedes amar tanto a quien no conoces, a quien siquiera has visto una vez?

—Nadie puede ver a Yahvé. Él se nos muestra en el corazón.

—Cierto, nadie puede verlo, pero todos presumen de saber quién es.

Ella enarcó un poco las cejas y esbozó una sonrisa triste, amohinada.

—¿Qué quieres decirme con todo esto?

—Quizá me estás amando a mí del mismo modo, a ciegas, sin juzgarme. ¿Cómo sabes que soy yo quien amas, y no una idea mejorada que te has formado de mí?

Quedó Betsabé en silencio, como en vilo. Urías continuó:

—Contigo parezco más bueno, más atento de lo que soy en realidad. Mis malos pensamientos, mis temores, mis debilidades, nada de eso te comunico, pues temo romper ese hechizo que he contribuido a crear. Tú sacas lo mejor de mí. Pero muchas veces me pregunto qué pasaría si me hubieras visto en otras circunstancias, actuando con la crueldad que me caracteriza.

—Todos nos vemos distintos a como los demás nos ven —dijo ella—. Tú crees conocerte bien, pero hay mucho de ti que se te escapa a tu mirada, y que resulta evidente a los ojos ajenos.

—Desde ahora voy a ser malo contigo.

Betsabé desarrugaba la faz y reía.

—Eres como un niño.

Urías se enternecía un poco, a su pesar.

—¡En serio! Voy a ser malo, mezquino. Tengo... tengo ganas de que me menosprecies, que lamentes haberme querido alguna vez.

—Oh, pobre Urías, qué incomprendido.

—Verás, verás lo que es bueno.

Todo, por supuesto, quedaba en palabras, y Urías volvía a caer en esa otra esclavitud, semejante al mal, que es el no poder ser malo. Era incapaz de hacerle daño, de mentirla, de mostrarse rudamente, como debería mostrarse un buen marido. Pasaban tanto tiempo juntos como les era posible, y parecían totalmente compenetrados e incluso afines. Aunque cuando llegaba la noche y volvía a su hueco, en el costado derecho del camastro, la sentía de nuevo inaccesible, como un ser que vivía en un estado definitivamente distinto al suyo, cuyos más íntimos pensamientos le eran vedados, como la sustancia de su sentir.

Ahora, mientras la tenía delante (tumbada de medio lado sobre la esterilla, con su actitud de total escucha, según costumbre, al acabarle él de relatarle cómo había sorprendido a David orando de rodillas sobre la tumba de Saúl) comprendía de nuevo que jamás se cansaría de mirarla. Y ella no se daba cuenta, por Dios que esto era lo peor de todo. Cómo transmitírselo sin que nada más salir de su boca pareciera un mero halago con cierta inspiración lírica. Con qué caricia, con qué beso hacerla asomarse al reflejo terrible de su cuerpo en sus pupilas. De todas las cosas incomunicables, la más imposible era el arrebato ante la belleza total. Así que confiaba serenamente en que llegase el día en que sus sentidos se adormecieran lo suficiente para darle un respiro. Ella dijo al fin:

—No sé por qué tienes esa idea de él.

—No podría explicártelo ni en un año.

Urías masticaba las últimas uvas del racimo. Hacía rato que ya se había hartado, y aun así seguía tomándolas, quizá porque le gustaba el tacto de la pulpa en la boca y el chasquido que producían al aplastarlas entre sus dientes; quizá sencillamente porque eran las últimas del racimo, esa empecinada tendencia a dejar las cosas limpias.

—¿Qué mal te ha hecho a ti el rey? Vivimos en esta ciudad gracias a él.

—No creas que estamos mejor ahora que antes, cuando habitábamos pequeños pueblos.

—¿Por qué no?

—Es pura apariencia. Fíjate, las murallas de Jerusalén, el espléndido palacio. ¿Qué crees que hay allí? Podredumbre. Un harén atestado de mujeres y críos, esclavos aburridos que abanican al monarca y limpian de excrementos sus bacines, un montón de parásitos que viven lujosamente a cambio de estúpidos halagos y zalamerías. Sacerdotes remilgados que oran sobre mullidos colchones de plumas y arrastran la cola de sus túnicas de seda por las baldosas impolutas.

—Saúl también tuvo una corte —objetó ella.

—Sí, pero era mucho más pequeña, en un pueblo. Saúl era un hombre campechano, preocupado por su pueblo. David sólo se preocupa ya de atusarse la barba cada mañana.

Betsabé sonrió y se desperezó un poco arqueando la espalda y echando los brazos hacia atrás. Urías observó el racimo desnudo, con pequeños restos de pulpa en las yemas. Luego se sentó junto a ella, hundió la nariz en su cuello y se llenó de su olor.

—Al menos no puedes negarle el buen gusto —dijo ella.

—¿Por qué?

—Fíjate en los jardines de su palacio. En mi vida he visto unos más hermosos.

Él sonrió con ironía.

—Mérito exclusivo de sus jardineros.

—Las adelfas flotan en el agua de la fuente.

El heteo sacudió la cabeza como si la tuviera envuelta en telarañas.

—¿Qué? ¿Cómo lo sabes?

Ella sonrió por el modo anhelante en que él la miraba a los ojos.

—Estuve dentro —murmuró.

Su marido se puso en pie de un salto. Agitó los brazos.

—¿Cómo? ¿Que estuviste dentro de su jardín? ¿Estás bromeando?

—No pude resistirme. Encontré la verja abierta. Era muy temprano y no había nadie alrededor.

Ahora Urías iba de un lado a otro de la habitación, nervioso, con las manos en la frente.

—¡Estás..., estás loca! ¡Te has jugado la vida! ¿No te das cuenta de que te podrían haber visto? ¡Te..., te hubieran cortado la cabeza!

Esperaba una respuesta cabal apoyado contra la pared. La luz temblorosa le recortaba el rostro en claroscuros. Betsabé sintió un leve estremecimiento.

—No pensé en nada de eso. Simplemente vi la puerta abierta, aspiré todo aquel frescor de hierba húmeda, me dejé llevar por los aromas.

Inconsciente, es una inconsciente. Como una mariposa nocturna que vuela directa a la llama del fuego. Obra sin pensar.

Se dejó caer en el suelo, abatido, tras resbalar su espalda por el muro. Betsabé se había levantado y se arrodilló ante él.

—No te pongas así, querido. Te prometo que no volveré a hacerlo.

—¡Has estado en el jardín privado del rey! ¡No puedo creerlo!

—Perdóname —buscó con su mejilla la de Urías, apartándole las manos crispadas—. ¿Me perdonas?

Permaneció él en silencio, dejándose acariciar unos minutos. Pensaba que un buen marido la habría abofeteado hasta cansarse, eso era lo que se merecía, una formidable paliza. Y él era incapaz de tocarla. ¿Por qué? Porque era un hombre estúpido. Un hombre estúpido casado con una inconsciente.

—Bien, cuéntamelo todo de una vez.

—Me bañé en la fuente.

Era lo peor que esperaba oír, pero ya estaba resignado a la fatalidad. Ya la estaba viendo, ese aire de criatura feliz que acaba de encontrar el paraíso, embriagada, mojándose como una niña cándida entre las hojas. «Para qué yo...»

—¿Desnuda?

Ella asintió.

Esto era ya demasiado. ¡Bañarse desnuda en el jardín del rey! ¡Seguro que había tenido algún testigo! Esta vez le subió una oleada de cólera, se le encendió el rostro y se vio a sí mismo como el más estúpido de los maridos, aquel cuya mujer obraba a su entero antojo. Ya estaba decidido cuando dejó que el arrebato de furia pasara, porque quería hacerlo fríamente, con la mente lo más despejada posible, como si sencillamente cumpliera un plan mecánico y determinado por su voluntad. Entonces agarró a Betsabé por la saya y le propinó una sola bofetada, pero tan salvaje que la envió al otro lado del cuarto.

Betsabé se estrelló contra la pared, resbaló hasta el suelo, estuvo unos segundos sin poder respirar, pálida, aturdida. Pronto empezó a salirle sangre por la boca y a temblar toda. Clavó en Urías una mirada que conjugaba en sí la desolación elemental de una niña abandonada, una mirada que él estaría condenado a recordar por el resto de su vida.

El heteo, dándose cuenta de su error, sintió deseos de arrojarse a sus pies, desgranar el llanto, pedirle perdón, jurarle que jamás, pasara lo que pasase, lo volvería a hacer. Pero ahora más que nunca todas las palabras le parecieron estériles, onerosas, sucias. Y lo único que encontró cabal fue irse de casa.

No tardó en averiguar quién era. No había muchas mujeres que se ajustaran a aquella descripción, y contaba con la ayuda de muchas sirvientas que conocían toda la chismografía de la ciudad. Cuando le dijeron que era la esposa de Urías el heteo, el hombre que estaba al servicio del levita y escriba Ajitofel de Guilló desde hacía un año, se mostró visiblemente sorprendido. ¿Cómo era posible que no hubiese visto nunca antes a esa tal Betsabé?

Al día siguiente había terminado de comer y se limpiaba las manos en la jofaina antes de perfumárselas en el pebetero cuando le avisaron de que su guardia traía a la joven. La respiración se le cortó. Se frotó las manos sudorosas, se ajustó la orla del caftán, se aclaró varias veces la voz e intentó dominar su zozobra. Qué absurdo ponerse nervioso, pensó. No importa la impresión que le cause, puesto que es mi esclava y puedo disponer de ella a mi entero antojo.

Los guardianes arrastraron a la mujer hasta la puerta del salón y allí la dejaron. Ella se volvió, miró a un lado: una entrada flanqueada por las lanzas. Al otro había un largo pasillo salpicado de antorchas. Corrió por él notando cómo sus sandalias se deslizaban por las baldosas pulidas. Allí topó con varias puertas. Acezante, abrió una y vio varias mujeres con niños. Se asomó en la segunda y encontró lo mismo. Unos pasos la sobresaltaron. Venían de una escalera de caracol. Se retiró de allí y se perdió por otro pasillo laberíntico. Detenida en una encrucijada, sin saber qué hacer, escuchó de nuevo las pisadas. No podía más. El corazón iba a estallarle. Enervada, esperó apoyada en la pared, hasta ir recuperando el aliento. Los pasos eran de dos guardias corpulentos. La tomaron de las axilas, uno a cada lado, y la llevaron en volandas hasta la cámara del rey.

Temblaba como un animalillo acosado, con la saya de dril húmeda de sudor y sus sandalias de esparto. Si la soltaban sus guardias iba a desplomarse en el suelo. Ordenó que la dejaran sobre una silla y se retirasen.

Entonces la miró bien. La prueba de que la amaba es que sentía piedad por ella, por su desvalimiento, su pánico. Se sentó tranquilamente en un sillón de mimbre y meditó el modo de abordarla. Lo más fácil era, desde luego, decirle cualquier tontería para tranquilizarla. Buscó alguna frase adecuada, pero le pareció que cualquiera acrecentaría su pavor. Así que pensó en la música. ¿Qué mejor remedio para serenar el corazón que la música? ¿Y qué instrumento más efectivo para seducirla que su arpa? En su vida jamás se había molestado en seducir a una mujer, pues el trámite se volvía bastante innecesario si se tenía en cuenta que todas sus esposas eran sus siervas e iban a hacer lo que él quisiese. Sin embargo, ahora que por primera vez sufría la abrasión del amor comprendía que seducir a Betsabé era una necesidad insoslayable, el único modo de poseerla de verdad, en cuerpo y alma. La música: eso era actuar con estilo, como un rey. Jugar inteligente, utilizar sus recursos, su finura: impresionarla. La idea de obrar con Betsabé de manera distinta a como había procedido antes con las demás mujeres le hizo sentir que rejuvenecía y que su vida iba a dar un giro importante. De modo que tomó el arpa y comenzó a tañerla. Las notas de agua comenzaron a fluir por la sala; colonizaron el espacio, lo sumergieron en una languidez sin contornos. David pulsaba cada cuerda con precisión y él mismo se dejó llevar sin darse cuenta por una melodía que fue imponiéndose por sí misma y jamás había tocado antes. Poco a poco le fue sumiendo en una vaga melancolía. Se vio de nuevo débil de corazón, viejo, ante la juventud exuberante de ella, buscando desesperadamente el modo de forzar una vuelta atrás, a un pasado imposible. Cesó de tocar bruscamente y dejó el arpa a un lado.

—Hace unos días estuviste en mi jardín. ¿Te gusta?

Betsabé se limitó a asentir con un movimiento maquinal de cabeza.

—Eso me pareció. Estoy pensando en ampliarlo un poco hacia el sur. Me van a traer unas plantas muy exóticas que crecen cerca de Damasco, junto al Éufrates. No recuerdo cómo se llaman.

Aún seguía temblando, encogida en la silla.

—Claro que tendré que echar abajo la verja y aterrazar el terreno. ¡Y hay tantas cosas que hacer en esta ciudad!

Se paseó un poco por la habitación, notando cómo volvía a ser dueño de su cuerpo.

—Me han dicho que trabajaste de jardinera. Tal vez el día que me decida a ampliar mi jardín puedas aplicar tus conocimientos.

Se acercó a ella, pasó la yema de los dedos por el pequeño trozo de cara que no lograba ocultar con las manos. Toda ella emanaba un aroma envolvente como el sahumerio, aunque no llevaba perfumes. Se preguntó si más tarde los usaría, como sus otras esposas.

—Conozco a tu marido, Urías. Un buen hombre y un soldado de elite. Luchó mucho al lado de Saúl. Le era muy fiel.

—¿Qué quiere de mí mi señor? —le interrumpió ella con voz ahogada y extrañamente ronca.

—¡Por fin hablas! Bien —se frotó las manos—, he de reconocer que tu marido es un hombre afortunado por tener como esposa a una mujer tan bonita. Levántate.

Ella tardó unos segundos en obedecer. Se obstinaba en ocultarle su cara. Pero David le obligó a alzarla.

—¿Es que te doy miedo?

Asintió. Él lanzó una carcajada.

—No temas, no voy a castigarte por haber entrado en mi jardín. En cambio, te voy a conceder un gran privilegio, un honor que tienen muy pocas mujeres.

Esperó a ver la reacción de la joven, pero no se produjo ningún cambio de actitud. Entonces dijo:

—Quiero que seas mi concubina.

No obtuvo respuesta. Extrañado, David la izó sobre la silla. Estaba muy pálida, como enferma. Hizo un chasquido con los dedos y compareció un criado.

—Llama al curandero. Que la atienda. Y que luego descanse.

Antes siquiera de entrar en la casa del viejo levita, cuando cruzaba el patio, ya husmeó algo raro en el ambiente. Había un extraño ajetreo por el jardín, una prisa absurda, puesto que no parecía haber ninguna tarea visible. Y un abejorreo de murmullos entre la servidumbre. En la parte trasera del patio oyó un relincho de caballo.

Dentro de la casa reinaba un silencio aún más sospechoso. Ajitofel de Guilló se hallaba, como de costumbre, sentado ante la mesa con su aire de serenidad imperturbable. Pero iba vestido de modo distinto, con una sobretúnica entereza de lino. Urías no vio las tablillas de barro. Permaneció de pie, a la espera de que el levita le dijera qué ocurría. El anciano se limitó a levantar sus ojos acuosos y a esbozar una débil sonrisa.

—Toma asiento, amigo mío.

Urías se sentó. Se mantuvo un rato allí, irresoluto, tenso. Ante la impasividad del otro supuso que tendría que descubrirlo por sí mismo. Al cabo, oyó un ruido procedente del sótano. Nunca había estado allí, pero era el lugar hacia el que se dirigía Ajitofel para guardar las tablillas escritas. Nadie podía bajar allí.

—¿David?

Ajitofel asintió. Dijo:

—Nada bueno.

—¿Cuándo llegó?

—Hace unas cuatro horas. Ya debe de estar acabando.

Tenía ya en sus labios la siguiente pregunta, pero él mismo se la respondió.

No tardó en aparecer el rey subiendo la escalera. Llevaba bajo el brazo tres tablillas escritas. Ajitofel y el heteo se pusieron en pie para saludarlo con una reverencia (el viejo se limitó a una leve inclinación de cabeza, pues su artritis no le daba para más). David no parecía disgustado, aunque los dos se percataron que lo estaba, pues sonreía.

—Es una experiencia bastante extraña esto de recorrer en unas pocas horas los últimos quince años vividos. Uno se queda atónito al acordarse de la cantidad de cosas que han sucedido.

Apoyó las tres tablillas sobre la mesa. Urías, que gracias a las enseñanzas del levita ya sabía leer, pudo averiguar de una ojeada de qué pasajes se trataba. En una se narraba cómo David adiestró a Resfa para que penetrara en el reino de Isbaal y sedujera a Abner. En otra se decía que David había sido ungido rey de modo secreto por Samuel. En la última, Joab notificaba al rey que iba a buscar la cabeza de Joab y éste no hacía nada por impedirlo.

—Debo felicitarte por tu labor, Ajitofel. Gracias a ti la memoria de nuestro pueblo podrá ser leída y preservada en el futuro. Esto tiene un valor incalculable.

Ajitofel volvió a encoger la cabeza como hacía cada vez que daba las gracias al rey.

—En cuanto a ti, Urías, creo que ya has cumplido tu misión y puedes reincorporarte al ejército.

Estas palabras sonaron a sus oídos como una sentencia de muerte. Esperó unos segundos a recuperar la serenidad antes de responder:

—Aún hay unos pasajes que no hemos terminado, mi señor.

—No tiene importancia. Creo que eso lo podrá hacer Ajitofel sin tu ayuda.

Ni siquiera sabe a qué pasajes se refiere, pensó Urías.

—Bien —agregó el rey dirigiéndose hacia la salida con las tablillas bajo el brazo—. Mañana te unirás a la tropa acampada cerca de Raba. Llévale a Joab mis bendiciones.

Urías y el anciano permanecieron aún un rato en silencio, oyendo los cascos y los relinchos de los caballos que se alejaban trotando por el camino. Al fin, Ajitofel rompió su mutismo y sonrió un poco paternalmente ante la perplejidad del heteo.

—¿Por qué te pones así? ¿Es que no sabías que esto iba a ocurrir?

Tras despertar, tardó varios segundos en entender dónde estaba y cómo había llegado hasta allí. Estaba en una cama enorme, toda de cedro, con cuatro columnas talladas que sujetaban un dosel de seda. Descorrió los cortinajes y topó con otros de cenefas franjadas de oro. Tras ellas se vio inmersa en una estancia enorme y profusamente decorada de baldaquines suntuosos, estanterías con candelabros, copas y cofres de plata, lámparas y despabiladeras de oro batido y, en el suelo, tapices y tafetanes. En cada esquina un enorme jarrón de porcelana. Palmas y botones de flores colgando de las paredes, borlas de encaje, escudos dorados y tan pulidos que uno podía mirarse en ellos. Iba a salir de allí e intentar escapar del palacio cuando la puerta se abrió. Era David.

—Por fin te has levantado —dijo.

Ya no habló más. La tomó por la fuerza, la llevó al lecho, le arrancó las vestiduras y se tendió sobre ella para lamerle el cuello. Betsabé dejó muy pronto de debatirse: un enervamiento terrible se apoderó de ella hasta el punto que apenas tenía fuerzas para levantar un brazo. Se tropezó un instante con la mirada enajenada de David, cerró los ojos y se abandonó. David la tanteaba ya sin control, enfebrecido de deseo. Se subía sobre ella flaqueando como si el sexo le pesara infinitamente y parecía que fuese a morir allí mismo si no la gozaba. Betsabé ya no sentía nada.

303

Al llegar a casa no le llamó la atención que su esposa no estuviera. Puesto que su trabajo con el levita había concluido (ya había dejado su modesta contribución a la impostura de la historia) había vuelto antes de lo previsto, a una hora en que ella no le esperaba. De modo que supuso que habría salido a hacer algún recado.

Le pediré perdón, pensó. Es de humanos equivocarse. Ella sabrá comprenderlo. Si me quiere, me perdonará y todo volverá a ser como antes.

Se sentó en un poyo del patio mirando cómo iba oscureciendo gradualmente sobre los cerros pardos donde los últimos pastores acubilaban el ganado. Ahora, considerándolo fríamente, no le perturbaba tanto el hecho de que David se hubiera llevado esas tablillas. A fin de cuentas, qué le iba a él en todo eso. ¿Acaso era él israelita? Seguramente ninguna de las tablillas sobreviviría al tiempo. Si no las saqueaban otras tribus que tomasen la ciudad en el futuro, quedarían sepultadas en ese sótano o en cualquier otro, bajo un montón de escombros. Siempre lo había creído así.

Sin darse cuenta ya era casi de noche. Comenzaban a asomar otros vecinos del lucero de la tarde en los retazos de cielo fugaces que dejaba al descubierto el tránsito de las nubes. Miraba hacia el camino por donde debía llegar en cualquier momento Betsabé portando una vasija de aceite o un cubo de agua de la fuente. En el fondo, lo que le atormentaba era la idea de volver al ejército. No lo soportaría otra vez. El tedio castrense, el sometimiento, la anulación de la voluntad individual. La vida misérrima, sin honor. Empuñar un arma de prestado para defender causas ajenas y por victorias que nunca le beneficiarían a él. Estar a las órdenes de un hatajo de patanes y caer bajo la férula del general (y criminal) Joab. Tendría, además, que ausentarse de casa mucho tiempo. Perdería el privilegio de llegar a casa por las tardes y reposar su mirada en Betsabé, el placer de adormecerse junto a ella, al calor de su cuerpo y bajo el rumor de su respiración.

—Le pediré perdón —se dijo de nuevo—. Ella sabrá comprenderlo. Es pura bondad.

Era ya de noche y comenzaba a hacer frío. Entró por una frazada de lana y salió de nuevo con una preocupación añadida: Betsabé no llegaba. Ahora el camino estaba oscuro. Qué le habrá pasado, se decía, es muy extraño. Nunca ha tardado tanto. Si se queda a hablar con algún vecino, siempre sale antes de que oscurezca del todo.

El heteo esperó aún mucho más, encogido bajo la manta en el peldaño de la entrada. Vio una luna ocre y turbia emerger de la negrura de los adempribios, vio la lejana luz de una antorcha más allá de la barriada, oyó varios ladridos y unos pasos que pudieron ser los de Betsabé, pero que se desviaron por otro camino. Oyó el vagido del niño en una casa, y luego silencio, la orquesta multitudinaria de los grillos, el viento gemebundo y viejo. Escuchó la lenta respiración de la noche, la vida de la ciudad languideciendo hasta el desmayo, el grito de alguna rapaz, y Betsabé no venía, no venía.

Era ya muy tarde. Faltaba poco para el amanecer, según la trayectoria descendente de la luna. Urías estaba muy cansado y tenía helado el corazón. Sospechaba algo que ni siquiera se atrevía a confesarse. Le costó un esfuerzo inusitado moverse, ponerse en pie, adelantar unos pasos para entrar. No lo hizo. Se quedó allí, apoyado en la jamba, sin pensar, como si hubiera cesado de pronto esa remota voluntad orgánica de desplazarse hacia algún lugar. Permaneció así una hora más. Y amaneció. El grito destemplado de un gallo puso en marcha de nuevo su mente, para mayor dolor. Una claridad que se le antojó odiosa entraba en la casa. Continuó adentro con esa lentitud del caracol que reanuda su viaje después de vanas horas de descanso. Entonces, en el suelo del umbral vio relucir un pequeño trozo de metal. Se agachó a cogerlo y lo examinó bien. Lo reconoció sin esfuerzo. Era una escama desprendida de una malla utilizada por un guardián de David. Fue sólo la constatación final, la definitiva materialización del desespero.

Capítulo XXII

Las manos férreas la izaban por las axilas hasta que sus pies colgaban en vilo. Luego caía sobre el colchón mullido. Los vestidos de seda le resbalaban desde los hombros hasta los pies y una humedad caliente y viscosa iba trepando despacio por sus piernas, por su abdomen, por su cuello. La mano la tanteaba como un ciego, buscaba los pechos, los tocaba, torpe y dura, una mano ajena, la mano de cualquier hombre que jamás se molestaría en conocer, una mano sin calor, herramienta de inspección, que nada conseguía transmitirle salvo la insensibilidad allí donde se posaba. Esa mano sin rostro iba y venía, pellizcaba aquí y allá, amasaba una carne que tampoco era la suya, se detenía como para comprobar una textura imaginaria, apretaba hasta el dolor y la náusea. Esa misma mano tenía una pareja y era igual de implacable para separarle los muslos cuando ya no era capaz de defender su cuerpo, y al momento acudía a la sequedad de su sexo el roce áspero de una barba, la barba de cualquier hombre, pelambre tosca, obscena, como fibra de esparto. Si bien al principio había sentido una angustia terrible en este momento, ahora, por fin, había llegado al lugar de la indolencia o la ataraxia donde nada importaba.

La humedad caliente de la barba sin rostro se empeñaba en balde en hacer brotar humedad de su sexo, y como no lo conseguía, las manos reanudaban su erosión por todas partes, por su pubis, por sus nalgas, mientras oía la respiración acezante y perentoria del cuerpo infinitamente pesado y ajeno en el momento en que al fin desistía y se dejaba caer sobre ella, aplastándola sin esfuerzo, para abrir sin las manos el orificio cerrado de su sexo. Era un escozor creciente, un dolor hacia dentro, la piel tensa recibiendo un miembro duro y extraño dentro de sí, que entraba más y más, perforando sus entrañas, avivando la quemazón con cada movimiento rítmico de la cintura. Entonces empezaba a preguntarse cuánto tiempo quedaba para que el animal sin rostro, ese carnaje abominable y babeante bajo el que se hallaba sepultada, se cansara de lastimarla y acabara de una vez. Y mientras aquella bestia accionaba con un golpe de cadera para clavarle más la excrecencia que le nacía entre las piernas, sus manos no podían estarse quietas, seguían exprimiendo la piel de sus costados y sus pechos, y la llenaba de su sudor pegajoso. Apenas podía respirar mientras la habitación giraba a sus ojos, y todo eran mareos y náuseas; la angustia de estar atada a un cuerpo que ya nunca más sería el suyo, porque lo aborrecía, y le deseaba la muerte, el fin de aquel tormento con que la castigaban cada noche sin tregua.

Su verdugo comenzaba a gemir, sus embestidas eran más rápidas y espasmódicas, ya no podía aguantar el dolor, pero acabaría pronto, cuando el líquido caliente y pestífero se derramara en su interior, para aumentar la magnitud de su desgracia. Y el hombre nadie jadeaba, con un último gemido agónico quedaba preso de un calambre, inmovilidad al fin mientras ya notaba el flujo odioso. El objeto extraño cesaba de flagelarle las carnes y se retiraba. Entonces sólo quedaba el peso del hombre anónimo, sus besos inocuos, su obstinación en acariciarle su piel muerta, y repetirle al oído palabras vacías de significado:

—Te quiero, te necesito, háblame ahora, desnúdame también tu corazón.

Y como ella no contestara, el hombre comenzaba a llorar como un niño. Se cubría el rostro con las manos, y era un vagido sin sentido, tan ajeno que ella apenas lo oía, hasta que ese lloriqueo cesaba, y las manos duras la aferraban por las muñecas, y una voz amenazadora le gritaba:

—¡Dime algo! ¡Lo que sea, pero dime algo! ¡Te lo ordeno! Ahora la sacudía sobre la cama con tal fuerza que era como si toda la tierra se agitase. La vista se le enturbiaba ante el rostro enrojecido y desorbitado.

—¡Puta! ¡Maldita puta!

La abofeteaba una, dos, tres veces, la expulsaba de la cama y luego le sobrevenía un ataque de furiosa desesperación. Comenzaba a arrojar sus copas y jarrones al suelo, pateaba los cofres, rasgaba los tafetanes de Jericó y los cortinajes de Damasco, y golpeaba las paredes sin control, descompuesto y fuera de sí, todos los cimientos del palacio temblaban, y la servidumbre, asustada, acudía a ver qué pasaba, y él los despachaba a todos a grandes gritos, ¡fuera! ¡largo de aquí todos! Y corrían rumores de que el rey se había vuelto loco. Al fin, se dejaba caer al suelo de rodillas, las manos crispadas en el pelo, y hundía la cabeza para volver a llorar, y su llanto era, de nuevo, el llanto vesánico y sin sentido de una criatura nacida de una pesadilla ajena.

Y ella salía de la alcoba para lavarse de su impudicia en la fuente de aguas lustrales.

Así oró Betsabé, diciendo:

Ah, ¿cómo abandonaste así a tu sierva?
¿Qué pecado me apartó de tu favor?
Desnuda corro en sueños por tierras extrañas,
siento el roce lúbrico de mil miradas ajenas
que recorren mi cuerpo mancillado.
Marcaron mis sábanas con el rasero hirviente de la
  envidia.
Todo el pueblo me ve entrar y salir por la puerta del
  palacio.
¿Acaso tuve alguna vez elección? No para una mujer.
Exonerada soy y no hay agua que purifique mi pecado.
Mi nombre significa estiércol y se repite de puerta
en puerta hasta la dolida casa de mi esposo.
Malhadada sea por el haz de los años, yo, la esclava.
La desdicha me persigue como alacrán el calcañar.
Liberado sea de culpa mi esposo, que jamás hizo a
  esta sierva sino el bien.
Ahora apostata de mí y ni una mirada me prodiga.

Hendió en dos la espada de David nuestro lecho
como rayo que al caer sobre la casa la arruina,
y sembró en mis entrañas esta criatura que de mí se
nutre.
Y en mis huesos crece como un germen abominable.
¿Quién me librará de este ostracismo?
Ah, ¿cómo abandonaste así a tu humilde sierva?

David se prometía cada día prescindir de Betsabé, ese veneno que lo estaba aniquilando lentamente, porque temía volverse definitivamente loco, arruinar su reputación cuando los murmullos salieran allende la corte, y en los pocos ratos de cordura que disfrutaba aún se reprochaba amargamente su conducta, avergonzado y presa de continuas zozobras. Betsabé era la causa de todo: con su forma de rechazarlo, de hacerle sentir su repugnancia por él, sólo conseguía avivar su pasión y herir más su orgullo, porque en aquel modo de apartar la cara de náuseas veía David una respuesta mucho más auténtica, orgánica, que todas las falsas caricias que le prodigaban sus esposas, porque en esa repulsión se cifraba de algún modo un natural instinto hacia él, tan elocuente que suprimía al momento la precaria experiencia de afecto que hubiera tenido a lo largo de su vida. Se sentía un ser repulsivo y ello le hacía ser más repulsivo todavía, buscar con más ahínco una muestra de calor por parte de quien una y otra vez, taxativa, le ponía delante el reflejo de sí mismo: viejo, deforme, embrutecido y ciego. Se sentía sucio al acariciarla, como si esas manos suyas que ella evitaba desesperadamente estuvieran marchitas como las de un cadáver y hedieran. Y su mano corrupta avanzaba por aquella piel joven, pura, como un leproso busca en el contacto del hombre sano que lo evita una especie de indulgencia ante su inmundicia, un perdón, o quizá que el tacto de la carne limpia le contagie algo de pureza.

No podía poseer a Betsabé porque ella era alma toda; su cuerpo, lo que él una y otra vez asía, estrujaba, mordía, lamía, acariciaba, era un despojo exangüe, carne sin sentimiento, volumen sin calor. Todo le sabía a poco, y aun asi la buscaba obcecado en esa oquedad forzosa de hembra donde una y otra vez braceaba para salir de sí mismo y sólo tropezaba consigo, con el mismo rostro y su mirada de espanto y enajenación. Y después razonaba, trataba de razonar, qué me está pasando, estoy enfermo, me domina la zozobra, no soy dueño de mi voluntad, yo que esquivé por dos veces la lanza de Saúl, yo que tomé la espada y el arpa sin un solo temblor, y me hice con el poder y entré en esta ciudad para asentar mi reino, me veo aquí arrastrado por una mujer como un pelele. De nada le valía repetírselo: Betsabé estaba allí, podía escuchar su respiración detrás de cada pared, su organismo estaba preparado para detectarla en la más insignificante vulneración del silencio, ella te espera, ve a buscarla pues, le susurraba su sangre. ¿Quién poseía a Betsabé? No él, sino su marido, Urías, quien, pese a no tener poder alguno sobre ella, alentaba con su misma existencia su rebeldía. Debería matarlo, porque de algún modo, en la distancia, se la arrebataba a cada minuto.

—Le mataré —se dijo.

Pero esta idea no resistió el menor análisis. Si moría Urías ella encontraría una nueva razón para rendirle fidelidad de viuda. Además, alentaría su odio hacia él. Era inútil. ¿Qué tendría ese hombre que no tuviera él? Quería humillarlo, verlo sufrir como él sufría, que se retorciera en el polvo. Privarlo de su honor, he aquí un tormento mucho peor que cualquier dolor físico. Para un hombre como Urías no existía otro más cruel. Usaría a Betsabé como señuelo.

Le pareció una idea luminosa, digna de un rey. Mandaría que lo trajesen a su presencia, calibraría su dolor y luego lo enviaría a su casa, donde Betsabé lo esperaría para yacer con él. Dejaría que se juntasen por última vez y antes de que pudieran consumar su deseo los arrancaría el uno del otro. Su guardia irrumpiría en su casa para llevarse a Betsabé de nuevo al palacio. Ya veía a Urías, babeando de rabia, desnudo, ante la carcajada de sus soldados. Que venga a pedirme permiso para gozar de ella, que me lo suplique de rodillas, que me bese los pies.

Los caballos de la muerte volvieron una noche fría, mientras Urías dormía emparedado entre los cuerpos de los soldados, bajo el peso de las frazadas. El heteo los oyó muy lejos, desde la sima de su sueño, como un tam-tam rítmico que se mezclaba con el ulular del viento, y no pensó aún que eran ellos, no pensó nada, simplemente esperó sin moverse, rígido, hasta que poco a poco fue percatándose de que regresaban, innumerables, con la fría precisión de lo que se repite fuera del tiempo, en un espacio de simetrías y eternidades simultáneas. La muerte galopaba hacia el este. Entonces empezó a sentir la culebra del frío enroscándose en su estómago, resbalando por su ingle, reconoció la vieja viscosidad del miedo, la obscena angustia ante lo que nos sigue y no tiene rostro. Esos caballos nacidos de la negrura de sus obsesiones, otra vez allí.

Corrían en masa ciegos, turbulentos, eran algo muy antiguo, nacido del caos y las tormentas. Ahora se levantaba poco a poco de la tierra el retumbar sordo de sus pezuñas, el fragor animal anticipándose a su huida. A qué vendrían esta vez. Hizo un esfuerzo indecible para moverse, abrió los ojos, asqueado de tropezarse una vez más consigo mismo, y entrevió los bultos en sombra de los cuerpos, la lona de la tienda temblando; los ronquidos como rebudios se fueron enmascarando, pronto el aire entero se ocupó con la vibración tumultuosa, y nadie salvo él parecía sentirlo, nadie se removió siquiera en sus sueños, se volvió, dejó de roncar o abrió los ojos para ponerse a salvo de lo que venía.

Salió Urías a la noche, los esperó fuera, impávido, decidido a no dejarlos pasar esta vez, a ir hasta el fondo del asunto. Ya no tenía nada que perder. Ya estaban ahí. Columbraba sus figuras retintas. Olía ya el efluvio de algas marinas. Esta vez fueron formando un amplio círculo en torno a él, sin dejar de correr, y el cerco se fue estrechando. No podía ver ninguno de los rostros de los jinetes. Al fin detectó un caballo libre y, con un impulso repentino, se encaramó a él sobre la marcha. Se aferró a sus crines hasta encajarse en sus lomos y encontrar el equilibrio. Entonces se rompió el círculo y siguieron adelante.

Urías galopaba sin ver nada, botaba y se agarraba como podía a las crines, consciente de que, hiciera lo que hiciese, el caballo no le obedecería, porque seguía un curso preestablecido, iban a la morada de la muerte. Por fin podría averiguar qué le esperaba allí.

No supo cuánto tiempo cabalgó con la horda de muertos, sintiendo el azote del viento en la cara, por un paisaje de simas como charcos de sombra, a través de las galerías abiertas de la noche. De pronto —tampoco supo cómo— se vio cabalgando solo; los demás habían desaparecido engullidos en el relente, como otras veces cuando pasaban de largo. Ya no galopaba. Se acercaba al trote hacia una pequeña casa encajada en una roca sobre el abismo. El caballo se detuvo ante la casa. Urías desmontó y entró.

Había una oscuridad perfecta, impenetrable. Esperó allí un tiempo indefinido la visita definitiva de aquella que le pondría la mano sobre los ojos. Sabía que ella estaba ahí, mirándolo sin dejarse ver. Estaba aterrado pero más dispuesto que nunca a llegar hasta el final. Poco a poco sintió un cansancio reconfortante, experimentó una sensación de ingravidez, como si flotara.

—Quién eres —murmuró.

Se aprestó a oír la sentencia fatal. Lo que sonó fue, en cambio, una voz tenue, familiar.

—Los colores son la música de la luz, por eso elige las flores para sus melodías más bonitas. Las flores beben el agua y la luz. Llegan a la raíz y la nutren. Luego suben y se encuentran al final del tallo. Allí se besan y del beso nace la flor, que es el matrimonio del agua y la luz. Entonces la flor, que es bella, atrae más luz, y la luz desciende con su música que sólo oyen las flores, y le pone a las flores su color: blanco si viene de la luna, violeta si lo trae el atardecer, naranja si nace al alba, amarillo si al mediodía, y rojo cuando más cantan las cigarras. Dime una flor.

Capítulo XXIII

En el lado del Tabernáculo que miraba a Aquilón había un parteluz más bajo que los otros por donde Betsabé pudo asomarse poniéndose de puntillas. Llegaba a ella el olor de mirra y cinamomo proveniente del altar. Al fin pudo ver el atrio y, tras el velo de hilo torzal en púrpura distinguió la sombra encorvada del viejo. El juego de luces de las lámparas de aceite la proyectaba también sobre una de las cuatro columnas de acacia. Al fin lo vio salir para hacer, junto a la entrada, las abluciones. Se lavó cuidadosamente las manos y los pies en el pilón, de acuerdo con la ley de Moisés, para que la muerte no le sorprendiera en el Tabernáculo. Vestía la hopa de lino de gran sacerdote y el efod en la cabeza. El interior, iluminado por teas, era tan suntuoso como cualquiera de las cámaras del palacio de David. Unos cinco codos de largo medía el suelo del *ulam*, todo mármol; aunque había poco mobiliario, las columnas de piedra labrada sustentaban arquitrabes de madera de olivo, y todo el techo era artesanado de cedro. Aunque por fuera era un simple edificio de base rectangular, sin adornos, tenía un espléndido pórtico de ciprés con entalladuras de flores, botones y querubines, formado por el dintel y la jamba, con cinco esquinas, donde se representaban guirnaldas y palmas. Ninguna mujer podía entrar allí.

Esperó hasta el mediodía, pues sabía que entonces el levita acababa sus oraciones. Cuando lo vio salir por la puerta, apoyándose en su cachava para sostener el achacoso cuerpo que ya se le quebrantaba, corrió a postrarse en sus rodillas. Ajitofel se sobresaltó.

—¿Qué haces, hija mía? ¡Levántate ahora mismo!

Ella continuó aferrada a las sandalias del viejo y comenzó a derramar su llanto. El levita se apiadó de ella en su corazón. Se agachó, le acarició el pelo.

—Hija, deja de llorar, vamos a mi casa.

Una vez allí hizo sentar a su nieta en el sillón más cómodo y él tomó una silla junto a ella. Betsabé le cogió las manos y las besó con insistencia.

—Abuelo, rociadme con el hisopo, pues estoy impura.

—¿Impura?

—Perdonadme y purificadme, os lo ruego.

—Yo no tengo que perdonarte de nada, hija mía. ¿Qué pecado tienes?

Ella le miró de modo suplicante, sin contestar.

—Ah, es eso —repuso Ajitofel—. Eso no es pecado tuyo, hija. Tú estás limpia.

—Estoy inmunda.

—Nada hay impuro por sí solo salvo los corazones de los hombres, pero si el tuyo conserva la virtud, todo cuanto toques será puro, lo mismo se trate del cadáver corrompido de un chacal como la mano del mayor pecador. Entonces, hija mía, quédate tranquila, porque los pecados de los hombres no pueden perturbar tu virtud si tú no lo deseas.

—Soy una adúltera. Dios me castiga por mis pecados.

El anciano encendió un candelabro sin prisa y luego puso a quemar incienso. El viento hinchaba los visillos.

—Dios no castiga como creemos —dijo el viejo.

Betsabé le miró sin entender. Ajitofel se daba cuenta de que ni Betsabé ni, quizá, ningún otro israelita podría entender lo que él había tardado toda su vida en descubrir. Al fin se sentó junto a ella, posó su mano temblorosa en la frente de la joven y le apartó el pelo con dulzura.

—¿Cómo vas a ser adúltera si no has elegido tú el adulterio? Mírame a los ojos. Estos son los ojos limpios de Betsabé.

Ella sonrió un poco con las pupilas húmedas. El viejo agregó:

—Los ojos bonitos, una bendición de Dios.

Betsabé dejó caer la cabeza en el regazo del levita y se abrazó a él gimoteando. Ajitofel dijo:

—Bien sabe Yahvé que tú no has hecho mal. El mal se escoge. Betsabé, hija mía; este sufrimiento que estás pasando te purifica aún más, aunque tú no te des cuenta. Dios está a tu lado siempre.

El buen viejo acariciaba el cuello de la mujer hasta la nuca. Le conmovía el estremecimiento de la cabeza enterrada en su regazo y no sabía qué hacer por ella.

—Cálmate ya.

Ella volvió a alzar el rostro.

—No puedo seguir con ese hombre.

Ajitofel suspiró.

—Rézale a Yahvé para que te dé fortaleza.

—Yahvé ya no me escucha.

—Cómo dices eso, hija mía. Si no te escucha a ti, que eres la más humilde de las criaturas, ¿a quién va a escuchar?

Ella ya no dijo nada más. Dejó que su llanto fluyera hasta agotarse. Ajitofel le infundía, con aquel modo pausado de acariciarle el pelo, quietud interior. Poco a poco se fue serenando.

—Tendrás que prepararte para ser reina. No es más que un título: vanidad a los ojos de Dios. Pero quizá puedas hacer algo de bien por los tuyos. Yahvé se está sirviendo de ti. Piénsalo. Todo tiene su lado bueno. Al final sois las mujeres quienes reconducís la historia.

—Yo no quiero ser reina.

—Aprenderás. Eres joven aún.

Betsabé resbaló hasta quedar sentada en el suelo. No podía imaginarse a sí misma como reina. Todo era repentinamente extraño para ella. Vivir junto a un monarca que aborrecía, darle un hijo, ¿qué sentido tenía todo aquello? ¿Por qué Yahvé estaba pidiéndole algo que iba contra su naturaleza?

Urías había envejecido en los últimos meses como si hubieran transcurrido varios años. Tenía una barba larga y descuidada. El cabello le raleaba más que nunca en la parte posterior de la cabeza. Un rictus huraño y permanente se había incrustado en su expresión. No hablaba con nadie.

Los soldados competían por arrancarle una sonrisa. Como no se reía, estaban siempre con el chiste pronto, del mismo modo que, al no hablar, quien anduviese a su lado caía presa de una especie de necesidad enfermiza de soltar la lengua sin descanso. Urías rehuía de ellos, por eso siempre tenía a tres o cuatro merodeándole.

Le prodigaban atenciones especiales. Le dejaban el mejor lugar junto al fuego, le ofrecían la escudilla de gachas a la que le había tocado la patata gorda, le pasaban el primero el odre de agua. Nunca tenía que esperar en la cola. Le daban los buenos días sin pedir respuesta, le ponían junto a su esterilla de dormir, la mejor de todas, a los que no roncaban, por ver si alguna noche dejaba de deambular como un fantasma y se decidía a dormir. Si algún soldado se mostraba demasiado impertinente con él no tardaba en acudir otro en su ayuda.

—Déjale en paz, hombre.

Una mañana, cuando aún el sol no había asomado tras las lomas, resonó un grito espeluznante por todo el valle, un alarido ronco y desgarrado que no parecía de este mundo. Estremecidos de espanto, los soldados se aprestaron a salir de la tienda tropezando unos con otros, semidesnudos, preguntándose de dónde había venido el grito. Después vieron a Urías que bajaba de lo alto de un cerro y se volvieron a meter en sus tiendas.

Solía acompañarlo un perro bastardo que había aparecido un día por los alrededores de Raba. El perro había seguido instintivamente al heteo y desde entonces no se separaba de él. De cuando en cuando, éste le acariciaba un poco las orejas y eso bastaba para que el animal se sintiera plenamente recompensado. Después se averiguó que, en realidad, todos los perros que merodeaban por allí, sedientos y extenuados, se dirigían a él. Lo rondaban un rato y luego pasaban por el barracón de la cocina, donde el cocinero de campaña los echaba a puntapiés. El único que permaneció del todo fiel a Urías era Legañas, que así lo apodaron.

—¿Por dónde anda Urías?

—Con Legañas, supongo.

—Al contrario. Es Legañas el que anda con Urías.

Tenía cara tristona, orejas caídas y una especie de llanto vinososo coagulado en los ojos. Nunca ladraba, y comía poco, cualidad ésta decisiva para su supervivencia en el campamento.

A veces sentían miedo de él. De su mirada fría y esa capacidad de aferrarse a su dolor un día y otro día, mudo y furioso y obstinado.

Cumplía con sus obligaciones de soldado como cualquier otro, mas nadie ignoraba que le daba igual estar allí como en cualquier otra parte.

Llevaba ya varios meses así, amartelado y esquivo, y había tomado la resolución de regresar definitivamente a la mudez. En su progresiva desolación iba tanteando tinieblas, respirando tinieblas a bocanadas. Deambulaba por la noche y cada mañana añadía unos versos a un poema que iba grabando en la parte interior de una plancha de corteza de árbol —debía a Ajitofel la cualidad de poder leer y escribir—. Este era el poema:

Hermana noche, abrázame con tus anillos de serpiente,
llévame río adentro suave y sin ruido hasta tu país del miedo y el extravío.
Las aguas negras, quietas, que sondean el final del pozo, tienen el atractivo del veneno letal.
Hermana noche, hazme en tu vientre un hueco, sumérgeme en tu sima caliente.
Que tu beso definitivo cierre mis ojos para que al fin me deslice por tus sumideros del sueño.

Un día, bajando solo a un pequeño riachuelo, se inclinó sobre el agua estancada de un charco y se miró el rostro. Qué pena das, pensó. Y sintió que su vida había llegado a su fin.

Se tendió sobre las piedras cara al cielo. Acudían a su mente imágenes de los últimos años, las guerras fratricidas, la sangre derramada. La necedad y el mal. La colina de Amma. El mal era un hecho tan cierto como la muerte. Tenía esa evidencia corpórea de lo que no puede negarse. Él había visto el mal, lo había sentido dentro de sí en numerosas ocasiones. Era una chispa en la mirada antes de hundir la espada en la carne caliente. Era lo que dejaba los campos sucios de cadáveres tras la batalla, la sed de poder, la frialdad ante el llanto de las viudas de una ciudad saqueada bajo los auspicios del Dios. Eso era la iniquidad, una progresiva desecación, un placer oscuro que nos alejaba de los hombres y de las bestias, aunque en apariencia nos hiciera más parecidos a éstas.

Y también existía el bien. Era el sueño sosegado de Betsabé. El bien era Betsabé durmiendo, su rostro plácido. Si ella le había amado, sin pedirle nada a cambio, también había algo incomprensible en el bien. Betsabé le había dicho:

—El bien mayor es la presencia de Dios.

Y él, por primera vez, se interesó en averiguar qué clase de Dios era aquel en que creía Betsabé.

—Es un Dios que puedo sentirlo dentro. Nunca me abandona.

En estos pensamientos estaba cuando sintió la proximidad de dos hombres bajando por el soto. Se volvió y supo quiénes eran y a qué venían por el uniforme que llevaban. Pertenecían a la guardia privada de David.

De camino a Jerusalén no le hicieron ninguna pregunta y prácticamente no le tuvieron en cuenta, distraídos en la conversación que llevaban. Urías, a lomos del caballo, pudo continuar con su meditación sobre el bien y el mal sin que nada le perturbara. Puesto que el mal y el bien existían, y se daba una gradación entre ellos, y era, por decisión libre, el mismo hombre quien escogía entre uno y otro, había que admitir que en esa lucha interior que se trababa y nunca se ganaba del todo para desterrar el mal de uno mismo se cifraba la historia de una vida. Es decir, no importaba si uno había llegado a rey o a alfarero, si había hallado esposa y había traído al mundo hijos, dejando descendencia, si había fundado algo o se había conformado en continuar lo que otros habían dejado para él. Lo que concedía a cada existencia un valor y a la vez un peso terrible era el signo que secretamente en su corazón había tomado la contienda entre la voluntad del bien y la del mal.

Fue al llegar a los aledaños de Jerusalén, con las primeras luces de la tarde, cuando Urías empezó a percibir el olor. Atravesaban campos de mieses y sementeras, de modo que lo atribuyó al estiércol. Más tarde, sin embargo, una vez que franquearon la entrada principal de la muralla y se internaron en las calles, el olor había adquirido mayor corporeidad y fetidez. Lo más sorprendente fue, para el heteo, que ninguno de los dos soldados que le acompañaban pareció notarlo.

Al ver ante sí el palacio de David Urías olvidó el olor y se puso a meditar el desagradable asunto que había ido postergando hasta ese último momento: cómo debía actuar ante David. Para qué le había hecho venir era algo que ni remotamente alcanzaba a entender, aunque parecía obvio que, fuera lo que fuese, tendría alguna relación con Betsabé. Lo deshonroso de su situación, la ofensa perpetrada por aquel que lo llamaba y a quien, pese a todo, debía obediencia y sumisión lo situaban en un trance irresoluble.

Los guardianes de palacio se hicieron a un lado replegando sus lanzas para dejarles paso franco. Entraron bajo la arcada marmórea presidida por una gran inscripción, un signo en forma de estrella compuesto por dos triángulos solapados y cuyos vértices no se tocaban. Dentro los envolvió un olor a incienso y una sombra fresca y apacible. Reinaba allí un silencio de pasos sigilosos y como a hurtadillas de la servidumbre, pero era un silencio precario: bastaba un paso en falso, el menor ruido seco para que se multiplicara en el extraño reverbero de las bóvedas y los corredores.

Cuando hubieron informado a David de su presencia, los dos acompañantes se retiraron.

El rey lo hizo pasar a su sala de visitas. Iba revestido de paramentos sobre la hopa de patriarca y llevaba la cabeza descubierta. Urías lo imaginó en seguida desnudo, desprovisto de todo aquel envoltorio de sedas y joyas que le acompañaba.

David permaneció un rato mirando al heteo en silencio. Sonriente y aparentemente tranquilo, calibraba todo el rencor acumulado en los ojos arrasados de ese hombre que tenía más coraje para matarlo que mil filisteos juntos.

Después le dio la espalda y se sirvió una copa de vino; no se molestó en ofrecerle una al otro para ahorrarse su negativa. Sabía que podía aguantar bien el silencio mientras tuviera algo en la mano que pudiera mover. Si permanecía callado un rato, pensaba, quizá lograra desconcertarlo y debilitar su posición.

Desdeñoso, hostil, Urías no se movió del sitio. Miraba las copas, cofres y escudos de oro y plata que el rey había ido acumulando como trofeos de sus conquistas, conjeturaba qué le habría dicho antes de tomarla, cómo habría vencido su resistencia, qué obsequios le habría hecho ya. Y el aguamanil para purificarse le daba asco.

«Ahora comprendo cuál es tu problema: no has logrado en todo este tiempo que Betsabé deje de abominarte.»

David se había sentado a cierta distancia, quizá excesiva, pues delataba su inquietud. Al fin se decidió a hablar.

—Dime, Urías. ¿Cómo van las operaciones en Raba?

—Bien.

—¿Ha habido muchas bajas en nuestro ejército?

—No.

—¿Estáis bien abastecidos? ¿Os falta agua o alimentos?

—No.

—Tengo entendido que la ciudad está cercada por una muralla casi inexpugnable. Va a ser difícil traspasarla, pues los arqueros están apostados en las almenas.

—Sí.

—Debéis atraer al ejército hacia campo abierto y allí trabar batalla.

—Sí.

David no supo qué más añadir, a la vista de aquel laconismo. Su mirada fija comenzaba a perturbarlo. Se llenó de nuevo la copa y bebió.

Quiere hallar en mí la razón para entender el menosprecio de Betsabé, pensó Urías. También orgullo: enfrentar la mirada del hombre que ha deshonrado.

—Anda, baja a tu casa y lávate los pies, porque tu esposa te espera esta noche. Que Yahvé permanezca contigo.

El heteo fue hasta la puerta y allí se volvió para decir algo.

—Me dices, oh rey, que Yahvé permanece conmigo. Y la ley de Moisés dice: «Si un hombre fuere sorprendido yaciendo con una mujer casada, serán muertos los dos, el hombre y la mujer».

David se limitó a sonreír casi paternalmente la insolencia de Urías. Aquella sonrisa impostada pretendía decirle que estaba más allá del bien y del mal, y que nada —especialmente la impertinencia de un esclavo como él— podría alterarlo.

Urías se fue de allí con la convicción de que el rey había perdido los cabales. ¿Cómo pretendía que fuera a su casa a reunirse con Betsabé? ¿Lo creía tan estúpido como para aceptar semejantes limosnas? Además, ¿qué podría decirle a Betsabé después de todo aquello? ¿Había algún modo digno de hacer frente a una situación así?

Anochecía sin ruido. Toda la ciudad hedía. Doblaba una esquina y le abofeteaba una vaharada fétida. Era, desde luego, más penetrante y acre que el estiércol aventado. Como una podredumbre que emergiera de la misma tierra que sustentaba sus pasos. Había poca gente por las calles y el heteo se acercó a preguntarles por el olor. La mayoría se encogió de hombros con total indiferencia. Sólo uno reconoció que resultaba algo molesto. Pero no parecía preocupado.

Fue Noa quien le abrió la puerta. Portaba una gruesa vela y en el instante en que pudo verla a la luz sainosa del pábilo antes de que una racha de viento la apagara, Urías, sobresaltado, creyó ver ante sí a la misma mujer joven que le ponía la comida en la mesa cuando era un muchacho, y su rostro tenía también algo del rostro dulce y permanentemente lozano de Sara, pues así había quedado grabado en su memoria. En seguida la envolvió la oscuridad y Urías adelantó la mano para acariciarle las arrugas de la piel y asegurarse de que estaban allí, y besarla en la frente que ya se conformaba según las oquedades de su hueso. La vieja Noa también lo abrazó dejando caer la vela. Sintiendo por primera vez tan cerca aquel cuerpecillo frágil de la mujer contra el suyo, en un abrazo que ya no era sólo un abrazo, por la interminable inmovilidad de su silencio, y un leve temblor del desconsuelo infinito, allí, estrechados bajo el dintel, emparedados en la soledad y en la noche, respirando uno contra otro y sin ese pudor de lo que quizá se prolonga demasiado, ajenos al fin a la necesidad de temerse, y después del abrazo qué haremos, o qué le diré. Urías logró vaciar de su mente cualquier pensamiento. También por primera vez escuchó el llanto de Noa, su sordo mecanismo interior, el pálpito de pájaro herido, su pequeña cabeza entre sus brazos, incapaz ya de hablar para decirle lo que ya sabía Urías.

Llevaba unas pocas horas rígido en el lecho, céreo como las velas que lo rodeaban, con la misma sonrisa de paz que había tenido en vida. Se sentaron junto a él y Urías la acompañó en sus oraciones hasta que Noa, exhausta, se dejó vencer por el sueño. Entonces la tapó con una manta.

Celebraron el entierro al día siguiente en un lugar de la vieja huerta, pues tal había sido el deseo del finado. Jered, el primo de Rubén a quien fuera a visitar para rogarle la asistencia al funeral, había muerto hacía un mes. Quizá en previsión de ahorrarse tan largo viaje había adelantado su última hora. Urías ayudó al enterrador a bajar el catafalco y cubrirlo de cierra. Sólo estaban allí Noa y él. La mañana se había levantado soleada y la leve fetidez del aire no sólo persistía sino que había aumentado y resultaba cada vez más difícil de soslayar. Al acabar la ceremonia, Urías preguntó al enterrador si sabía a qué se debía el mal olor.

—¿Qué mal olor? —repuso el enterrador.

—¿Cómo es posible que no lo sientas?

—¡Ah, te refieres a eso! A partir del número cien ya ni te das cuenta.

Pasó el resto del día junto a Noa y ya de noche bajó por el camino de tierra hacia su casa. Desde lejos vio entrar a Betsabé (apenas su silueta en sombra) y encender el candelabro de la cocina. Inmediatamente, giró sobre sus talones y se alejó de allí sin ser visto.

Decidió que dormiría en la entrada del palacio, con la servidumbre, para recordarle al rey que él ya no tenía casa donde ir ni lecho donde caer. Como perro abandonado de su amo.

Capítulo XXIV

Mientras se desnudaba, Betsabé estaba pendiente de cualquier ruido que pudiera avisarla de su llegada. De cuando en cuando se asomaba afuera con la esperanza de verlo venir. Estaba tan nerviosa que sin darse cuenta se estaba arañando los nudillos. Quedaba toda Jerusalén en tinieblas; a un lado, el camino que subía a Joronarím, a otro, un solar lleno de herbazales. De dónde vendrá este olor, pensó.

¡Cuánto tiempo desde la última vez que le vio! Su única esperanza era que le perdonase. No importaba que no quisiera yacer con ella, pero necesitaba una palabra de comprensión. Una simple mirada de afecto podía ser como un bálsamo milagroso. La necesitaba desesperadamente para seguir viva. Saber que él aún la quería y estaba con ella aun en la distancia y en la tribulación, porque si su esposo le retiraba su confianza, ¿qué le quedaba en la vida? Más valía morir.

Se había quitado el camisón de seda que transparentaba toda su desnudez, pues no se le ocultaba que a Urías le dolería verla así, con la prenda que el rey le había dado para su exclusivo deleite. Detestaba ese camisón lo mismo que los mantos, las golas y casaquillas con que trataba de comprarla. Abrió el pequeño baúl de mimbre para guardar la prenda en el fondo, donde no pudiera verla. En eso, descubrió algo que hacía muchos años había olvidado. Lo tomó y lo examinó a la luz de la vela. Era la pequeña piedra con dibujos reticulados en forma de ramas. El regalo que le hizo Urías cuando ella trabajaba en la panadería. La había encontrado cerca de Endor. Se apoyó en la pared, estrangulada por el recuerdo. ¡Qué joven era entonces y cuánto le intimidaba él con su forma insistente de observarla! Aquella piedra fue un signo. Este dibujo no lo ha hecho ningún hombre; lo ha trazado la naturaleza, le había dicho Urías. Al entregársela, había creado un vínculo secreto entre ambos, un vínculo misterioso y perdurable. La apretó en la mano como si esta piedra mágica tuviera el poder de devolverle su marido. Lo deseó con todas sus fuerzas, mirando la llama de la vela a través de las lágrimas.

Después se metió desnuda en la cama, dejó la piedrilla bajo la almohada, se dijo «Es orgulloso, no vendrá, no vendrá». Y sopló el pábilo de la vela.

El viento nocturno ululaba afuera como si arrastrase en su marea todos los lamentos de las almas de los hombres; el viento, un animal acorralado por el espanto. Traía un olor nauseabundo de quién sabía dónde. Hacía crujir el portón de la entrada y a veces ella se despertaba con un sobresalto ante la idea de que su marido había regresado. Aguzaba el oído y esperaba hasta que la cabeza volvía a caer en busca del sueño, demasiado tarde para correr la tranca, demasiado tarde para levantarse y andar sobre el suelo frío, en las sombras, dónde estaría, por qué ladraban los perros, de qué materia era aquel frío que penetraba hasta su corazón. Sin duda Yahvé la había abandonado también. Se pasó la mano por el vientre hinchado, aterrada con la idea de que la criatura que se gestaba dentro fuese hembra. Después cayó dormida.

Sueño de Urías el heteo:

Subía Betsabé por un camino flanqueado de cipreses blancos, completamente desnuda, posando sin ruido las plantas de los pies sobre el humus, con un sol achatado y mortecino que se hundía más allá de su espalda.

Urías estaba esperándola en la casa de la ladera de la montaña, la casa donde jamás había entrado una espada, alejada de la venalidad de los hombres. Y la vio venir por el fondo del sendero. Quiso creer que no era ella, porque era sencillamente imposible que supiera que él estaba allí. Así que cerró la puerta a sus espaldas. Con todo, no pudo evitar asomarse de nuevo y la vio allí, más cerca aún, subiendo con un leve balanceo arbóreo, el pelo revuelto, sin sonreír.

Otra vez cerró la puerta creyendo que era una ilusión óptica. Entonces Betsabé empezó a cantar muy suavemente y le fue imposible no reconocer su voz de alondra.

La siguió por unas escaleras a lo largo de la casa y llegaron a la alcoba del primer piso. Toda ella estaba bañada por una luz dorada que penetraba por la ventana con cierta violencia. Ella se extendió en la cama, le sonrió mientras se desesperezaba arqueando la espalda y separando las rodillas. Parada ante ella, absorto ante su desnudez soñolienta, asistió el heteo a la aparición de dos gatos bajo la esterilla. Uno se puso a lamerle una de las manos descolgada hasta el suelo, y el otro trepó por sus muslos abiertos y comenzó a frotarse contra su pubis. El sol le quemaba la espalda. Se giró y presenció su lento hundimiento de animal ensangrentado tras las copas brillantes.

Estaban solos en la montaña y ella cantaba suavemente.

—Ven y cúbreme —le susurró.

Pero le era imposible. No podía quitarse la armadura de soldado. Lo estrechaba un cinto de plomo, pesadísimo, una coraza soldada a su cuerpo. De pronto sintió que se asfixiaba en esa armadura, que le faltaba el aire. Se arrojó al suelo y se volteó en un intento desesperado por desprendérsela, rodó escaleras abajo, y el metal se abollaba y lo atenazaba más, pero nunca se abría. Entonces probó con su espada. Golpeó una y otra vez; no logró hacer una sola hendidura. Estaba aprisionado allí para el resto de su vida.

Despertó con la alborada. Tenía todos los huesos desordenados de haber yacido en el patio de piedra de la entrada del palacio. Se incorporó pesadamente, hizo crujir la espalda, los hombros y la cadera, se frotó la cara con las manos, varias veces, hasta limpiarse la humedad viscosa de los ojos y luego arrugó la expresión al sentir la punzante pestilencia del aire. Un husmo ácido e indefinible. Si la noche pasada resultaba molesto, ahora era sencillamente intolerable. Se apartó de allí en seguida ante la sospecha de que emanase de las mismas puertas del palacio, pero conforme se alejaba comprobó que persistía con la misma intensidad.

Recorrió las calles dormidas y apacibles del barrio de los jebuseos hacia las cubetas donde se practicaba la curtiembre de las pieles, en busca de la procedencia de la fetidez. El barrio de curtidores olía como siempre, a camello podrido; no era, desde luego, la misma densa exhalación que impregnaba el aire de toda la ciudad. Se le ocurrió situarse en algún punto alto desde donde tuviera una panorámica general de la ciudad. Subió a la alberca del promontorio norte por un camino zigzagueante entre la fusca y una vez arriba oteó la ciudad bañada por una suave luz ambarina. Distinguió, más allá de las murallas, las majadas y eras donde las gavillas espigadas se alineaban en haces; viñas y olivares que se extendían por el lado sur hasta los pastizales. De entre el conglomerado de casas bajas de adobe terroso sobresalían el Templo de la Congregación, su llovedizo de tejas, el palacio real y el exuberante jardín anexo. Cada casa tenía su terrado, como Yahvé encargara a Moisés. Todo parecía en su sitio, no se avistaba ninguna humazón extraña, ninguna especial coloración del aire y sin embargo, allá en lo alto, se sentía aún el hedor, como una nube invisible que subiese directamente desde la ciudad a su nariz.

—El cementerio —se dijo.

Bajó por la era de Nacón rodeando la muralla para no tener que buscar una de las entradas. Por el camino fue considerando la posibilidad de que, durante los meses de ausencia, se hubiera producido en la ciudad una gran epidemia y hubieran abierto una fosa común que luego no habían cerrado debidamente. A la hora tercia llegó a los tapiales del camposanto. Estaba ligeramente mareado por el tufo, pero más decidido que nunca a encontrar la causa. Anduvo por entre las lápidas y las sepulturas olisqueando el aire viciado. No halló tal fosa común ni ningún otro indicio de que la podredumbre emanase de algún lugar entre aquellos muros. Varias columnas de humo gris muy cerca de Jerusalén distrajeron su atención. Debían de ser recientes. Se dirigió hacia allí con paso ágil.

En la ciudad percibió en seguida el ajetreo y la alarma general ante el efluvio. Se encendían hogueras en las eras y se quemaba todo aquello que pudiera considerarse infecto. Iban y venían carros repletos de mantas polvorientas, anticuallas, ropas viejas. Todo se arrojaba a las llamas. La gente empezaba a cubrirse el rostro con pañuelos. No se hablaba de otra cosa que de aquel olor ubicuo e imposible de identificar.

A lo largo del día se multiplicaron fogatas para arrojar basura que de nada sirvieron. Otras tentativas de sofocar la inquietud general fueron también inútiles. Se agrupó a todos los menesterosos de la ciudad y se les roció públicamente de agua y jabón, se baldearon todas las calles, se limpiaron los depósitos para curtir, los estercoleros, almiares y almacenes de fruta, se aventaron establos, graneros y cubiles de ganado, se expulsó de la ciudad a todos los perros sucios, se mudó el lecho de las cuadras y se cepillaron todos los caballos, se cubrieron de tierra las porquerizas, sus desagües y de cal los mataderos. Allí donde se viera que las moscas se posaban venían en seguida con cepillos y baldes de agua. Cualquier muro podía tener orines, de modo que se le daba una mano de adobe. Se vaciaban a paletadas abrevaderos, aguas estancadas y lodazales y se llevaban fuera de los muros de la ciudad en grandes toneles tirados por caballos. Los viejos vertederos de basura eran exhumados y vueltos a enterrar en otra parte. Todo el mundo iba olfateando el aire y siguiendo rastros imaginarios, registrando mercados en busca de productos podridos, nidos de ratas, bostas. Y el tufo no parecía sino aumentar.

Muy pronto no había sitio donde ponerse a salvo. Dentro de las casas, en las bodegas y despensas subterráneas también se percibía el efluvio mefítico. Los comercios liquidaron todos sus perfumes en cosa de horas. Al fin, alguien pronunció la palabra terrible, la peste. El pánico se adueñó de la ciudad.

Movilizados para alejar de sus casas todo aquello que pudiera estar contaminado, los israelitas pasaron varios días sumidos en una actividad febril. Todos los curanderos de los alrededores vinieron a comprobar la pureza de las aguas y a visitar a los que estaban enfermos, buscando alguna prueba determinante de que había peste en Jerusalén. Pero no se halló un solo caso de alguien contaminado. Los curanderos reunieron al pueblo en la plaza del Sheol para dar la buena noticia. Había allí congregada tal turbamulta que hubieron de hablar desde la azotea de la casa más alta.

—¡No hay peste, podéis respirar tranquilos!

Los rumores fueron creciendo hasta hacerse ensordecedores. ¿Quién respiraba tranquilo con aquel hedor? Ya nadie oía el grito de los curanderos repitiendo al pueblo que no había peste.

Los murmullos se acallaron finalmente cuando apareció, en lo alto de otra azotea, David junto a Isí, su curandero personal y máxima autoridad en la materia en todo el territorio ocupado, desde Dan a Berseba.

—Escuchadme, pueblo de Yahvé —les exhortó David—, no perdáis la fe y la esperanza, porque yo os digo que estamos a salvo de la peste y que Yahvé misericordioso permanece con nosotros —hizo una pausa para acallar con un ademán el clamor del pueblo—. Si hubiera peste, tendríamos ya miles de muertos, y ni uno solo ha habido hasta ahora. ¿Quién puede decir que esté apestado?

Dejó caer un silencio. Nadie respondió. El rey miró con orgullo la multitud de cabezas hormigueando a sus pies. Él era el punto donde convergían todas aquellas miradas de inquietud. Recordó el día glorioso en que, tras la muerte de Isbaal, congregó a todas las tribus de Israel y les habló en la garganta de Hebrón. Entonces la multitud era tres veces más numerosa que ahora.

—¡No hay entre vosotros ningún apestado! ¡Que dejen de temblar y agitarse vuestros corazones!, ¡que cesen las hogueras!, ¡dejad de regar las calles y cubrir los muros de cal! ¡Jerusalén está limpia de inmundicia!

Ahora el clamor volvía a resurgir unánime de las gargantas, pero esta vez era de esperanza. El rey volvió a silenciarlo.

—¡Pueblo de Yahvé! Yo, David, rey de Israel y de Judá, os anuncio que podéis estar tranquilos, pues que ni un solo hombre morirá del mal de la peste.

Con estas palabras logró infundir ánimos a la turba, que esperaba ahora con ojos suplicantes a que David diera una razón para aquel olor. Sin embargo, fue el insigne curandero Isí quien tomó la palabra. Su voz era más débil que la del rey, de modo que hubo de hacer varios intentos infructuosos para hacerse oír antes de que el pueblo cesara el abejorreo de murmullos.

—Nuestro rey ha dicho la verdad. Si nuestra ciencia es limitada aún para combatir el mal de la peste, sabemos mucho de ella y cómo se manifiesta. Ninguno de los síntomas que preceden la epidemia y de los que se dan cuando ya se ha extendido se ha visto en Jerusalén. Y os diré más: la peste no huele.

—¿Qué es lo que huele, entonces? —clamó una voz anónima.

En seguida se desencadenaron otras voces que reafirmaban la misma cuestión. David puso silencio en la plaza alzando una mano. Isí continuó.

—Tenemos la sospecha de que hay un gran problema con el almacenamiento de los desechos de Jerusalén. No me refiero a los vertederos adonde van a parar los restos de comida que nosotros desperdiciamos, pues éstos son pasto de los buitres y los cuervos, o se convierten en abono para la tierra, sino a aquellos pozos negros donde se acumula todo lo que evacuamos.

—Os prometo —intervino David— que mañana empezaremos a abrir todos estos pozos negros y a vaciarlos para llevar cuanto hay de inmundo muy lejos de la ciudad. Entonces todo volverá a la normalidad y el aire recuperará su pureza.

La multitud recibió la propuesta del rey con vítores y muestras de alegría. David, sonriente, magnánimo, contempló a sus pies la multitud aclamándole a un solo grito y sintió más caliente y viva la sangre de sus venas. Y pensó: vuelvo a ser el que era.

A una orden de David, Betsabé había regresado a la corte. El rey sabía ya que Urías había rehusado ver a Bestabé. Esto lo contrariaba profundamente. Pero el éxito de su aparición en público y el buen recibimiento de su pueblo le habían devuelto la tranquilidad perdida. En un acceso de buen ánimo y generosidad, lo invitó a comer a su palacio ese mismo día. El heteo estuvo tentado de declinar la invitación, pero le pareció una ocasión buena para escupirle a la cara todo su odio. Desde luego, no saldría de allí vivo, pero... qué importaba ya.

Dos sirvientes lo acompañaron hasta el comedor. A la mesa ya estaba sentado David junto con sus cinco embajadores, tres heraldos, un traductor, su escriba y su curandero. Respaldado por los suyos, el rey lo recibió con muestras de simpatía e interpretó a la perfección su papel de obsequioso anfitrión para solaz de la corte, sin dejarse amilanar por la absoluta frialdad del heteo. Incluso le ofreció un asiento a su lado, gesto que hizo reír a alguno. Los demás comensales lo miraron unos instantes con más sorna que simpatía y en seguida pasaron a ignorarlo como si ya fuera un cadáver. Urías se preguntaba qué estaba haciendo allí, pero creía sentir que había una oscura razón y aún habría de descubrirla.

La comida, servida en platos de plata, consistió en kashka varnishkas, lechal con uvas y requesón. Se departió sobre el reciente discurso del rey. Su séquito alabó los efectos benéficos que la oratoria de David había producido en el pueblo, y cómo se había restablecido la normalidad. Isí dio su opinión sobre cómo debía procederse para evacuar todos los pozos negros de la ciudad. Se haría un llamamiento esa misma tarde para contar con el mayor número de trabajadores. Las tareas empezarían al día siguiente, temprano. Los pozos eran profundos y se necesitaban muchas manos. Cada obrero tendría la cara tapada con un pañuelo previamente perfumado. Se acordonaría la zona para mantener alejados a los curiosos y sólo entrarían y saldrían los carros para ir llenándolos. Una vez vacíos, los pozos se cubrirían de cal.

Con el postre la conversación se desvió a los preparativos para la fiesta de novilunio y los últimos partes, no demasiado optimistas, sobre el sitio de Raba. Urías comió poco, mas se aplicó al vino con tal determinación que su mano no soltaba la copa. Bebió compulsivamente, hasta llenarse el buche. Uno de los siervos que atendía la mesa se quedó allí junto a él para servirle de la jarra y sólo se movió al ir a buscar otra. Conforme aumentaba su ebriedad se iba olvidando de decir algo que pudiera resultar hiriente: cada vez estaba más persuadido de que era precisamente eso lo que todos esperaban para ver rodar su cabeza. Al fin se levantó de la silla tambaleándose, fue a la chimenea, recogió un puñado de ceniza y la derramó sobre su cabeza ante el repentino silencio de los comensales. Y haciendo una reverencia impostada, abandonó el palacio.

No anduvo muy lejos. Le sobrevino un vahído tal que se dejó caer a la puerta del palacio. La servidumbre lo miraba con una mezcla de curiosidad y sorna. No tardaron en dar aviso al rey. Al cabo, salió David.

—No me gusta verte dormir aquí como un perro —le dijo sin animosidad.

Urías se incorporó pesadamente, alzó la cabeza para encarar al rey, que lo miraba con desprecio, erguido y con los brazos puestos en jarras.

—¿Me vas a matar? —sonrió Urías entre dientes— ¿O mandarás a uno de tus esbirros que lo haga, para no tener que mancharte de nuevo las manos de sangre? Adelante: un crimen más no va a pesarte mucho más en tu corazón. Mata y reza a tu Dios: tal es el pasatiempo de la gente de tu calaña. Así podrás dormir más tranquilo en el lecho de tu inmundicia y llamar a Betsabé viuda, pues siempre es más elegante que llamarla mujer casada mientras la violas repetidamente.

David hizo una señal para detener a los guardias, que ya habían alzado sus espadas.

—Eres un hombre extraño, Urías, y tu lengua es peor que el colmillo de cien serpientes. No me costaría nada matarte, como dices, pero temo que si lo hago tu cabeza podría salir rodando hacia mí y luego —sonrió con ironía— tus mandíbulas se cerrarían sobre mi pie con tal fuerza que me vería condenado a arrastrar tu cabeza por el resto de mis días.

Rió un poco su propia ocurrencia y acto seguido le entregó al heteo un rollo de papiro.

—Partirás mañana mismo a Raba y allí te unirás con las tropas. Has de llevarle este mensaje al general Joab.

Urías, sin siquiera ponerse en pie, tomó el papiro que el otro le tendía y lo guardó. David se tapó la nariz con un pañuelo y desapareció tras la puerta.

Capítulo XXV

Partió de regreso al frente al final de la tarde, cuando el cielo se desangraba en violetas. Podría haberlo hecho con el fresco del amanecer, mas prefirió esperar para ver el resultado de las excavaciones en los pozos negros. Todo se desarrolló como se había previsto. No faltaron hombres para sacar del fondo hasta la última paletada de excrementos. Se llenaron veintenas de carros y salieron de Jerusalén en caravana. Pero estos pozos, aun siendo nauseabundos, no olían del mismo modo que el aire de la ciudad desde hacía una semana. Y una vez vacíos Jerusalén continuaba inmersa en la hediondez. Con todo, de alguna forma las gentes comenzaban a refugiarse en la resignación, que es el principio de la costumbre. Y pues era un hecho averiguado que resultaba inocuo, dejaron de reparar en él, tal como una molestia, al mantenerse siempre uniforme, acaba asimilándose al funcionamiento regular del propio organismo. Llegaría un momento, andando el tiempo, en que su sentido del olfato acabaría atrofiándose y las gentes vivirían ignorantes del aire viciado que respiraban.

Por eso Urías sintió una íntima alegría en su corazón ante la idea de abandonar para siempre esa ciudad inmunda. Lo último que hizo fue despedirse de Noa. Ella se obstinó en llenarle el morral de queso y pasas y luego se abrazó a él con fuerza. A Urías se le humedecieron los ojos un instante, por eso evitó mirarla de frente antes de abandonar su casa.

Que no volvería jamás a Jerusalén era una certidumbre tan clara que ni siquiera se molestó en formulárselo a sí mismo, o en felicitarse por ello. Siempre había sabido que ese día iba a llegar, como sabía ahora que el sobre que llevaba en la mano para Joab contenía su sentencia de muerte. No sentía miedo ni pesar. Al contrario, disfrutaba de una extraña lucidez, se sentía nuevamente dueño de su destino, invulnerable contra los viejos rencores y las maquinaciones de David, que tan poco importaban. Al fin solo con su rabia, casi apacible, instalado en una suerte de pacto consigo mismo, reforzaba su absoluta convicción de que él era su único aliado ahora y para siempre, y que aunque pasara el resto de su vida buscando otro no lo encontraría. Porque no existía otro cómplice que uno mismo y su lucidez. Él era el hacedor de su destino, el responsable de su libertad.

Ahora que nada le ataba a Israel, que ya había cumplido su misión, volvía a su natural condición, la de itinerante y nómada, la de expatriado. Sentía deseos de viajar muy lejos, extraviarse en otras culturas y pueblos, envejecer en los trayectos y ser enterrado a la sombra de cualquier árbol en cualquier reino.

Durmió bien, de un tirón, a un lado del camino, junto al asno, y no tuvo sueños que pudiera recordar. Nada más levantarse dedicó su primer pensamiento a Betsabé. Sintió que la amaba y este amor ya no le causaba dolor, sino bien. Ella le habitaba y ocupaba por entero su corazón. Su presencia en él ejercía un efecto de bálsamo purificador. Porque ya no había en él deseo, perdida la esperanza de recuperarla, de atar su tiempo al de ella, su piel a la suya.

A la novena hora el asno jadeaba sobre la abrasión del terreno. A sus ojos se extendía una llanura arenosa sin el más mínimo abrojo. El aire olía a cal y no había otra vibración en el silencio que la de las pezuñas golpeando las piedras. Recordó el desierto de Zif, su infancia con los secuaces de Omra, seguramente muerto hace ya muchos años, ahorcado a la entrada de algún pueblo y acribillado a pedradas, y también se acordó de Sara, la única madre que alcanzaba a invocar, su primer amor. En cinco horas de camino llegaría a las balsameras del valle de Refaím y allí podría descansar a la luz indulgente del poniente. Casi no sentía el paso del tiempo. En realidad los últimos acontecimientos se habían precipitado con tal rapidez que le parecía vivir al borde del abismo. Bebió unos tragos de su cantimplora de tripa de cerdo y cayó en un semisueño inducido por el bochorno.

Cuando despertó, la luz comenzaba su rápida huida dejando franjas rosadas en el horizonte. Le dolía un poco la cabeza. Divisó a lo lejos las palmeras, olió en el aire el agua próxima, las adelfas. Respiró hondo y se dijo «De dónde me viene esta repentina alegría».

Al llegar al oasis dejó que abrevara el asno primero antes de beber él. Sacó el papiro de David de las alforjas, se tendió en la fresca sombra y lo abrió. Lógicamente, David no podía ni remotamente imaginarse que él supiera leer. El mensaje decía así:

A Joab, jefe de las huestes de Israel:

Alabado sea Yahvé, Dios de los ejércitos, que conduce con mano firme a su pueblo y le concede la victoria sobre los enemigos.

Recibo con inquietud las noticias que me envías sobre el sitio de Raba y os exhorto para que sin más demora despleguéis la ofensiva final y toméis la ciudad. Poned a Urías el heteo en el punto donde más dura sea la lucha, y cuando arrecie el combate, retiraos y dejadle solo para que caiga muerto.

Va contigo mi bendición y la de Yahvé, que me ungió rey sobre las tribus de juda e Israel.

El rey David.

Urías arribó al campamento al día siguiente, poco antes del mediodía. Las tiendas de lona temblaban tras el humo de las fogatas. Allí tampoco olía precisamente bien, pero existía una clara razón: el hacinamiento, el calor, la basura castrense acumulada en casi un mes de inmovilidad, la desidia de los soldados, que ya no excavaban en la tierra para evacuar, contraviniendo las órdenes de Moisés, que, previendo ya estos problemas, había dicho que todo soldado debía ir a hacer sus necesidades provisto de un palo para hacer un hoyo, puesto que el campamento mismo debía ser santo. Aquel al que arribaba tenía tan poco de santo como de aséptico. Las moscas zumbaban por todas partes, uno cruzaba cierta línea de proximidad al campamento y ya las tenía alrededor de la cara como una nube.

Doeg, vestido con el caftán de comandante y la espada al cinto, fue el único en salir a su encuentro. Le ofreció una cantimplora que el heteo vació entera, tal era su sed, pues la última se le había acabado hacía treinta horas. Después le invitó a su jaima a tomar unos higos.

—Tengo curiosidad por saber a qué se debe el honor de que el rey te haya mandado ir a su palacio.

Lo del honor lo había dicho con ostensible ironía.

Urías le entregó el sobre como respuesta.

Doeg examinó la letra un rato, sin poder leer.

—¿Es de David?

Asintió.

—¿Y qué dice?

—Le encarga a Joab que me mate con el debido respeto.

Doeg volvió a examinar la carta con cara de perplejidad. Parecía claro que no le cabía en la cabeza que David encomendara semejante misión a Joab, no por lo inicuo de ésta, sino, sobre todo, por la misteriosa razón que le había impedido llevarlo a cabo él mismo o sus hombres.

—¿Qué quiere decir con el debido respeto?

—Discretamente, para que nadie se entere de que él tomó parte alguna en ello.

—Igual que con Abner.

—Exacto.

Doeg se guardó el mensaje en la faltriquera. Hacía un calor terrible allí dentro y los dos goteaban sudor.

—Salgamos fuera —propuso el heteo.

Dieron un paseo por los alrededores. Esparrancada, sucia, la tropa sesteaba al amparo de cualquier sombra. Subieron un breve repecho hasta donde empezaba la vaguada y desde allí observaron las murallas de Raba, en cuyas colmenas se distinguían apenas unos puntos en movimiento: los arqueros.

—Están esperando a que el desierto acabe con nosotros —dijo Doeg.

—¿No habéis intentado nada?

—Varias veces acometimos contra el portón, pero te puedo asegurar que es más grueso y resistente que los mismos muros de piedra. Lo único que conseguimos fue perder hombres. Nos acribillaban a flechazos. Luego intentamos provocarlos para que salieran a campo abierto, pero, claro, no son idiotas.

—¿Y qué hacéis aquí?

—Nada, salvo esperar órdenes.

—¿Ordenes de quién?

—De David, de Joab, qué sé yo. Aquí nadie se entera ya de lo que pasa.

Se sentaron sobre una piedra en un lugar donde venía un poco de brisa bienhechora. Doeg se distrajo despellejando una hoja. Cuando la dejó reducida a su nervadura, tomó otra e hizo lo mismo. Ya no parecía el temible guerrero de otros tiempos. Era simplemente un jayán encorvado y triste. Más viejo, más próximo. Miraba a lo lejos, hacia Raba, cuyas murallas temblaban como vistas tras la llama de una vela, mientras habló.

—Le odio. No sólo es un pésimo general, sino un hombre ruin. Y un criminal inútil. Se puede ser un criminal y saber al menos dirigir un ejército, o planificar un ataque. Él es un criminal estúpido, y lo estamos pagando todos. Antes, con Abner, era distinto. Luchábamos con honor, era nuestra lucha. Supongo que si dejo la espada ya sólo me queda sentarme y esperar caerme de viejo. ¿Y tú tienes algún plan?

—Me voy de aquí mañana.

—¿Adonde?

—Iré hacia el norte, más allá de Dan, por la ruta de Damasco.

Doeg caviló un instante rascándose la barba canosa.

—¿Y allí qué hay?

—No lo sé. Ya lo veré al llegar —sonrió.

Doeg miró a Urías un instante a los ojos.

—Sentiré que te vayas. Ya van escaseando los amigos de siempre.

Aquella noche Urías despertó sobresaltado por un ruido repentino. Salió de la tienda bajo un firmamento nítido de estrellas. Había luna llena.

Ahora el ruido se había ahogado y era difícil localizar su origen. Casi todos dormían. Poco a poco distinguió unos hombres, a la entrada de la tienda de Joab, que parecían forcejear. Se arrastró con sigilo para no ser visto. Se oyeron varios golpes sordos. Una espada cayó al suelo. No podía, en medio de la confusión, comprender lo que pasaba. La amalgama de figuras se disolvió un poco y al fin se perfiló algo concreto. Un hombre se agitaba, sujetado a duras penas por otros cuatro. Su tamaño no daba lugar a dudas: era Doeg. Había sido su espada la que había caído. Un hombre más alto la recogió.

—Muerte al traidor —reconoció la voz de Joab.

Y acto seguido la hundió en el vientre de Doeg hasta la empuñadura. Al extraerla, el gigante cayó al suelo de rodillas. Los otros le soltaron. Urías vio que se sujetaba el abdomen con las manos, que intentaba en vano levantarse con un temblor de rodillas. Pensó en acudir en su auxilio. Pronto lo descartó: era una idea del todo suicida. Doeg ya estaba muerto. Lo estaba desde el momento en que Joab alzó de nuevo la espada para asestarle el golpe definitivo: la hoja silbó el aire y le segó la cabeza de un tajo.

El heteo cerró los ojos, hundió la cara en las manos, para no hacer ruido, y vomitó. Cuando alzó de nuevo la vista Joab estaba enjaretando la cabeza de Doeg en una estaca de su tienda, para público escarmiento. Así la verían todos al levantarse. Después desnudaron el cuerpo y lo arrastraron hasta un pequeño barranco. Allí lo dejaron caer. Doeg, la bestia, el guerrero indomeñable, no fue más que un enorme amasijo de carne sin vida rodando entre el polvo de su última noche.

Todo está acabado ahora, pues ya no queda nadie, pensó. No esperó a la luz del día para huir de allí. Sabía que tarde o temprano encontrarían la carta que guardaba Doeg entre sus ropas. Abandonó el campamento cuando Joab y los suyos regresaron a dormir a sus tiendas, y tomó la dirección norte que le marcaban las estrellas, tal como de muchacho se guió por ellas en su éxodo a Belén.

Aquella noche, atravesando un mar de dunas lechosas bajo la claridad irreal de la luna llena, Urías lloró varias horas seguidas en silencio hasta desahogar su corazón. Había tocado fondo pero ahora empezaba a divisar, en la total negrura, una chispa de luz como una estrella en el firmamento. Después del llanto se sintió mejor. Ahora por fin estaba extraviado, solo en la ilimitada extensión de los arenales fríos, en medio de la tierra inhóspita, cercado por el viento y los recuerdos que regresaban a él con una nitidez premonitoria. Cada paso era ahondar en este extravío de lucidez y al mismo tiempo liberarse de un íntimo lastre. La libertad habitaba en esa ruta sin caminos ni señales, donde se le podía antojar ser el último superviviente de un mundo en decadencia. La música del silencio, su respiración, el susurro de la arena reptando sobre su piel. Le envolvía una sensación al tiempo de recogimiento y amplitud. Alcanzaba a atisbar de nuevo lo que ya en su infancia, con los hombres de Omra, había intuido: la existencia de una secreta belleza unida al mundo, a la que ahora se entregaba en ese vagar sin saber dónde iba a caer, en el regazo de la noche quieta. El tiempo, era cierto, daba círculos, y ahora volvía a sentirse él mismo. El universo sobre él, un mar abierto e insondable. Bajo tal infinitud, la arena del desierto sobre la que se movía parecía el mero fondo de una clepsidra. Y más allá de las estrellas más diminutas siempre habría otra estrella, un viaje interminable. Y de ese no acabar glorioso estaba impregnado todo cuanto alcanzaba la vista del hombre y más allá aún de las últimas costuras del firmamento, en la sangre que corría por sus venas, la música de su corazón, el aliento que lo reconciliaba con el mundo, la voz que lo guiaba a través de las galerías de la caracola del viento, cada una de sus pisadas era entraña de infinito. Una paz total esponjó su corazón de pronto y se sintió ligero, volátil, como si no tuviera cuerpo. Si existe Dios, debe ser esto, pensó.

Anduvo muchas horas sin descanso, zarandeado por el viento creciente, hundiendo los pies en la arena fría y en continua mudanza, presa de una extraña paz y una comprensión sin palabras. Y en esta serenidad colmada tuvo un presentimiento de su muerte inminente. No le causó dolor. Poco después divisó, muy lejos, en la cima de una duna, la silueta retinta de cuatro figuras. Miró bien. Eran cuatro jinetes. Los cuatro jinetes del mal. Hombres todos de Joab. Urías se detuvo allí a esperarlos con la espada en alto, sin un solo temblor.

Biografía

Ignacio García-Valiño (Zaragoza, 1968) es psicólogo y guionista de cine, y se ha dedicado principalmente a la ficción. Es autor del libro de cuentos *La caja de música y otros cuentos* (1993), y ha publicado las novelas: *La irresistible nariz de Verónica* (Premio de novela José María de Pereda), *Urías y el rey David*, *La caricia del escorpión* (finalista del Premio Nadal 1998), *Una cosa es el silencio*, y *Las dos muertes de Sócrates*, actualmente en vías de traducción a varios idiomas.

Otros títulos publicados en Punto de Lectura

El lápiz del carpintero
Manuel Rivas

Agrupémonos todas
Isaías Lafuente

Muertes de perro
Francisco Ayala

Ante el dolor de los demás
Susan Sontag

Nos espera la noche
Espido Freire

El azul de la Virgen
Tracy Chevalier

Rayuela
Julio Cortázar